UM DE NÓS ESTÁ DE VOLTA

Obras da autora publicadas pela Galera Record:

Série Um de Nós
Um de nós está mentindo
Um de nós é o próximo
Um de nós está de volta

Mortos não contam segredos
Os primos
Assim você me mata
Nada a declarar

KAREN M. McMANUS

UM DE NÓS ESTÁ DE VOLTA

Tradução
Luara França

1ª edição

—— **Galera** ——
RIO DE JANEIRO
2023

IMAGENS DE CAPA
daboost, DMEPhotografy,
eugenesergeev / iStock; Freepik.

PREPARAÇÃO
Elisa Rosa

REVISÃO
Laís Curvão
Luciana Aché

TÍTULO ORIGINAL
One Of Us Is Back

CIP-BRASIL. CATALOGAÇÃO NA PUBLICAÇÃO
SINDICATO NACIONAL DOS EDITORES DE LIVROS, RJ

M144d
McManus, Karen M.
    Um de nós está de volta / Karen M. McManus ; tradução Luara França. - 1. ed. - Rio de Janeiro : Galera, 2023.

    Tradução de: One Of Us Is Back
    ISBN 978-65-5981-250-9

    1. Ficção americana. I. França, Luara. II. Série. III. Título.

23-83104
    CDD: 813
    CDU: 82-3(73)

Meri Gleice Rodrigues de Souza - Bibliotecária - CRB-7/6439

Copyright © 2023 by Karen M. McManus

Todos os direitos reservados.
Proibida a reprodução, no todo ou em parte, através de quaisquer meios.
Os direitos morais da autora foram assegurados.

Texto revisado segundo o Acordo Ortográfico da Língua Portuguesa de 1990.

Direitos exclusivos de publicação em língua portuguesa somente para o Brasil
adquiridos pela
EDITORA GALERA RECORD LTDA.
Rua Argentina, 120 - Rio de Janeiro, RJ - 20921-380 - Tel.: (21) 2585-2000,
que se reserva a propriedade literária desta tradução.

Impresso no Brasil

ISBN 978-65-5981-250-9

Seja um leitor preferencial Record.
Cadastre-se e receba informações sobre nossos
lançamentos e nossas promoções.

Atendimento e venda direta ao leitor:
sac@record.com.br

Para os meus leitores

+ Editar

Contatos

AP	**Addy Prentiss** Uma das integrantes originais do Quarteto de Bayview, Café Contigo	ⓘ
AP	**Ashton Prentiss** Irmã de Addy	ⓘ
BR	**Bronwyn Rojas** Uma das integrantes originais do Quarteto de Bayview, irmã de Maeve	ⓘ
CC	**Cooper Clay** Um dos integrantes originais do Quarteto de Bayview	ⓘ
EK	**Eli Kleinfelter** Advogado, Até que Provem, cunhado de Addy	ⓘ
EL	**Emma Lawton** Irmã de Phoebe, ex-aluna do Colégio Bayview	ⓘ
JR	**Jake Riordan** Ex-namorado de Addy	ⓘ
KS	**Keely Soria** Ex-namorada de Cooper	ⓘ
KM	**Knox Myers** Integrante da Galera de Bayview, Até que Provem	ⓘ
KB	**Kris Becker** Namorado de Cooper	ⓘ
LS	**Luis Santos** Namorado de Maeve, Café Contigo	ⓘ
MR	**Maeve Rojas** Integrante da Galera de Bayview, irmã de Bronwyn	ⓘ
NM	**Nate Macauley** Um dos integrantes originais do Quarteto de Bayview	ⓘ
PL	**Phoebe Lawton** Integrante da Galera de Bayview, Café Contigo	ⓘ
SK	**Simon Kelleher** Criador do aplicativo de fofocas Falando Nisso	ⓘ
VM	**Vanessa Merriman** Ex-aluna do Colégio Bayview	ⓘ

PARTE UM

CAPÍTULO 1

Addy
Segunda-feira, 22 de junho

— É sério que a gente vai ver isso? — Maeve levanta o controle remoto, depois faz o mesmo com as sobrancelhas. O desafio implícito me irrita porque ela sabe muito bem que, sim, isso é o que vamos ver. *Esse* é o motivo pelo qual estamos sentadas em frente à TV em um belo dia de verão.

— Você não precisava me convidar — lembro a ela, pegando o controle antes que Maeve tenha a chance de jogá-lo do outro lado da sala. Aperto o botão para ligar, depois vou procurando até achar o canal que quero. — Eu estava bem em casa.

— Você nunca está bem depois de um desses. — Bronwyn se intromete do canto do enorme sofá.

A sala de estar dos Rojas é muito mais confortável do que minha casa, com a vantagem de não haver chance de minha mãe enfiar a cabeça pela fresta da porta para participar. Mas eu tinha me esquecido de que, apesar disso, a ótima experiência televisiva viria com uma dose cavalar de preocupação.

Há algumas semanas, Bronwyn teve férias de Yale e voltou para casa por um tempo, e logo começou a tentar cuidar da minha vida como a irmã mais velha mandona que eu já tenho.

Não que eu esteja reclamando. Sentia falta de conversar com ela no chat do Quarteto de Bayview, que realmente deveria ganhar outro nome, já que temos nove participantes frequentes: eu; Bronwyn; Nate Macauley; Maeve e o namorado, Luis Santos; Cooper Clay e o namorado, Kris Becker; e os colegas de Maeve do Colégio Bayview, Phoebe Lawton e Knox Myers. É um grupo de mensagens particularmente composto de casais, exceto por mim e pelos últimos dois. Provavelmente só eu, já que ninguém acredita nessa história de que Phoebe e Knox são apenas amigos.

Talvez algo como "Galera de Bayview"? Pego meu celular e troco o nome no grupo. Não parece tão ruim.

— Quem é esse cara? Ele vai apresentar... — pergunta Maeve, encarando a tela.

— Não — respondo logo. — Esse não é o programa do Colégio Eastland. Ele começa às três. Esse é... Na verdade, não tenho ideia do que seja.

— É uma reunião do conselho da cidade. Parece que estão terminando de votar o orçamento — explica Bronwyn. É óbvio que ela sabe, deve assistir a esse tipo de coisa por diversão.

— Que maneiro. Mas pelo menos isso *importa*. — Maeve coloca os pés descalços em cima da mesinha de centro com uma agressividade exagerada, fazendo careta quando os calcanhares batem no tampo de mármore. — Pelo menos isso merece ser visto. O que é mais do que se pode dizer de...

— É o canal local, Maeve. Eles não são exigentes com a programação — interrompo.

Minha voz permanece no mesmo tom, mas minha cabeça está latejando: estou dividida entre querer estar sozinha e me sentir grata por ter companhia. O vereador a que estamos assistindo anuncia que a reunião está encerrada, e então a imagem se desloca enquanto uma música começa a tocar. Bronwyn, Maeve e eu ficamos em silêncio por alguns acordes, ouvindo o que parece uma versão instrumental e ousada de "Garota de Ipanema".

Então, um auditório com metade da ocupação aparece na tela com as palavras *Colégio Eastland: Seminários de Verão* como legenda. Antes que eu consiga reagir, Bronwyn dispara do sofá em que estava para o meu, me envolvendo em seus braços.

— Meu Deus, o que você está fazendo? — balbucio, derrubando o celular no sofá.

— Você não está sozinha, Addy — afirma Bronwyn em um sussurro determinado.

O cheiro de maçã verde me cerca: o xampu de Bronwyn, sua marca registrada, que ela usa desde que a conheci. Provavelmente há mais tempo que isso, já que Bronwyn é uma pessoa de hábitos. Uma vez, quando Nate estava mais triste que o normal com o relacionamento a distância deles, comprei um frasco do xampu e dei a ele com um laço vermelho. Ele ficou irritado, e era exatamente o que eu queria, nunca *deixa de ser* engraçado destruir a aura de mais-descolado-que-você que Nate carrega — e ele guardou o xampu.

— Certo — respondi enquanto cuspia uma mecha de cabelo, depois me entreguei ao abraço, porque estava mesmo precisando dele.

— Boa tarde, Colégio Eastland. Sejam bem-vindos a nossa série de seminários de verão.

O homem atrás do púlpito não se apresentou, provavelmente porque não era necessário: devia ser um professor ou alguém da secretaria. Uma pessoa responsável por moldar as mentes dos adolescentes que pareciam milhares de anos mais novos do que eu me sentia, mesmo que eu tivesse feito dezenove anos havia apenas alguns meses.

— Olha só todo esse pessoal chato entusiasmado. Estamos de férias há duas semanas e eles já voltaram para a escola — observa Maeve, enquanto o homem continua com o que a diretora Gupta chama de "manutenção": todas as notícias aleatórias que precisam ser transmitidas antes de qualquer tipo de evento escolar. — O bom e velho Colégio Eastland. Lembra quando você perseguiu Sam Barron no estacionamento deles, Bronwyn?

— Eu não persegui ninguém — retruca ela, ainda que, tecnicamente, tenha mesmo feito isso. Mas foi um mal necessário. A solução para o mistério da morte de Simon Kelleher no Colégio Bayview no nosso último ano dependia de Sam: o garoto que Simon tinha pagado para criar uma distração enquanto estávamos na detenção no dia em que Simon morreu. Foi o acontecimento mais horroroso da história de Bayview. Até alguns meses atrás, quando o imitador de Simon começou um jogo mortal de Verdade ou Consequência que quase explodiu todos nós no jantar de ensaio para o casamento da minha irmã.

Às vezes eu me perguntava por que ainda morávamos em Bayview. Todos nós.

— Eu fiz um leve interrogatório com ele. E ainda bem que fiz isso ou... — admite Bronwyn. Ela perde o foco quando nossos celulares soam ao mesmo tempo.

— O Quarteto de Bayview está chamando — anuncia Maeve antes que eu alcance meu celular.

— Achei melhor mudarmos o nome do grupo para Galera de Bayview — falo. — O que acham?

— Tudo bem por mim — concorda Maeve, com um dar de ombros. — Kris disse para você aguentar firme, Addy. E também quer saber se está a fim de comer waffles amanhã de manhã. Acontece que eu também gosto de waffles, caso isso seja uma informação relevante para você. Luis disse *Foda-se aquele cara*. Ele não está falando do Kris, obviamente, ele quer dizer...

— Eu sei a quem ele está se referindo — digo enquanto o apresentador do Colégio Eastland levanta a mão para acalmar o falatório da audiência.

— Todos nós que participamos dos seminários de verão sabemos que existem muitas outras coisas que vocês poderiam estar fazendo nesta bela tarde de junho. O fato de estarem aqui em vez de lá fora é uma prova da importância do tema de hoje — anuncia ele.

— Importância, sei. Até parece — resmunga Maeve, colocando uma mecha de cabelo atrás da orelha. É o mesmo tom de castanho de Bronwyn, mas não faz muito tempo que ela cortou os cabelos em um bob repicado e fofo. Depois de vencer a leucemia quando criança, Maeve passou os primeiros anos do ensino médio tentando sair da sombra de Bronwyn, e acho que ela alcançou sua forma final quando parou de imitar o icônico rabo de cavalo da irmã.

— Shhhiu — censura Bronwyn, antes de finalmente me soltar.

— No Colégio Eastland, queremos inspirar vocês a sonhar e alcançar seus sonhos, mas também queremos prepará-los para os desafios da vida. As decisões que vocês tomarem hoje como alunos moldarão o futuro de vocês por anos, e algumas escolhas erradas podem ter consequências devastadoras — continuou o orador.

— É esse o nome agora? Uma *escolha errada*? — pergunta Maeve.

— Maeve, pelo amor de Deus... — começa Bronwyn.

— Quietas! — A palavra sai mais alta e raivosa do que eu queria, assustando ambas e instaurando o silêncio. Se eu não estivesse tão estressada, sentiria vergonha da minha raiva mal direcionada. Nenhuma das duas merecia aquilo, já que a qualquer momento vou ver...

— Ninguém sabe disso melhor do que nosso convidado de hoje. Ele está aqui, por iniciativa da parceria educacional do Departamento de Justiça da Califórnia, para falar abertamente com vocês sobre os crimes que cometeu e que acabaram com um futuro brilhante. Por favor, deem as boas-vindas ao nosso convidado, que está cumprindo pena no Centro de Detenção Juvenil de East Crenshaw e foi aluno do Colégio Bayview, nosso vizinho, Jake Riordan.

Bronwyn aperta meu braço enquanto Maeve prende a respiração, mas, para além disso, eu consegui coibi-las de falar por enquanto. Não que isso faça diferença — mesmo que elas falassem, eu não conseguiria ouvir nada com o sangue pulsando em meus ouvidos.

Jake Riordan.

Meu ex. O amor da minha vida, em uma época distante, quando eu era ingênua e insegura, incapaz de ver quem ele realmente era. Eu sabia que ele era ciumento, e se você me pressionasse naquela época (o que ninguém além da minha irmã, Ashton, fez) eu assumiria que ele era controlador. Mas jamais imaginaria que, quando eu o traísse, ele se aliaria a Simon para me incriminar por assassinato e depois quase teria me matado quando tentei fazer com que fosse condenado.

Ah, certo. Jake não estava *realmente* tentando me matar, se seguirmos a lógica de sua advogada de honorários indecentes. *Não havia intenção definida*, afirmou, com mais um monte de jargões jurídicos que se juntaram à defesa e, no fim, impediram que ele fosse julgado como adulto.

Na época, muitas pessoas disseram que o julgamento foi uma vergonha, ainda mais quando Jake foi enviado a um centro de detenção juvenil até atingir vinte e cinco anos. Tudo que ele fez, não só a mim e aos meus amigos, mas também a Simon, se reduziu a pouco mais de sete anos atrás das grades. As manchetes exibiam "Demonstração de privilégio!" e tiveram algumas dezenas de petições on-line exigindo que o juiz determinasse uma pena mais severa.

Mas a memória não dura muito.

Jake estava sendo um prisioneiro exemplar desde que entrou no centro de detenção, e, em dezembro passado, um programa de true crime traçou um perfil dele que, como disse o *Bayview Blade*, era "surpreendentemente simpático". Jake era humilde. Ele sentia remorso. Estava *comprometido a ajudar outros jovens a não cometerem os mesmos erros que ele*. E então, apenas duas semanas depois do casamento da minha irmã, no final de março, o Jurado X surgiu.

Ou melhor, a ex-namorada dele surgiu, uma mulher que dizia ter centenas de mensagens de um dos jurados sobre o julgamento de Jake, mensagens que foram enviadas enquanto o julgamento acontecia. Na verdade, o Jurado X a manteve informada a respeito de tudo, com um fluxo constante de informações confidenciais, além de ter acessado vários sites de notícia (coisa que ele era proibido de fazer). Quando os prints apareceram no Buzzfeed, o Jurado X entrou em pânico, tentou apagar seu histórico de navegação, mentiu sob juramento e praticamente entregou de bandeja a oportunidade que o time de advogados de Jake queria: pedir um novo julgamento.

O nome do Jurado X é Marshall Whitfield, fato que foi descoberto pela internet algumas semanas depois de tudo isso. Agora ele desapareceu, depois de ter as informações vazadas, e eu até sentiria pena do sujeito, se ele não tivesse jogado uma bomba na minha vida.

Agora o caso de Jake estava pendente e, enquanto isso, ele tinha começado o que Maeve chamava sarcasticamente de Tour de Reabilitação de Jake Riordan. As visitas às escolas não eram sempre transmitidas pela TV, mas quando eram... eu assistia. Não conseguia evitar.

— Ele está com uma aparência péssima — observa Maeve, de olho na TV.

Maeve não está completamente certa. Jake parece ter mais do que dezenove anos, mas não de um jeito ruim. Ele ainda está bonito, os cabelos castanhos cortados curtos, e os olhos azuis como um céu de verão contrastam com a pele muito pálida. É nítido que está malhando mais do que nunca, e isso é perceptível mesmo com o uniforme largo que usa. Ele se aproxima do púlpito sob aplausos esparsos, a cabeça baixa e as mãos cruzadas em frente ao corpo. Sem algemas, óbvio. Não para uma visita escolar, ainda que os três oficiais sentados nas cadeiras dobráveis colocadas ao lado do púlpito estejam armados e prontos para agir.

Mas Jake nunca faz nada que mereça a ação deles.

— Estou aqui para contar a vocês sobre o pior dia da minha vida — anuncia ele, com a voz baixa, em um tom suave. É como sempre começa. E então, agarrando a borda do púlpito e com os olhos cravados nos alunos a sua frente, ele conta sobre o pior dia da minha vida.

Ele é inteligente. Fala muito sobre *pressão, ser influenciado e estresse,* como se ele fosse a marionete relutante e desinformada de Simon, e não o seu cúmplice mais do que disposto. Segundo Jake, ele nem se lembra de ter atacado Janae Vargas e eu no bosque atrás da casa dela; tudo o que ele queria, como afirmou durante o julgamento, era que nós duas parássemos de ameaçá-lo. *Nós* ameaçando *ele.* Só que isso não pegou muito bem com a opinião pública, então ele faz questão de evitar abordar esse tópico durante as suas visitas às escolas. Se alguém questionar sobre mim, ele rapidamente embarca num monólogo sobre como as escolhas ruins dele afetaram a *todos.* Especialmente ele mesmo.

Em novembro vai fazer dois anos que Jake quase me enforcou na mata atrás da casa de Janae Vargas. Muitas coisas boas aconteceram depois disso: mudei de casa e passei a morar com minha irmã, fiz novos amigos e me formei no ensino médio. Tirei um tempo para pensar no que queria fazer da minha vida e decidi que faria alguma coisa voltada ao magistério. Tirei meu primeiro passaporte mês passado, para que pudesse viajar com Maeve para o Peru no fim de julho, como monitoras de inglês de um programa de imersão no idioma. Depois disso, vou começar a me inscrever em faculdades. Meu pai, ainda que continue sendo um pai ausente, apareceu se oferecendo para custear parte das mensalidades.

A contagem regressiva para a soltura de Jake sempre pareceu longe o bastante para que eu acreditasse que estaria pronta quando acontecesse. Estaria mais velha e sábia, envolta em um cotidiano ocupado e importante, e mal teria tempo de pensar que o meu ex estaria sendo libertado.

Jamais tinha pensado, até pouco tempo, que a contagem poderia se acelerar.

— O que Eli diz sobre isso tudo? Ele acha que Jake vai conseguir um novo julgamento? Ou que ele vai ser solto, ou... — pergunta Maeve enquanto Jake continua seu monólogo ensaiado.

O marido de minha irmã comandava uma ONG de advogados, então ele era nossa primeira parada em qualquer questão jurídica. Ainda assim, como Eli tinha falado para os nove membros da Galera de Bayview mais de uma vez, nós quase nunca dávamos ouvidos a ele até que fosse tarde demais.

— Eli está ocupado pensando em quem vai substituí-lo durante a licença paternidade — lembro a ela.

A gravidez inesperada de minha irmã Ashton, com o parto previsto para novembro, é o motivo pelo qual voltei a morar com minha mãe. Nossa relação nem sempre foi das melhores, mas a animação pelo bebê nos deu algo em comum. Ultimamente, isso tem significado pensar em apelidos de vovó que não façam minha mãe parecer muito velha. Por enquanto o vencedor é Gigi, já que minha mãe se recusa a aceitar minha sugestão de InstaVó.

— Eli consegue pensar em mais de uma coisa ao mesmo tempo. Ainda mais se souber como você está preocupada — sugere Bronwyn.

— Não estou preocupada — respondo, os olhos ainda grudados na TV. Mas minha voz sai fraca de tanto morder a junta dos dedos.

Jake terminou sua fala e agora está respondendo perguntas dos alunos. Um garoto da primeira fila pergunta:

— Como é a comida na prisão?

— Em uma palavra? Horrível — responde Jake, com um timing tão perfeito que todos riem.

— Você pode ver sua mãe e seu pai? — pergunta uma garota. A câmera passa por ela e vislumbro uma segunda garota, com cachos acobreados, atrás da primeira. Quase parece... Mas não. Devo estar vendo coisas. Ainda assim, quando olho para Maeve, ela está encarando a TV com um olhar intrigado.

— Não tanto quanto eu gostaria, mas sim. Eles não desistiram de mim. E o apoio deles é a coisa mais importante. Espero que eu consiga deixar os dois orgulhosos um dia — responde Jake.

— Quero vomitar — anuncia Maeve, mas mesmo ela não consegue soar completamente sarcástica. A Tour de Reabilitação de Jake Riordan está *nesse* nível.

Outro garoto levanta a mão, e Jake acena com a cabeça para que ele fale. É um gesto tão familiar... é o jeito como ele cumprimentava os amigos nos corredores do colégio, com um braço firme em meus ombros. É tão familiar que me dá calafrios.

— Se você pudesse voltar no tempo, o que faria diferente? — pergunta o garoto.

— Tudo — dispara Jake, na lata. Ele olha diretamente para a câmera, e eu me encolho como se ele tivesse entrado na sala.

E ali está.

Era isso que eu estava esperando. O motivo pelo qual continuo me torturando e insistindo em ver essas apresentações. Eu não quero assistir, mas preciso entender que isso existe. Aquele brilho no olhar de Jake. O brilho que ele não consegue esconder durante uma apresentação inteira, não importa o quanto tente. O brilho que reflete toda a raiva que ele está fingindo não sentir mais. O brilho que diz *Eu não me arrependo.*

O brilho que diz *O que eu faria diferente?*

Não seria pego.

CAPÍTULO 2

Phoebe
Segunda-feira, 22 de junho

Eu me curvo ainda mais na cadeira, desejando ter pensado em usar um casaco com capuz, mesmo com os quase trinta graus fora do ar-condicionado do auditório do Colégio Eastland. Sabia que poderia haver câmeras na plateia, mas normalmente a turma que se senta no fundão, onde estou, não é do tipo que faz perguntas.

Sei que Addy assiste a essas coisas. O que vou dizer se ela me vir? Como vou explicar... isso?

Negue, negue, negue, Phoebe. Você é boa nisso.

— Mais alguma pergunta? Temos tempo para mais uma. — O homem que apresentou Jake Riordan se levanta da plateia e vai para o lado dele.

Você realmente se arrepende?

Você machucaria alguém de novo?

O que fez você ser assim?

São essas as perguntas para as quais preciso de resposta. Não consigo me forçar a fazê-las, mas gostaria que alguém as fizesse por mim.

Em vez disso, uma garota grita:

— Você vai ter um novo julgamento?

Jake abaixa a cabeça e diz:

— Eu tento não pensar nisso. Está fora do meu controle. Só estou vivendo do melhor jeito possível, um dia de cada vez.

Olho para o rosto dele e procuro algo, pensando *Por favor, que isso seja verdade*.

Assim como metade dos meus colegas, já tive uma queda por Jake Riordan. Ele era mais velho quando entrei no ensino médio, e ele e Addy já eram *o casal* do colégio. Eu observava os dois desfilarem pelos corredores, impressionada com quão glamorosos e adultos eles pareciam. Quando eles se separaram, depois da morte de Simon Kelleher, tenho vergonha de admitir que meu primeiro pensamento foi *Talvez eu tenha uma chance com ele agora*. Não fazia ideia de como Addy era infeliz ou do que Jake era capaz. Ele escondia seu lado sombrio muito bem. Muitas pessoas fazem isso.

Sei como Addy está estressada, e queria poder conversar sobre isso com ela, *realmente* conversar, não só oferecer palavras vazias. Mas não posso. Destruí essa possibilidade em abril, e agora a única pessoa com quem posso conversar é minha irmã mais velha, Emma. E ela se mudou para a Carolina do Norte assim que se formou, há duas semanas, para morar com uma de nossas tias. E eu posso muito bem ir para a Lua e ela não vai saber, considerando o quanto demora para responder as minhas mensagens.

O que está feito, está feito, ela disse antes de se mudar. *Tínhamos os nossos motivos*.

*

— Desculpe, sinto muito por estar tão atrasada, e muito, muito obrigada!

Estou quase sem ar, cuspindo as palavras enquanto disparo pelo Café Contigo para chegar até Evie, uma das garçonetes, que está no caixa fechando um pedido para viagem. Pedi que ela cobrisse o início do meu turno, sabendo que não conseguiria voltar de Eastland a tempo, mas não contava com tanto trânsito. Estou mais de uma hora atrasada, e Evie, que está trabalhando desde as dez da manhã, tem todo o direito de ficar irritada.

Em vez disso, ela me dá um sorriso sincero. Queria que Evie pudesse colocar seu pensamento positivo em uma garrafa e vender, porque eu certamente compraria.

— Sem problemas, Phoebe. Disse a você para não se apressar — afirma ela, entregando uma sacola a um de nossos clientes regulares.

— O médico estava tão cheio — murmuro enquanto pego um avental de debaixo do balcão e o coloco na cintura. Em seguida, tiro um elástico do bolso e faço um rabo de cavalo com os cabelos desgrenhados. Não consigo prender todos os fios, mas tudo bem, o mais importante agora é ser rápida. — Ok, estou pronta. Pode ir.

— Relaxa, Phoebe. Bebe uma água ou alguma coisa assim. E talvez seja melhor ir ao banheiro dar uma olhada no seu cabelo antes de tentar servir mesas desse jeito — sugere ela com um sorriso, enquanto passa a mão pela ponta da trança de cabelos louros.

— Como é? — pergunto bem quando Luis Santos, namorado de Maeve, sai da cozinha, para e começa a rir.

— Belo chifre — elogia ele.

— Ai, meu Deus — murmuro quando vejo meu reflexo no espelho da parede oposta. De algum jeito, consegui transformar meu cabelo em um chifre de unicórnio. Puxo o elástico, fazendo uma careta quando alguns fios de cabelo saem junto com ele, e afundo na cadeira ao lado do caixa. — Estou um desastre. Sua mãe está brava por eu estar atrasada de novo?

— Ela não está aqui. Só o papai — responde Luis, e suspiro aliviada. Amo os pais dele, mas o Sr. Santos é de longe o chefe mais leniente. — De qualquer forma, a casa não está tão cheia. O clima lá fora está bom demais. Falando nisso... — O sorriso dele se abre quando o sino da porta soa e Maeve entra, acenando com as mãos enquanto vem caminhando em nossa direção. — Esta é minha deixa para ir embora. Tenho planos importantes com Maeve. Oi, bonita.

— Oi — cumprimenta Maeve, menos entusiasmada que o normal, ainda que se derreta com o beijo de Luis. Viro de costas. Gostaria que casais felizes não me fizessem sentir uma pontada lancinante de inveja. *Você escolheu não fazer parte de um casal*, digo a mim mesma, mas isso não ajuda. Ainda mais porque não parece uma escolha.

— Você veio de bicicleta, certo? — pergunta Luis, animado.

— Pode-se dizer que sim — responde Maeve, batendo a bordinha do tênis no chão. Luis levanta as sobrancelhas e ela continua: — Andei pela maior parte do caminho. — Ele suspira e ela diz: — Sinto muito, mas não sei por que preciso ser boa em andar de bicicleta, sendo que você é perfeitamente capaz de fazer isso por nós dois.

— Você não pode andar no guidão da minha bicicleta para sempre — explica Luis.
— Por que não? Não é como se eu fosse crescer muito.
— Discutindo sobre a bicicleta de novo? — pergunta Evie, escondendo um sorriso.

Luis comprou uma bicicleta para Maeve há algumas semanas, determinado a fazer com que ela aprendesse a andar, já que não teve a oportunidade de aprender quando era criança, entre um tratamento de câncer e outro, mas está sendo um processo mais lento do que o esperado. Maeve não *anda* de bicicleta, ela mais empurra a bicicleta enquanto anda. Ou caminha normalmente, chateada de ter que empurrar a bicicleta.

— Vai ser maravilhoso — incentiva Luis, com um otimismo que não parece muito coerente.

Maeve revira os olhos e me encara, um dos braços ainda na cintura dele.

— Phoebe, foi muito estranho. Eu estava vendo a visita de Jake mais cedo...

O sorriso de Luis desaparece.

— Foda-se aquele cara — rosna. Não existem muitas coisas que perturbam a vibe tranquila de Luis, mas seu ex-amigo é uma delas.

— Eu sei — diz Maeve enquanto aperta o braço dele de um jeito carinhoso e se vira para mim. — Vi uma menina na plateia que tinha o cabelo exatamente igual ao seu e... — Meu coração dispara quando os olhos dela descem para minha blusinha brilhante, que não era feita para ser muito discreta. — A mesma roupa.

— Sério? Que estranho! — respondo, tentando me ocupar criando um rabo de cavalo menos ridículo. — Eu ia assistir, mas acabei me atrasando no médico. Como a Addy está? — Odeio mentir para Maeve, mas odiaria ainda mais se ela soubesse o que estou escondendo.

— Na mesma — responde Maeve. Ela parece querer falar mais alguma coisa, mas desiste quando o sino da porta soa novamente e uma presença conhecida entra no café.

— Owen! Como você está, cara? Meu Deus, você ficou ainda mais alto? — pergunta Luis quando meu irmão-não-tão-pequeno se aproxima do balcão.

— Não — murmura Owen, porque ele não tem um pingo de senso de humor.

— Seu pedido está no balcão — avisa Evie. Ela não precisa dizer *É por conta da casa* porque o Sr. Santos nunca deixa meu irmão pagar nada.

— Valeu — responde ele entediado, enquanto pega a sacola do delivery sem nem olhar para mim.

Maeve me encara com um sorriso pesaroso, como se dissesse *Ele tem treze anos, o que você pode fazer?* Me forço a sorrir para ela, com o estômago embrulhado quando Owen passa pela porta e a deixa bater.

— Ótimo conversar com você, Owen — diz Luis, e Maeve dá um soquinho nele.

Há quase três meses, quando Owen ainda tinha doze anos, Emma e eu descobrimos que ele se passava por Emma na internet — enquanto Emma se passava por mim — para falar com um garoto que Emma tinha convencido a participar de um plano de vingança trocada. O menino, Jared Jackson, prometeu que faria meu ex-namorado, Brandon Weber, pagar por ter causado um acidente que resultou na morte do meu pai três anos atrás.

Em troca, Emma supostamente ajudaria Jared a se vingar do cunhado de Addy, Eli, que tinha contribuído para a prisão do irmão de Jared, um policial corrupto. Emma desistiu, mas Owen assumiu o lugar dela e manteve o pacto.

Então Brandon morreu, e todo mundo pensou que fosse um acidente, parte de um jogo de Verdade ou Consequência que Jared tinha armado. Quando Owen parou abruptamente de responder, Jared decidiu conseguir a própria vingança e colocou uma bomba no jantar de ensaio de Eli. Se Knox e Maeve não tivessem impedido, todo mundo que estava no restaurante teria morrido. Em vez disso, Jared foi preso e logo me entregou como sua cúmplice. Emma, que estava hospitalizada depois de semanas bebendo sem parar de tanta culpa, confessou que na verdade havia sido ela quem planejara tudo. Mas nós não percebemos que Owen estava envolvido até que lemos as transcrições do chat dele com Jared e vimos uma palavra que Owen soletrava errado quando estava treinando para um torneio: *bizaro* em vez de *bizarro*.

Naquele momento, sentadas à mesa da cozinha com nossa mãe e o advogado de Emma, minha irmã e eu fizemos um pacto silencioso de manter essa informação apenas entre nós duas. Não conseguia me imaginar fazendo outra coisa, porque, pelas mensagens que Owen enviou para Jared depois da morte de Brandon, estava nítido que ele não tinha entendido completamente o que estava fazendo. Meu querido e inocente irmão, ainda atormentado pelo luto, nunca quis que Brandon se ferisse.

Mas, quase de imediato, dúvidas começaram a aparecer. Eu sabia que não podia contar a ninguém, muito menos a Maeve e Knox, depois que os dois arriscaram a vida para impedir Jared, e esse segredo fez com que me sentisse horrivelmente isolada depois que Emma se mudou. Owen fez treze anos alguns dias depois, parece que cresceu e criou corpo do dia para a noite, e eu não conseguia parar de pensar que ele tinha a mesma idade que Brandon quando acidentalmente matou nosso pai. E que, se Brandon tivesse se responsabilizado por seus atos, ainda poderia estar vivo.

Então agora eu mentia para meus amigos, stalkeava Jake Riordan de leve e escrevia mensagens para minha irmã, tarde da noite, sem coragem de enviar:

E se Owen acabar como Brandon?
Ou como Jake?
Você acha que tomamos a decisão errada?
Você acha que devemos contar para alguém?

Quando meu turno acabou, ajudei o Sr. Santos a fechar o café. Sei que deveria dirigir direto pra casa. São quase onze da noite, estou exausta e amanhã pego o turno matutino. Mas quando chego no cruzamento que leva a minha casa, pego a direção contrária.

Não consigo evitar. Conscientemente ou não, tenho esperado por este momento o dia todo.

Quando chego à casa conhecida, estaciono na entrada, mas não uso a porta principal, vou direto para a dos fundos. Subo em uma árvore, até que esteja paralela ao começo do telhado e, com cuidado, passo para lá. Alcanço uma janela e, quando forço, ela abre com facilidade. Me arrasto para passar por ela, desejando que fosse um pouquinho maior para que eu não parecesse tão desengonçada. E aí despenco no chão de madeira, tiro o pó das mãos e fecho a janela antes de me virar para encarar o cômodo.

— Você sabe que pode tocar a campainha, né? — pergunta Knox.

Ele está deitado na cama, encostado em meia dúzia de travesseiros e com o laptop aberto, os olhos tão sonolentos que tenho certeza de que estava dormindo antes de eu chegar. Meu coração começa a bater numa velocidade agradável, enquanto um pouco da tensão do dia sai do meu corpo, e me apoio na cômoda dele enquanto tiro os tênis.

— Não quero acordar seus pais. Além disso, entrar pela sua janela faz com que eu me sinta uma personagem de um filme adolescente. Qual é o próximo? — Vou até a cama dele, puxo o cobertor azul-marinho e deito ao seu lado, me aconchegando na camiseta branca que ele sempre usa para dormir como se fosse seu cobertor favorito.

Knox tecla alguma coisa antes de virar o laptop para mim:

— *Ela é demais*. Acho que é aquele que a garota tira os óculos e vira rainha do baile — responde. Estamos diligentemente assistindo a filmes clássicos de adolescentes desde que as aulas acabaram e agora, enfim chegamos aos anos 1990.

— Ela provavelmente também solta o cabelo — acrescento, apoiando a cabeça no ombro dele e aspirando o cheiro de sabonete cítrico que ele usa.

— A vida era tão simples no século XX — comenta Knox. Espero que ele aperte o play, mas, em vez disso, ele bate os dedos na borda do laptop, por tanto tempo que levanto a cabeça e o encaro com um olhar questionador. — Então... — começa ele, com os olhos fixos na tela. — Estou contente que você veio porque... Quer dizer, eu nunca *não* fico feliz quando você vem, é sempre bom ver você, e não é como se eu não estivesse te esperando e tal...

— Knox — interrompo enquanto brinco com o cobertor dele. — Você está enrolando. — Isso nunca é um bom sinal.

— Verdade. Desculpa. — Os dedos dele continuam batucando enquanto analiso seu rosto de perfil, me perguntando como existiu uma época em que eu não o achava atraente. Como eu não prestei atenção naquelas maçãs do rosto? — É só que... Queria dizer pra você que eu acho que talvez a gente devesse parar de fazer isso.

— Fazer o quê? Ver filmes? — Ergo minha cabeça do ombro dele, alerta.

— Não, isso não. A gente definitivamente precisa continuar fazendo isso. É mais... — Knox aponta para o espaço entre nós, agora que estou sentada. — Isso. — Eu o encaro enquanto ele engole em seco. — Você. Na minha cama. É... demais.

— Demais *de quê*? — pergunto, puxando o cobertor para me cobrir como um escudo. — Eu não estou fazendo nada!

— Exatamente. Esse é o problema. — Knox passa a mão por trás do pescoço. — Olha, Phoebe, eu respeito que você só queira ser minha amiga. Eu estou bem com isso, juro. Não fico esperando que você mude de ideia.

Meu coração fica apertado com a verdade daquelas palavras. Knox e eu nos beijamos, na noite do casamento de Ashton e Eli, e pensamos — esperamos — que fosse o começo de alguma coisa incrível. Mas então Owen aconteceu. Eu não podia contar para Knox e não podia continuar me envolvendo com ele enquanto escondia uma coisa tão importante. Então, quando ele me convidou para sair, falei que achava melhor que continuássemos apenas amigos. E por mais que uma parte de mim tenha ficado contente com a rapidez dele em acreditar naquela mentira, uma parte ainda maior de mim odeia isso.

— Mas você ficar tão perto... Olha, eu não estou, tipo, *sofrendo* nem nada. Só que isso dificulta sermos apenas amigos, só isso — confessa Knox, enfiando outra faca em meu coração.

Então não seja só isso. As palavras estão nos meus lábios, e quero cobrir os dele com os meus enquanto digo isso, jogar o laptop de lado para que eu possa finalmente, *finalmente* tirar aquela camiseta branca. Mas é claro que não posso. E é claro que ele está certo, e minha única fonte de conforto não ia durar. Não tem sido justo da minha parte, e Knox tem sido um super-herói por aguentar tanto tempo.

— Eu entendo — digo sem expressão, jogando as pernas para fora da cama. — Sem problemas.

— A gente ainda pode ver o filme. Só que, sabe, lá embaixo. Posso fazer pipoca se você quiser.

Meu Deus. Não tem nada que eu queira menos do que ficar presa na sala de estar de Knox, cada um sentado de um lado do sofá, com a pipoca no meio. Assistindo a um filme pelo qual não tenho o menor interesse, já que a única razão de eu estar aqui é para estar perto dele. Mas seria muito babaca da minha parte recusar a oferta quando ele está sendo absolutamente sincero. Então me forço a sorrir e digo:

— Tudo bem, vamos lá.

Afinal de contas, qual o problema de mais uma mentira?

CAPÍTULO 3

Nate
Quarta-feira, 24 de junho

O outdoor digital na esquina da rua Clarendon é o mesmo desde que me lembro — uma bebida energética dançante —, então o fato de ter algo diferente nele chama minha atenção quando paro a moto no sinal vermelho.

HORA DE UM NOVO JOGO, BAYVIEW.

Apenas essas palavras, vermelhas em contraste com o fundo branco. Elas desaparecem da tela e eu espero, um pouco intrigado para ver o que vem depois, apesar de não querer. Mas o anúncio volta com as mesmas palavras: HORA DE UM NOVO JOGO, BAYVIEW. Todo esse suspense para quê? Se nem mostram o produto que estão anunciando. Ótimo trabalho, publicitários.

O sinal abre e eu atravesso, seguindo o caminho conhecido para o Bayview Country Clube. Para muitas pessoas, o verão em Bayview é sinônimo de praias, churrascos e uma competição de fotos de férias com #*nofilter* nas redes sociais. Para mim, significa um segundo turno de serviço. Trabalho com construção de dia, sirvo bebidas para a galera da McMansion Bayview à noite e depois tento dormir algumas horas em uma casa lotada com outras cinco pessoas que não têm mais nada para fazer além de organizar festas e tentar me arrastar para alguma delas.

Vivendo a vida dos sonhos.

Paro no estacionamento e deixo a moto entre duas linhas brancas recém-pintadas, depois verifico as horas no celular. Tenho uma nova mensagem: uma foto de Bronwyn e Stan, meu lagarto, sentados lado a lado em uma pedra enorme do jardim de Bronwyn. Agora que voltou de Yale para passar as férias de verão aqui, decidiu que Stan precisa, como ela diz, de "mais exercício e estímulos mentais". Então, alguns dias, ao final do estágio, ela o pega lá em casa, leva-o até a casa dela e fica com ele no jardim. Pelo que percebo, Stan não está se exercitando mais do que de costume quando embarca nessas excursões, mas parece que ele gosta de ter uma nova pedra para se sentar.

Solto um sorriso e meu humor melhora instantaneamente. Minha namorada está de volta pelos próximos dois meses, então acho que estou mesmo vivendo a vida dos sonhos. Bronwyn está se preparando para a faculdade de Direito e podia escolher um estágio de verão em New Haven ou Nova York, mas ela escolheu um em San Diego. É um trabalho incrível em uma start-up comandada por mulheres, do tipo em que ela quer atuar como advogada um dia, então nem precisei me preocupar por ela perder oportunidades por minha causa.

Não deixe um passarinho roubar o Stan, mando para ela.

JAMAIS, ela responde, com um emoji de horror.

Claro que ela não deixaria. Bronwyn Rojas é a pessoa com quem mais se pode contar no mundo. Sei a sorte que tenho de estar com ela, e é essa a razão de eu estar fazendo tudo isto: os trabalhos, a escola, a casa barata cheia de gente para que eu não gaste tudo com aluguel. Um dia, serei o cara que Bronwyn merece e não o cara que ela teve que salvar da prisão quando estávamos no ensino médio.

Enquanto isso, preciso servir alguns drinques.

Desligo a moto, guardo as chaves no bolso e ando em direção aos pilares gigantes que emolduram a entrada do clube. O mural no fim do estacionamento está cheio de flyers anunciando serviços de jardinagem, professores particulares, diaristas, passeadores de cães... todas as coisas que gente rica não consegue fazer sozinha porque está ocupada demais frequentando country clubes. Meus olhos se fixam em um anúncio que ainda não tinha visto e que parece mais brilhante que os outros. Bem branco, com apenas algumas letras vermelhas:

HORA DE UM NOVO JOGO, BAYVIEW.

Ando mais devagar, minhas sobrancelhas se juntam antes que eu arranque o flyer e veja o verso. Não há nada ali. É obviamente a mesma coisa do outdoor que vi no caminho para cá, e eu ainda não entendo o que é. A não ser que...

Provavelmente é alguma empresa tentando ser moderninha. Mas agora, com o papel em mãos, percebo que algum babaca pode estar querendo lembrar Bayview do jogo de Verdade ou Consequência que matou Brandon Weber. Isso aconteceu muito depois da morte de Simon, e imitadores do aplicativo de fofoca de Simon, Falando Nisso, continuavam a aparecer pela escola. Mas esse tipo de coisa era feita por estudantes, não gente com dinheiro suficiente para alugar um outdoor. Se bem que, parando para pensar, vários adolescentes do Colégio Bayview têm esse tanto de dinheiro.

— Procurando um professor particular? — pergunta uma voz atrás de mim.

Me viro e vejo Vanessa Merriman em um vestido branco quase transparente por cima de um biquíni listrado. Vanessa e eu nos formamos no mesmo ano, e ela era amiga de Addy, mas depois ficou do lado de Jake quando eles terminaram. De alguma forma, mesmo depois que Jake foi para a cadeia, Vanessa não achava que tinha motivo para se desculpar com Addy. Ela deve ter vindo para passar as férias, seja de qual faculdade for. Não sei e não podia me importar menos com Vanessa Merriman.

Ela se apoia de um jeito provocante no mural e continua:

— Talvez eu possa ajudar. Sou muito boa em várias coisas. Anatomia, por exemplo. — Apenas a encaro, até que ela começa a rir e diz: — Ah, para com isso! Relaxa, era só uma piada. — Ela levanta a mão como se fosse dar um tapinha no meu braço, mas para antes de fazer qualquer contato. — Espera. Você não foi quase explodido uns meses atrás? Como ainda tem os dois braços e as duas pernas?

— As notícias foram um pouco exageradas.

Vanessa vira a cabeça de lado e arregala os olhos quando observa meu braço esquerdo. Eu peguei o pior da bomba que Jared Jackson usou em março, já que caminhava com Bronwyn no arboreto atrás do restaurante onde Ashton e Eli estavam fazendo o jantar de ensaio para o casamento. Knox, que não tinha ideia de que estávamos lá, arremessou a mochila que viu Jared largar no restaurante a alguns metros de nós. Tivemos de correr em disparada e ainda assim estávamos no raio de destruição da bomba quando ela disparou. Eu me joguei em cima de Bronwyn para protegê-la, e acabei com o braço cheio de estilhaços. As feridas já estavam curadas, mas vou ficar com as cicatrizes para sempre.

— Ai — murmura Vanessa. Então aperta minha bochecha e continua: — Bem, poderia ter sido pior, né? Pelo menos não machucou esse rostinho lindo.

Parece que as prioridades de Vanessa não mudaram desde a escola. Ela tenta pegar o flyer que estou segurando, mas consigo jogar o papel no lixo antes que ela o alcance.

— O que era? Por que você jogou fora? — pergunta Vanessa, jogando o cabelo para trás. O cabelo dela parece ser tratado com produtos caros, com as raízes mais escuras e as pontas mais claras, com mechas de vários tons. Addy saberia nomear esse tipo de cabelo.

— Porque é estranho — respondo e volto a andar.

Vanessa segue ao meu lado.

— Estranho como?

Não tenho nenhum interesse em falar sobre teorias de outdoors misteriosos com Vanessa Merriman.

— Você não tem que ir pra uma piscina ou algo assim?

— Preciso de um drinque antes — responde a garota, colocando a ecobag no ombro. Então começa a me contar que acabou de voltar de uma viagem para Ibiza e continua um monólogo disfarçado de conversa desde o estacionamento, passando pela entrada e pelo corredor principal, até chegarmos ao restaurante em que trabalho. Ela se senta em um dos bancos altos de frente para o bar em formato de U, tira os óculos escuros e diz: — Um gim tônica, por favor.

— Valeu a tentativa. Mas a qualidade da sua identidade falsa não importa se você se formou no mesmo ano em que o assistente do barman. — Paro atrás dela e faço um sinal para Gavin, um dos atendentes que está servindo um casal mais velho do outro lado do bar.

— Ah, para com isso Nate. Ninguém se importa. E não é como se eu estivesse dirigindo.

— Então por que você estava no estacionamento?

— Ok, não é como se eu estivesse dirigindo *para longe*.

— Aqui. Use sua imaginação. — Encho um copo com gelo, água com gás e uma rodela de limão.

Vanessa suspira e toma um gole, ressentida, depois diz:

— Sabe de uma coisa? Você é muito menos divertido agora.

— Vou encarar isso como um elogio.

Ela faz uma careta e continua:

— Não é.

— Nate, meu chapa. — Gavin se aproxima e me pega pelo ombro. A pele clara dele ainda está bronzeada do fim de semana, e seu cabelo castanho-claro está mais escuro na parte da frente por conta do suor. Tem muito espaço aberto perto do bar para que o ar-condicionado dê vazão. — Stephanie acabou de ligar do carro. Ela está quase chegando, mas eu já estou atrasado para encontrar uma pessoa e preciso ir embora. Você poderia... sabe?

Sabe é um código para *me substituir*. Tecnicamente eu não posso servir bebida alcoólica, já que não tenho vinte e um anos, mas a gerência do clube não presta muita atenção no bar. Metade do tempo que estou aqui, trabalho como se fosse um segundo bartender.

Eu esperava conseguir comer alguma coisa antes de começar o serviço, já que vim direto de um dia de trabalho na Myers Construções. Não valia a pena ir para casa pois tinha pouco tempo e, além disso, minha casa está pior do que nunca por conta do meu novo colega. O único cara de quem eu mais ou menos gostava se mudou há duas semanas, e adivinha quem foi morar lá? Reggie Crawley, o ex-aluno do Colégio Bayview conhecido por ter sido desmascarado por Simon Kelleher e ter uma câmera no quarto. Nesse caso, Simon fez o que sempre falou que fazia: *Expor babacas*. E não é como se Reggie tivesse melhorado com a idade; quando o *Bayview Blade* entrevistou as pessoas sobre o programa de true crime que fez Jake parecer uma pessoa decente, Reggie foi gravado dizendo esta pérola: "Ele sempre foi legal comigo."

Mas isso não é culpa de Gavin, obviamente, e ele é tão generoso quando divide as gorjetas que eu não consigo pedir que ele fique por aqui até Stephanie chegar.

— Sem problemas — respondo.

— Obrigado, fico te devendo uma — agradece ele, saindo de trás do bar.

Vanessa se endireita, vendo um novo alvo:

— Olá, acho que não nos conhecemos. Sou Vanessa Merriman — apresenta-se, estendendo um braço cheio de pulseiras.

Gavin pega a mão dela e diz:

— Prazer em conhecer você, Vanessa Merriman — cumprimenta ele, repetindo o nome como se estivesse tentando decorar. O que provavelmente é o caso. Gavin é universitário e não cresceu por aqui, mas ele conhece mais pessoas em Bayview do que eu. *Truque de bartender*, ele diz. *Faz com que as pessoas deem mais gorjetas*.

— Não sirva álcool a essa garota. Ela tem dezenove anos — aviso enquanto pego alguns copos de baixo do balcão e os coloco nas prateleiras.

— Ok, isso foi *grosseiro* — reclama Vanessa.

Gavin dá um sorriso e tira a gravata que sempre usa, mesmo que ninguém nos obrigue.

— Desculpa, Vanessa. Divirta-se com o pessoal do happy hour, Nate.

Ele sai e Vanessa espreme sua rodela de limão em minha direção com um cara feia.

— Nem todos nós podemos nos divertir — diz ela.

Os olhos de Vanessa passam acima de meus ombros, e então seu rosto faz uma nova expressão que é quase... esperançosa? É uma expressão estranha para Vanessa, então eu sigo seu olhar e vejo uma mulher de meia-idade, bem-vestida e elegante, sentando em um banco próximo.

— Olá, Sra. Riordan. Como a senhora *está*? — pergunta Vanessa.

A mãe de Jake olha em nossa direção. Fiquei surpreso, quando comecei a trabalhar aqui, ao saber que ela e o Sr. Riordan ainda frequentam o clube. Não é como se eu passasse muito tempo pensando nos Riordan, mas se eu passasse, suporia que eles se mudariam da cidade, como os pais de Simon. Ou pelo menos que ficariam um pouco mais em casa depois que o único filho deles se envolveu no maior escândalo da cidade. Mas então conheci o Sr. Riordan e tudo fez sentido, porque o cara é um grande babaca. Ele ainda acha que é o rei de Bayview e vai dizer para quem quiser ouvir — e para quem não quiser também — que Jake teve um julgamento injusto. Ele finge não saber quem eu sou, como se o filho dele não tivesse incriminado a mim e aos meus amigos pela morte de Simon. Além de tudo, dá péssimas gorjetas.

Mas a Sra. Riordan é diferente. Eu não estava planejando falar nada com ela a não ser que fosse muito necessário, mas ela me surpreendeu, na primeira noite que trabalhei aqui, quando parou ao meu lado e se desculpou pelo que Jake fez. "Ele está tentando compensar o que fez", disse com delicadeza. Não acreditei nem por um segundo, mas acho que ela acredita.

— Ah, Vanessa, oi. Que ótimo ver você — cumprimenta a Sra. Riordan. Sei por que ela veio, e como Stephanie ainda não está aqui, eu mesmo encho uma taça quase até a boca com o chardonnay mais caro do bar. A Sra. Riordan precisa de cada gota para lidar com aquele idiota com quem é casada. — Obrigada, Nate — agradece ela, tomando um gole antes de deixar uma nota de vinte dólares no balcão. — Isto é para você. Coloque o vinho na nossa conta, por favor.

— Obrigado — digo, colocando a nota no bolso.

É mais do que estranho, provavelmente, que minhas melhores gorjetas venham da mãe de Jake. Mas é isso. Não tenho nada contra a Sra. Riordan; até conversamos de vez em quando, sobre temas neutros como o clima, a escola e o trabalho. Sei que ela era uma publicitária importante, e acho que sente falta disso. Não sei o que ela faz agora durante o dia, e é meio deprimente pensar nisso.

Vanessa se muda para o banco ao lado da Sra. Riordan, e elas começam a conversar quando pego meu celular para checar as mensagens uma última vez. Mais algumas de Bronwyn, e o recém-nomeado grupo de mensagens Galera de Bayview está bombando. Desde que a Associação Atlética Universitária Nacional mudou as regras sobre atletas universitários e os lucros sobre seus nomes e imagem, Cooper tem recebido muitas propostas de patrocínio. Ele finalmente aceitou uma delas e seu primeiro comercial — para a rede de academias em que malha — vai ao ar mês que vem. Obviamente, Addy achou que isso era motivo para uma festa.

A Festa do Comercial será no Café Contigo, escreve Luis. *Mal posso esperar para ver nosso garoto em sua estreia na TV. Mas ainda acho que você devia ter aceitado aquele comercial de operadora de celular. Muito mais dinheiro.*

Não consegui, escreve Cooper. *Minhas ligações ficavam caindo.*

Esse é Cooper Clay para quem não conhece: o tipo de cara que insiste em realmente usar alguma coisa antes de atrelar seu nome a ela e educadamente recusa uma bolada em dinheiro quando a coisa não é boa.

Tem uma mensagem do meu pai. *Não consigo achar minhas chaves. Você as viu na última vez que veio aqui?*

Não, respondo tentando não bufar. O lance com meu pai é que... ele está tentando. Está sóbrio há quase quatro meses e até tem um trabalho agora, fazendo serviços de manutenção no Colégio Bayview. Não vou apostar em quanto tempo isso vai durar, mas também não vou tentar destruir o cara. Dou o braço a torcer e mando mais uma mensagem: *Olha na mesinha ao lado da TV*. Noventa por cento das vezes, é lá que ele coloca as chaves, mas mesmo sem beber parece que não consegue se lembrar disso.

O celular da Sra. Riordan toca, e ela levanta um dedo para pôr uma pausa no monólogo de Vanessa sobre Ibiza.

— Me dê licença um momento, por favor, isso é... Alô?

Ela se vira e Vanessa, com o braço cheio de pulseiras, me entrega o copo quase vazio.

— Mais água com gás, por favor, Sr. Estraga prazeres — implica ela.

Completo o copo quando a Sra. Riordan solta um arquejo alto.

— Tem certeza? — diz ela, quase sem ar. — Por favor não... Eu realmente não acho que consigo... Sério? Você tem certeza. *Mesmo?* — Quando olho para o lado dela, seus olhos estão cheios de lágrimas. — Ai, meu Deus. Eu desejei e rezei, mas nunca pensei... Sim. Sim, claro, sei como é ocupado. Estaremos lá amanhã, nove da manhã em ponto. Obrigada. Obrigada, Carl, do fundo do meu coração. — Ela desliga e coloca as mãos no rosto.

Nunca tinha visto a Sra. Riordan tão repleta de alegria e alívio, e isso me dá um nó no estômago. Só existe uma coisa que a deixaria tão feliz. Troco olhares com Vanessa, que puxa a manga da roupa da Sra. Riordan e pergunta:

— Está tudo bem?

— Mais do que bem. Jake... Ele... — gagueja a Sra. Riordan.

Ela não consegue terminar a frase, então Vanessa diz:

— Ele conseguiu um novo julgamento?

Mesmo que eu esteja pensando nas mesmas palavras, ainda parece que levei um soco. De alguma forma, consigo lidar com o fato de precisar ver o Sr. e a Sra. Riordan, porque eles nunca fizeram nada diretamente contra mim. Mas Jake fez. O cara que me incriminou e ajudou a me mandarem para a prisão juvenil — o pior momento da minha vida, quando achei que nunca mais sairia de lá — conseguiu uma segunda chance. Os promotores não pensaram duas vezes antes de me mandar para a prisão, mas Jake? Jake Riordan consegue escapar, como sempre.

Algumas coisas nunca mudam. Essas merdas nunca mudam.

Puxo a gola da camiseta para conseguir respirar melhor, mas não adianta. Foda-se a galera do happy hour, preciso sair daqui. E preciso ligar para Addy, que vai se sentir ainda pior do que eu. Estamos vivendo um pesadelo, e o mínimo que posso fazer é avisar minha amiga antes que ela fique sabendo por outra pessoa.

A Sra. Riordan, que está tão feliz com a notícia que não entende que é uma coisa boa só para ela, procura um lenço na bolsa antes de responder a Vanessa:

— É mais do que isso — acrescenta ela, com mãos trêmulas levando o lenço aos olhos. — Ele está vindo para casa.

CAPÍTULO 4

Addy
Segunda-feira, 29 de junho

O Jeep de Cooper chacoalha ruidosamente quando para em um estacionamento pago em frente a um escritório em San Diego, e Cooper suspira quando puxa o freio de mão.

— Odeio admitir isso, mas acho que este carro está em seus últimos dias — diz ele.

— Nem percebi — respondo, irônica. Durante a viagem de Bayview para cá, tivemos praticamente que gritar um com o outro para ouvir alguma coisa por causa do barulho do motor.

— Desculpa. Não estava tão ruim ontem, juro. Eu teria pegado o carro do Kris emprestado se estivesse — explica Cooper. Ele estica o braço na minha frente, como se fosse abrir a porta do passageiro. — Espera aí. Deixa eu conferir aqui antes. — Ele sai do carro e dá a volta, olhando para todos os lados da rua e dos prédios próximos antes de abrir minha porta. — A barra está limpa — garante ele.

— Você é ridículo — respondo, sorrindo apesar do meu péssimo humor.

Cooper está paramentado como um espião: óculos escuros, um boné enfiado na cabeça para esconder os cabelos louros e metade do rosto, e uma camiseta da Oktoberfest que Kris comprou quando foi visitar os pais na Alemanha. Ainda assim ele não parece um turista, como finge ser às vezes. O físico de atleta profissional conquistado com muito exercício o diferencia na multidão.

Mas não é com os fãs de beisebol que Cooper está preocupado.

— Estamos adiantados. Quer tomar um café antes? — sugere ele, olhando o celular.

— Não. Vamos subir direto — respondo enquanto olho pelas janelas do café que fica no térreo do prédio do escritório de Eli. Meia dúzia de pessoas estão espalhadas pelos bancos, a maioria encarando um laptop ou celular. Nada fora do comum, mas o escritório de Eli é conhecido o suficiente para que eu não descarte a possibilidade de um jornalista estar de tocaia por ali. Alguns dos antigos conhecidos ficaram em frente a minha casa por alguns dias depois que saiu a notícia sobre Jake, mas eu já estou experiente em evitar todos eles.

— Sim, senhora — responde Cooper, entrelaçando o braço no meu.

Me apoio nele, aliviada com sua presença, mesmo que não quisesse isso a princípio. *Vou continuar levando minha vida normalmente*, disse para todo mundo quando recebemos a notícia na semana passada: Jake não só conseguira um novo julgamento, como ele estava saindo em liberdade condicional. *Jake não pode mais controlar o que eu faço.* E eu estava decidida, mas ainda assim é bom ter Cooper ao meu lado. Especialmente porque a minha *vida normal* agora significa buscar os papéis do mandado de proteção que Eli fez.

— Eu levo para você hoje à noite — informou Eli quando liguei mais cedo.

— Não, eu vou buscar. Tenho coisas para fazer na rua mesmo — respondi. *Vida normal.*

— Ainda bem que você não tinha jogo hoje — digo para Cooper ao andarmos até os elevadores. Ele joga na liga de elite no verão, e a rotina é intensa mesmo sem ele arremessar com tanta frequência como na Cal Fullerton.

— Eu também achei bom. Exagerei nos exercícios ontem. Nonny me deu um sermão que durou metade da noite — responde Cooper, alongando os ombros. Passamos por uma mulher que o olha de forma interessada, como se tivesse certeza de que o conhece mas sem saber de onde, porém ela me ignora. As únicas vezes que me sinto realmente invisível é quando estou com Cooper, é uma sensação boa.

— Nonny? Mas ela é sua fã número um! — pergunto enquanto aperto o botão para chamar o elevador.

— É mesmo, mas você sabe como ela está desde que saiu do hospital. Meio obcecada com saúde.

Nonny fez uma cirurgia complicada no joelho há algumas semanas, e embora esteja se recuperando bem, sei que Cooper está preocupado. Além de Kris, não tem ninguém de quem ele se sinta mais próximo.

A porta do elevador faz um barulho e se abre. Entramos.

— Você acha que ela vai conseguir ir à Festa do Comercial no Café Contigo?

— Duvido. Mas provavelmente é bom, já que tenho quase certeza de que fui péssimo no comercial. Não acredito que deixei você me convencer a dar essa festa. — Ele franze o nariz quando o elevador para e as portas se abrem de novo, com um cheiro pungente e conhecido. — Parece que a clínica de implante de cabelo não mudou de lugar, né?

— Não — digo ao sair para o corredor.

— Addy! Que bom ver você! — A porta da Até que Provem se abre e Bethany Okonjo, uma das assistentes jurídicas de Eli, sai e me enreda em um abraço apertado.

— Digo o mesmo a você — respondo tentando mover minha mão e dar alguns tapinhas nas costas dela. — Obrigada pelo... uhm... abraço. — Eu ia dizer *pela recepção calorosa nada exagerada*, mas por que ser sarcástica com pessoas que estão tentando demonstrar que se importam? E essa é uma das muitas, muitas lições de vida que aprendi nos últimos anos.

— Eli está preso numa reunião, mas já preparamos a sala de conferência para vocês — anuncia Bethany enquanto desfaz o abraço e indica a porta aberta. — Winterfell. — Ela percebe o olhar confuso de Cooper quando ele finalmente tira os óculos escuros e complementa: — Ou para aqueles que não estão familiarizados com a nomenclatura de *Guerra dos Tronos*, a sala pequena. Pode entrar. Deixamos alguns aperitivos lá para o caso de estarem com fome.

Alguns aperitivos não faz jus àquilo. Parece que alguém comprou tudo que o café do térreo fez e levou para a mesa. Esse alguém provavelmente foi Knox, que acena para nós de dentro da sala de conferências maior, com paredes de vidro, onde algumas pessoas escutam o que Eli diz. Agora que acabou o ensino médio, Knox está trabalhando aqui praticamente em período integral. Ele foi promovido de estagiário a assistente no mês passado, então finalmente está ganhando mais do que pizza grátis e experiência.

— Preciso voltar para lá, mas se precisar de alguma coisa é só acenar — oferece Bethany antes de fechar a porta.

Cooper vai direto para a mesa, como se aquela fosse sua missão. Apesar de seus treinos regulares e da dieta balanceada, ele não resiste a um carboidrato.

— Oba! Croissants de chocolate. Kris adora isso — diz ele, feliz, pegando dois. Mas em vez de dar uma mordida, ele os enrola em um guardanapo e coloca de lado.

— Own, olha só você, deixando de comer seus favoritos para guardar para ele. O casal perfeito continua perfeito. — Sento e pego uma tortinha de frutas, escolho um morango caramelizado da cobertura e enfio na boca.

— Isso nem existe.

O morango enorme quase fica entalado na minha garganta, e faço força para engolir. Cooper tem razão, as pessoas costumavam falar isso de mim e de Jake: *o casal perfeito*. Por fora feliz, radiante, superpopular, embora nós dois não fôssemos os melhores naquilo com que mais nos importávamos. Jake não era nada perto de Cooper quando se falava em esportes em Bayview, e eu era sempre a segunda mais bonita em qualquer competição. Acabou que competições de beleza não eram meu forte, e Jake, bem...

— Ele enganou todo mundo — murmura.

— Não no mesmo nível — digo com uma risada nervosa.

— Não é verdade. Quer dizer, claro que era diferente entre vocês, mas eu conhecia ele há mais tempo que você, Addy. A gente começou a ser amigo no final do verão antes do primeiro ano, e eu nunca... nem uma vez... pensei que ele fosse capaz de machucar alguém. Luis também não sabia, e Keely...

— A gente pode não falar da Keely agora?

— Eu pensei... Pensei que tinha sido uma coisa boa. — Cooper parece confuso.

— E foi... Ou seria, talvez, se eu não estivesse completamente *destroçada* por dentro — respondo enquanto brinco com a borda da tortinha.

Naquele mês, quando minha amiga Keely Soria voltou para casa depois de terminar o primeiro ano na UCLA, em Los Angeles, passamos a noite de sexta-feira dirigindo por San Diego em busca de uma festa que um dos amigos de Keely estava organizando. Não conseguimos encontrar, mas ela continuou tentando alguns endereços parecidos, e foi ficando cada vez mais engraçado quando ela ia nos levando em lugares sempre totalmente errados. Quando por fim paramos em frente a um asilo, desatamos a rir tanto que comecei a chorar. Keely tentou limpar minhas lágrimas e quase enfiou uma de suas unhas de gel no meu olho, e isso me fez rir ainda mais. E então, de repente... a gente estava se beijando. Eu não percebi que queria isso até estar acontecendo, e então...

Bem, o final não foi perfeito. Como Cooper disse, isso não existe. Mas foi bem legal.

— Você não está destroçada — consola Cooper com firmeza. — Você é cuidadosa, e Keely entende isso. Diria que ela entende isso melhor do que qualquer um. Ela não está insistindo, está?

Cooper e Keely são amigos agora, mas têm uma história; eles namoraram no ensino médio antes de Cooper sair do armário, e Keely ficou magoada quando descobriu.

— Claro que não — murmuro. — Estamos falando da Keely. De qualquer forma, ela já foi embora, lembra?

A família de Keely sempre passa os verões em Cape Cod, e ela foi para lá na semana passada. Odiei quando me senti um pouco aliviada por isso, da mesma forma que me senti aliviada quando Daniel, o cara com quem eu estava saindo um mês antes, aceitou graciosamente meu discurso de *é-melhor-sermos-só--amigos*. Mesmo não sendo essa a minha vontade.

Minha vida amorosa seguia um padrão triste desde que Jake fora preso: eu fico animada com alguém novo, passamos algumas semanas fantásticas juntos e então a parte primitiva do meu cérebro se manifesta. Algum tipo de resposta ao ataque, um instinto de fuga que me faz afastar as pessoas. Não me importo de estar solteira — aprendi a gostar disso de muitas formas —, mas quero que isso seja uma escolha, não que aconteça porque tenho medo.

Cooper foi a primeira pessoa para quem contei sobre Keely, já que eles tinham namorado e eu quis me certificar de que não seria estranho para ele. Acho que ele ficou emocionado quando o procurei para essa quase saída do armário, ainda que eu não tenha certeza do que isso significa. Sei que gosto de garotos, e não acho que senti atração por garotas antes de Keely, embora seja possível que eu sentisse algo que não soubesse nomear. Quando contei isso para Cooper, ele me lembrou que o nome que damos às coisas não importa. "Só continue gostando de quem você gostar", ele disse.

Cooper me traz de volta para o presente ao colocar a mão no meu ombro.

— Dê tempo a si mesma, Addy. Não tem nem dois anos que tudo deu errado com Jake.

— E ainda assim ele conseguiu sair da cadeia antes de eu conseguir ir em um terceiro encontro — digo, então enfio o restante da tortinha na boca, e Eli finalmente sai da outra sala de conferências e vem em nossa direção. Ele traz uma pilha grande de pastas, então Cooper abre a porta pra ele.

— Obrigado, Cooper. Oi, Addy. Desculpe por fazer vocês esperarem. E que bom que estão gostando da comida — observa Eli olhando para minhas bochechas de esquilo. Foi mais comida do que imaginei.

Mastigo com força e aceno, me sentindo mais relaxada só de ver meu cunhado. Mesmo que o caos sempre acompanhe Eli por conta do trabalho, ele é uma das pessoas mais competentes, e portanto reconfortantes, que já conheci.

— Vou ser rápido, porque só tenho boas notícias. Bem, as melhores possíveis, nessa situação — diz ele, deixando as pastas na mesa e pegando a primeira. — Temos tudo de que precisamos. Jake não pode chegar a menos de sessenta metros da sua casa, da minha casa e da casa de Ashton, ou do Café Contigo. Ele também não pode entrar em contato com você, não pode...

— Mas como isso está acontecendo? — pergunta Cooper em um raro arroubo de raiva. Ele trota até a janela e olha para fora, com as mãos na cintura. — Tinham três testemunhas oculares quando Jake fez aquilo com Addy, Addy *estava lá*. Ela foi para o hospital! Sem contar as outras merdas que ele fez. Provavelmente Simon ainda estaria vivo se Jake não tivesse cruzado a vida dele, e talvez as coisas tivessem sido diferentes para ele. Por que de repente nada disso importa?

— Importa — suspira Eli e passa a mão pelos cabelos. Estão um pouco mais longos (ou melhor, altos) desde o casamento, embora não estivesse com o tamanho de "cientista fanático" de quando o conheci. — Mas o julgamento por um júri imparcial é um direito fundamental do nosso sistema judiciário. Junte a isso a opinião popular, a idade de Jake, o serviço comunitário que ele tem prestado e... Bem, estamos aqui.

Cooper continua encarando a janela, o maxilar travado, enquanto Eli se senta ao meu lado e pega minhas mãos.

— Addy, eu sei que isso é horrível. Ninguém acredita mais na importância de um julgamento justo do que eu, e ainda assim odeio o que está acontecendo. Mas o juiz entende sua preocupação, e é por isso que essa medida de proteção é extremamente complexa. Além disso, os movimentos de Jake serão monitorados com cuidado e o novo julgamento acontecerá o mais rápido possível.

— Vou ter que testemunhar de novo? — pergunto, a garganta seca só de pensar nisso.

Da primeira vez tinha sido bom confrontar Jake e conseguir contar com calma todas as formas como ele me machucou. Mas não é o tipo de coisa que tenho vontade de fazer de novo.

— Provavelmente não. Mas podemos falar sobre isso depois — responde Eli quando solta minhas mãos. Ele tira um pacote enorme de folhas da pasta e o coloca na mesa entre nós. — Enquanto isso, aqui está sua cópia. Posso explicar tudo em detalhes, mas o mais importante é que você saiba que seria muito, totalmente idiota da parte de Jake sequer respirar na sua direção. Até a menor violação dessa ordem o mandaria direto de volta para a cadeia, e seria mais uma prova na pilha de coisas que o condenou.

— Ele não se preocupou com as provas que deixou da primeira vez. Queria poder ir para o Peru agora e não só no fim de julho — digo e me mexo na cadeira.

Pensei que ficaria lá pela maior parte do verão, mas a escola na qual me matriculei, Colégio San Silvestre, acabou dividindo o programa em duas partes. Para que eu e Maeve fôssemos juntas, só poderíamos nos matricular na segunda.

— Não se preocupe, Addy! Seus amigos não vão deixar que você fique sozinha nem por um segundo de agora até que você embarque naquele avião. E quando não estivermos do seu lado, estaremos de olho em Jake — afirma Cooper com os braços cruzados.

— Vocês não vão fazer nada disso — censura Eli, mas não consigo evitar e dou um sorriso quando vejo Cooper ativar seu modo guarda-costas.

— Alguma coisa suspeita lá fora, Cooper? — pergunto.

Os olhos dele se desviam da janela e ele diz:

— Um carro velho tem rodeado a rua desde que chegamos. Um conversível vermelho com capota marrom. — Ele se aproxima do vidro e aperta os olhos para ver melhor. — Tenho quase certeza de que Jake jamais dirigiria uma lata-velha dessas, mas preciso chegar perto para garantir.

— Cooper, escuta aqui. Vou ser o mais enfático possível — declara Eli, uma pontada de urgência em sua voz. — Não faça nada. Sobre nada. Isso vale para vocês dois. Para *todos* vocês. Todo o Grupo de Bayview ou seja lá como vocês se chamam hoje...

— Galera — respondo.

— Que seja — diz Eli com um gesto mostrando que ele não se importa. — Eu disse a mesma coisa para Knox, e eu vou demitir esse garoto se ele não me escutar.

— Não, você não vai — digo com uma risadinha debochada, sentindo uma onda de carinho quando olho Knox amontoando com cuidado alguns papéis em sua mesa.

Eu quase não o conhecia há três meses, mas ver alguém salvando uma festa de casamento inteira é uma experiência bastante impactante. Agora ele é como o irmão mais novo que nunca percebi que queria ter. Ele também é muito paciente com o fato de que, vez ou outra, quando penso sobre o que poderia ter acontecido com minha irmã e quase todas as pessoas que amo, sinto a necessidade de passar meus braços pelo pescoço dele e abraçar apertado por alguns minutos.

— Eu pensaria seriamente nisso — alerta Eli, sem muita convicção. — E quanto a você... — Ele franze as sobrancelhas quando pego os papéis e um envelope escorrega do meio das páginas, caindo na mesa. — Espera aí, isso não deveria estar aqui.

Nós dois olhamos para o envelope por alguns segundos. Eli parece preocupado, e eu me lembro das ameaças de morte que ele recebeu há alguns meses, vindas de Jared Jackson, o irmão de um dos caras que Eli colocou na prisão. As cartas foram ficando cada vez piores, até Jared decidir explodir o jantar de ensaio de Eli e Ashton.

— Isso é... — Pego o envelope antes que Eli o alcance e o viro com as mãos trêmulas. Então pisco algumas vezes enquanto Eli parece tenso em sua cadeira. — Bebê Kleinfelter Prentiss? São... fotos de ultrassom?

— Não — responde Eli. — É o sexo do bebê, da nossa última visita ao médico. A gente não quer saber, mas uma enfermeira nos deu esse envelope mesmo assim. Ashton pediu que eu jogasse fora, mas fazer uma coisa assim não me parece um bom presságio, sei lá o motivo, então eu... guardei. Não sei como isso foi parar no meio desses papéis. — Eli fica um pouco vermelho quando começo a sorrir. Jake foi temporariamente esquecido. — Não abri nem nada. Nem fiquei com vontade. — Ele fica ainda mais vermelho. — Não muita.

— *A gente* não quer saber? Ou é só a Ashton? — pergunta Cooper com um sorrisinho.

— Nós dois. Mas eu estou um pouco mais curioso do que ela — responde Eli.

— E se eu guardar isso comigo? — digo já colocando o envelope na bolsa.

— Você vai olhar assim que entrarmos no carro, não vai? — pergunta Cooper, finalmente saindo de perto da janela.

— Talvez sim, talvez não — respondo, instantaneamente mais animada. É um sentimento bom e diferente, depois da semana que tive, ter em mãos um mistério que não tem nenhuma resposta ruim.

CAPÍTULO 5

Phoebe
Quarta-feira, 1º de julho

Só é possível se preocupar com um número finito de coisas ao mesmo tempo, e agora, depois de quatro horas de trabalho no Café Contigo, cheguei ao meu limite.

— Se você não gosta de carne moída, nem de alho, nem de cebola, nem de azeitona, talvez você *não* queira uma empanada. Talvez você queira um pedaço de massa e, infelizmente, não servimos isso aqui — digo para a mulher sentada na mesa do canto.

Ela pisca, em choque, o que é compreensível, porque, *caramba*, eu fui grossa. Abro a boca para pedir desculpas, mas minha garganta está seca e não consigo pensar em nada para dizer a não ser *Desculpe, mas sabe o que dizem sobre estar por um fio? Bem, foi isso.* Antes que a mulher chame o gerente, Evie aparece ao meu lado, com o bloquinho e a caneta nas mãos.

— Phoebe, já passou da hora do seu intervalo. Por que você não se senta um pouco e eu termino este pedido? — sugere ela com a voz alegre. O sorriso é tão empolgante quanto a voz, mas as mãos dela estão firmes ao me levar para longe da mesa, na mesma hora que a Sra. Santos nos encara no caixa.

— Ok — respondo logo. Depois complemento atrasada: — Valeu. — Mas Evie já está se curvando à altura do ombro da mulher, mostrando alternativas em nosso cardápio. Nenhuma delas sendo *um pedaço de massa*. Depois de todas as vezes que cheguei atrasada este mês, esse pode ser o estopim para a Sra. Santos, e eu não a culparia.

Consigo sentir minha chefe me encarando enquanto me pergunto o que devo fazer. Tudo o que eu quero é me esconder na cozinha por alguns minutos, quieta e sossegada, mas meu irmão está sentado em uma mesa com as sobras do jantar. Owen está sozinho, como sempre, vidrado em seu celular, a mochila a seus pés e os cabelos louro-avermelhados caindo sobre os olhos. Família significa muito para a Sra. Santos, e se eu passar pelo meu irmão solitário sem falar nada, ela vai me julgar de maneira ainda mais negativa.

Estampo um sorriso no rosto e me sento de frente para ele.

— Como estava o jantar?

— Bom — responde Owen sem olhar para mim. A mamãe deu Airpods falsos para ele de aniversário, e um deles está enfiado em seu ouvido.

— Não quis ficar em casa esta noite? — pergunto, tentando emular o tom alegre de Evie. Normalmente Owen pede comida nas noites que tanto minha mãe quanto eu estamos trabalhando. De dia ela trabalha como gerente em um escritório, e às vezes trabalha à noite e nos fins de semana em sua própria empresa de organização de casamentos. A empresa desandou um pouco depois do desastre do jantar de Eli e Ashton, mas finalmente está voltando aos eixos.

Owen dá de ombros, e o silêncio se prolonga até que eu tento de novo:

— O que você está fazendo?

— Assistindo a vídeos no TikTok.

— Alguma coisa boa?

Meu irmão finalmente levanta os olhos do celular, e meu coração dispara ao ver animação em seu rosto. Ele mudou tanto, tão rápido, que é quase como se eu tivesse recebido um presente ao ver um pouco do antigo Owen: o garoto doce e sensível que poderia falar por horas sobre consertar uma torradeira. E ele diz:

— Este cara postou um vídeo de como a namorada dele morreu num acidente bizarro durante uma pescaria. Ele disse que ela foi arrastada por uma carpa gigante e levada para o fundo da água, daí se afogou, mas na verdade ela não morreu. Ele inventou tudo isso. Ela nem sabia de nada até ver o vídeo.

E logo depois, o antigo Owen desaparece. Eu pergunto:

— Por que ele fez isso?

— Para conseguir mais visualizações — responde Owen, como se fosse óbvio. — E deu certo. É o vídeo mais visto dele, tipo, por milhões de pessoas. — Ele deixa escapar uma risadinha que me dá arrepios.

— Isso não é engraçado — censuro, tentando tirar algo dele.

— Eu acho. — Ele dá de ombros e volta a mexer no celular.

Mordo meus lábios para evitar a pergunta *Qual é o seu problema?* Sei como Maeve teria respondido. Ou Knox, ou minha mãe, ou qualquer pessoa que convivesse com a recente mudança de Owen: *Ele tem treze anos.* O que é verdade, mas *também* é verdade que Owen participou de um jogo mortal que acabou matando meu ex-namorado. Rir de uma falsa morte não parece algo tão inocente quando penso nesse cenário.

Mas Owen e eu não podemos conversar sobre isso, porque ele não sabe que eu sei. Em abril e maio, quando era possível que Emma enfrentasse problemas jurídicos, parte de mim queria que ele tivesse confessado, que a consciência dele não deixasse que ela levasse a culpa. Que ele pelo menos confiasse na própria família, mesmo que não conseguisse confessar para a polícia. Mas ele nunca contou.

Ainda que no fim Emma não tenha sido acusada, não é como se ela não tivesse sido punida de outras formas; a bolsa que estava esperando para a faculdade acabou desaparecendo, ela perdeu todas as aulas particulares que dava, e um grupo de pessoas — pequeno, porém barulhento — em Bayview continuava dizendo que ela havia se safado depois de ter cometido assassinato. Foi por isso que ela se mudou para o outro lado do país e foi morar com a minha tia, ao menos pelo restante do verão, mas provavelmente por mais tempo. Minha irmã, inteligente e estudiosa, que passou metade da vida se preparando para a faculdade, de repente está encarando um futuro sem perspectivas.

Enquanto isso, Owen está agindo como se nada tivesse acontecido.

— Você viu isso? — pergunta ele de repente, me mostrando o celular.

Olho apreensiva. Realmente não quero ver nenhum tipo de vídeo macabro, mas é só uma foto no Instagram que alguém tirou do outdoor em Clarendon: HORA DE UM NOVO JOGO, BAYVIEW.

— É, eu vi.

— Tem uma segunda parte — diz ele, passando a foto que agora percebo ser um post carrossel. A próxima foto é do mesmo outdoor, mas agora está escrito: SÓ EXISTE UMA REGRA. Quem quer que tenha postado as fotos, colocou a legenda de *Aqui está o meu palpite: a única regra é que não existem regras hauhauhauha* (emoji de caveira).

Meu estômago sempre embrulhado se revira ainda mais quando Owen diz:

— Estranho, né? Tipo, o que eles estão vendendo?

Examino o rosto dele, tentando decifrar a expressão e o tom de voz neutros. Essas palavras o incomodam porque o fazem se lembrar do jogo de Verdade ou Consequência que matou Brandon? Ele está assustado? Ele acha graça disso?

Foi ele que escreveu isso?

Não. Isso é ridículo. Meu irmão pode ser um gênio da tecnologia, mas nem ele consegue hackear um outdoor. Provavelmente. Mas, ainda assim, as palavras não estão só no outdoor...

— Você viu os flyers? — pergunto, mas os olhos de Owen já estão grudados no celular outra vez. Alguns segundos depois, ele dá uma risadinha. Limpo a garganta e continuo: — Você me ouviu?

— Agora estou vendo vídeos de skate. Esse cara bateu a cabeça na barra e está coberto de sangue.

— Para de assistir a essas merdas.

— Está pingando no olho dele. Cara, parece que ele está morto. — Owen gargalha, e não dá mais para mim. Eu perco o sangue-frio, e antes que perceba o que estou fazendo, pego o celular das mãos dele.

— Isso. Não. É. Engraçado — rosno e arranco o fone do ouvido dele.

— Ai! — Owen coloca a mão na orelha. — Qual é o seu problema?

— Você, Owen. *Você* é a porra do meu problema!

Ai, meu Deus. Assim que as palavras saem da minha boca, percebo que gritei, e que elas foram ouvidas por todos no restaurante. Owen fica boquiaberto enquanto todos nos encaram, e minhas bochechas queimam quando a Sra. Santos sai de trás do caixa e vem até nós.

— Phoebe, por que você não tira o restante da noite de folga? — sugere ela. — Você está aqui há bastante tempo. Evie consegue atender todo mundo.

Sinto uma pontada irracional de raiva de Evie por ser tão eficiente em tudo que faz, conseguindo me fazer parecer ainda pior.

— Eu estou bem, não preciso ir embora... — começo a falar, mas a Sra. Santos me interrompe.

— Precisa, sim — insiste ela. E o restante da frase, *ou você não precisa voltar*, não é dito, mas está implícito.

— Tudo bem — suspiro. Mal consigo olhar para Owen, que está mexendo no fone de ouvido, mas me forço a perguntar: — Quer uma carona pra casa ou...

— Eu vou andando. Vou ficar aqui mais um pouco.

A Sra. Santos dá tapinhas nos ombros dele e diz antes de ir para a cozinha:

— Vou trazer uns alfajores pra você.

Se a senhora que queria uma empanada de nada não tivesse sido o estopim, isso teria sido: ser mandada embora do meu segundo lar enquanto meu irmão, que tem potencial para virar um sociopata, ganha um monte de doces.

Talvez esta seja minha vida agora: uma longa lista de estopins.

Levanto e, sem dizer mais nada, vou até a cozinha pegar minhas coisas. Todos estão ocupados e não falam comigo. Ou talvez já tenham ouvido que eu me descontrolei no salão e estão me dando *espaço*. Que é um conceito que odeio desde que Emma o aplicou a mim quando nosso pai morreu. Não entendo como você pode olhar para alguém que obviamente está sofrendo e pensar: *Sabe do que essa pessoa precisa? Mais tempo sozinha com seus próprios pensamentos.*

Já estou quase na porta quando alguém me chama. Me viro e vejo Manny, o irmão mais velho de Luis, segurando uma sacola de papel.

— Você pode entregar isso? É para a Sra. Clay.

— Tudo bem — respondo.

O Café Contigo geralmente não faz entregas, mas a família Santos tem aberto uma exceção para a avó de Cooper desde que ela operou o joelho. Eu sempre me ofereço para levar o pedido quando estou trabalhando, porque a Sra. Clay — que insiste que eu a chame de Nonny — é muito legal. Além disso, passar um tempo com ela faz com que eu fique menos abobalhada perto de Cooper. É difícil se sentir intimidada por alguém quando você já viu fotos da pessoa quando bebê.

— Ótimo, obrigado. Ela adora você — comenta Manny, e isso me deixa um pouquinho mais animada.

Saio do café e encaro o lugar onde meu carro deveria estar, bem na frente, antes de lembrar que tudo estava cheio quando cheguei. Tive que parar a uns cinco minutos, perto de um beco estranho. Seguro a chave quando me aproximo do carro, franzindo as sobrancelhas ao olhar para o chão porque não me lembro de ser um lugar *tão* estranho, e... Meu Deus.

Não é que a rua seja torta, meu carro é o problema. O pneu traseiro do lado do motorista está vazio.

— Mas que merda — sibilo ao chutar o pneu com mais força do que deveria.

Não preciso de *mais um estopim*. Então começo a saltar em um pé só, a dor pulsando em meus dedos, antes de colocar com cuidado a encomenda da Sra. Clay no chão para que possa pegar o celular na bolsa.

Tenho que ligar para o Café Contigo e avisar que outra pessoa vai precisar entregar o pedido da Sra. Clay. Depois tenho que ligar para a assistência mecânica. Mas quando pego o celular, hesito, de repente paralisada pelo desejo de ligar para Knox. A última vez que o pneu do Corolla caindo aos pedaços que eu dividia com Emma furou, foi ele quem trocou. Tão devagar e com tanta dificuldade que eu cheguei a ficar impaciente, mas agora, é uma das memórias mais afetuosas que tenho dele. Uma das facetas dele que eu descobria continuamente naquele tempo.

Naquele tempo. Não faz nem quatro meses, mas parece tão longe.

Se eu ligasse, sabia que Knox sairia do escritório sem pensar duas vezes. Mas eu não devia fazer isso, né? Passamos algum tempo juntos depois que ele me expulsou de sua cama, e estou fazendo o melhor que posso para seguir o que ele disse e fingir que tudo está normal. O problema é que não sei mais o que significa normal no que diz respeito a mim e a Knox.

— Você está bem?

Olho para cima, ainda segurando o pé dolorido, e quase caio de vez.

Jake Riordan está na calçada ao lado do meu carro, usando uma camiseta azul novíssima e calça jeans, como se fosse uma pessoa qualquer, e não o monstro que assombra os pesadelos dos meus amigos. Sinto minha boca se abrindo, minha mandíbula quase se deslocar para o chão, na verdade, e minha garganta tenta funcionar, mas nenhuma palavra sai.

— Parece que seu pneu furou — observa Jake com um tom amigável. Uma mulher de meia-idade está atrás dele, com um vestido colado de estampa floral, os mesmos olhos azuis e cabelos castanhos de Jake. — Precisa de ajuda para trocar?

Estou paralisada, ainda incapaz de falar. A mulher me olha nervosa e toca o braço de Jake.

— Querido, provavelmente ela já ligou para alguém...

— Não liguei — disparo sem pensar, e antes que possa pensar em mudar de opinião, Jake sorri.

— Tem um estepe aqui? — pergunta ele.

Olho para o jantar da Sra. Clay que esfria no chão. E de alguma forma, em vez de dizer não a Jake, me vejo abrindo o porta-malas.

— Pode deixar — oferece ele quando me atrapalho com a maçaneta.

Dou alguns passos para trás, dando bem mais espaço do que ele precisa para abrir a porta e tirar o pneu e o macaco. Ele se ajoelha ao lado do meu carro com familiaridade, com rapidez e confiança equivalentes ao que Knox tinha de vagareza e cuidado. Depois de alguns minutos de silêncio, olho para a Sra. Riordan, que me dá um sorriso confuso. Acho que seria educado dizer algo a ela, ou a ele, mas... *o quê?* Como isso está acontecendo? E por que ele está aqui? Não existem leis que o proíbam de andar por aí, só a algumas quadras de onde Addy trabalha? Olho para o tornozelo dele e vejo o pedaço de plástico; pelo menos ele está sendo monitorado. Mas o centro de Bayview parece uma área muito ampla.

— Phoebe, certo? — pergunta Jake ao tirar o pneu furado do carro.

— O quê? — Estou tão surpresa em ouvir meu nome que dou mais um passo para trás.

Ele ainda está de cabeça baixa, então talvez não perceba. Não que eu me importe, porque o que importa se Jake Riordan acha que eu sou grossa? Ou que tenho medo dele? Eu não tenho, ou pelo menos não quando a mãe dele está logo ali.

— Você é Phoebe Lawton, não é? Eu me lembro de você do colégio — explica ele, fazendo um barulho ao colocar o estepe no lugar do pneu furado.

Não, você não se lembra, penso. *Você se lembra de ter me visto em algum programa de TV a que você assistiu na prisão.* O atentado de Jared Jackson não teve tanta atenção da mídia quanto a morte de Simon, mas foi quase. Entretanto, tudo que consigo dizer é:

— Isso.

— Bom te ver de novo — comenta ele, e... *Pelo amor de Deus.* Como eu devo responder a isso? *Pena que não posso dizer o mesmo, mas obrigada pela ajuda com o carro?* Pelo menos ele já está quase terminando e... Não, quase não, ele terminou. Jake coloca o pneu furado no porta-malas, deixa o macaco e outras ferramentas do lado e fecha a porta.

— Uau, você foi rápido — elogia a mãe dele, parecendo aliviada.

Enquanto isso, eu ainda não agradeci. De alguma forma, não consigo me obrigar a dizer as palavras necessárias para agradecer a Jake Riordan. Todo esse cenário surreal parece uma traição a Addy. O mínimo que posso fazer é não expressar gratidão para o cara que quase estrangulou minha amiga e... Deus, os dois estão me encarando agora e eu preciso que eles saiam daqui.

Diz alguma coisa, Phoebe. Qualquer coisa.

— Eu... Eu deveria mesmo aprender a trocar um pneu. — É só o que consigo falar.

Jake fica parado com as mãos na cintura, olhos brilhando enquanto me encara por um tempo mais longo do que o necessário. Não consigo evitar e dou mais um passo para trás. E ele sorri de novo, agora parecendo mais um predador, e diz:

— É fácil, Phoebe. Você só precisa de prática.

Jake
Seis anos atrás

— Você quer continuar jogando ou não? — perguntou Simon.

Jake revirou os olhos, irritado, mas sem conseguir explicar o motivo. Não, ele não queria continuar jogando. Estava entediado com o videogame — eles já estavam jogando havia três horas. Ele estava entediado, ponto. Ou talvez *inquieto* fosse uma palavra melhor. Era o verão antes do primeiro ano do ensino médio, e tudo que Jake conseguia pensar era que devia haver mais coisas a serem feitas além de ficar na sala jogando videogame com Simon Kelleher.

Fazer isso durante o ensino fundamental não era um grande problema, mas as coisas estavam mudando. Jake ainda não era tão alto quanto o pai, mas estava finalmente chegando lá. Tinha melhorado muito no futebol nos últimos anos, a ponto de seu treinador falar que ele deveria entrar para o time esportivo do Colégio Bayview. As garotas estavam olhando para ele de um jeito diferente, e quando se encarava no espelho — o que acontecia com frequência agora — ele entendia o motivo. O rosto dele estava mudando para melhor, perdendo o que sua mãe chamava de *carinha de bebê*. Que vergonha. Jake Riordan finalmente estava começando a chegar em algum lugar.

Mas Simon? Simon Kelleher era o mesmo garoto cheio de raiva, meio nerd, esquelético e irritado de sempre. Simon odiava esportes, festas, sair de casa e, principalmente, pessoas. No mês anterior, tudo que ele fez foi reclamar que Jake o tinha obrigado a assistir ao campeonato de futebol americano, ainda que toda a cidade estivesse fazendo isso porque o time de Bayview havia chegado às semifinais. Cooper Clay, um garoto que tinha acabado de chegar do Mississippi, lançava de forma impressionante, e o time só não havia chegado à final por conta de alguns erros bobos. Tudo em que Jake conseguia pensar enquanto observava Cooper, tão calmo e concentrado mesmo sob tanta pressão, claramente destinado a ser uma lenda no Colégio Bayview, era *É esse tipo de amigo que eu preciso ter.*

Mas, por enquanto, ele estava preso a Simon.

A porta da frente se abriu e uma voz grave disse:

— Katherine? Cheguei.

— A mamãe não está em casa — gritou Jake.

Ele olhou para o relógio, surpreso que já passasse das seis da tarde. Sabia que aquilo não era novidade, óbvio. Desde que a mãe fora promovida, ela começou a voltar para casa depois do marido. Quando Jake percebeu que era tarde, decidiu que estava morrendo de fome e disse:

— O que vamos jantar?

— E você acha que eu sei? — respondeu seu pai, olhando para dentro da sala. Ele desfez o nó da gravata e jogou a maleta na poltrona mais próxima. O pai de Jake era advogado, "dos grandes", ele sempre dizia, o que Jake entendia como algo que rendia muito dinheiro. O bastante para pagar a casa em que moravam e ainda comprar todos os ternos feitos sob medida em sua loja preferida de Londres. O Sr. Riordan sempre passava na loja para tirar as medidas atualizadas quando estava na cidade a negócios. — Provavelmente vamos pedir delivery. Como vai, Simon? Vai ficar para o jantar?

— Não. Estou indo embora. Nos vemos amanhã — respondeu Simon ao se levantar. Outra coisa que Simon odiava era bater papo com adultos e ser educado.

— Talvez — disse Jake, sem querer se comprometer com planos, enquanto Simon trotava para fora da sala.

— Falou com sua mãe recentemente? — perguntou o Sr. Riordan, encostado no batente da porta. Seus cabelos loiros haviam ficado grisalhos há anos, prematuramente, e seus olhos possuíam uma distinta cor de avelã. Ele tinha sido atleta em uma universidade importante e ainda mantinha o físico, era rápido o suficiente para correr mais que Jake. Jake admirava o pai; ele jamais passara pela fase do *Eu te odeio* que parecia eterna na relação de Simon com os pais. Ainda que Jake se parecesse com a mãe, ele imitava os trejeitos do pai tão bem que todos comentavam como os dois se assemelhavam. Era interessante, Jake pensava, como era fácil fazer as pessoas verem o que desejavam ver.

— Hoje não — respondeu Jake. A mãe sempre falava com ele em algum momento do dia, a não ser que estivesse muito atarefada.

— Mulher ocupada. Deixe-me ver se esperamos ela chegar ou se já pedimos agora. O que acha de comida vietnamita? — sugeriu o pai, pegando o celular do bolso.

— Pode ser.

— Não sei por que reformamos a cozinha. Não estamos usando mesmo — murmurou o pai e continuou mexendo no celular.

Jake sabia o motivo: porque era bonito. Assim como o restante da casa. Quando o Sr. Riordan se tornou sócio do escritório de advocacia alguns anos antes, a família se mudou para o bairro com o qual ele sonhava havia muito tempo.

— Avenida Wellington. Só os ricaços moram aqui — diria o Sr. Riordan sempre que passavam pela rua.

Na maioria das vezes a mãe apenas sorria, mas de vez em quando fazia uma careta e respondia:

— As casas são muito grandes.

— Não existe isso de "muito grande" — era a resposta de sempre do pai.

Jake concordava com ele. Quem não ia querer cinco quartos extras, uma sala de jogos, um acabamento de primeira difícil de encontrar e um jardim enorme com uma piscina planejada? Agora tudo de que Jake precisava era o tipo certo de amizades.

E a namorada certa.

O pai franziu as sobrancelhas de repente, colando o celular à orelha.

— Quem é? Ah! E você está atendendo o celular da minha esposa porque... Isso. Faça isso mesmo. — Uma pausa, e o Sr. Riordan continuou: — Katherine? Vai vir pra casa em breve?

Jake se esticou para pegar os fones de ouvido, os conectou ao celular e começou a ouvir música. Ele não gostava quando o tom de voz do pai ficava assim, como se ele já estivesse bravo com você antes mesmo de qualquer chance de conversa. Não havia como ganhar do Sr. Riordan quando ele agia dessa forma, e ele estava assim quase sempre quando falava com a esposa.

O melhor a se fazer, Jake decidiu, era bloquear tudo. Pois se você não vê nem ouve alguma coisa, não há motivo para ela incomodar você.

CAPÍTULO 6

Nate
Sexta-feira, 3 de julho

— Todos de acordo? — pergunta Sana. Todos os meus colegas de quarto levantam a mão, menos eu. O que faz com que a decisão esteja tomada, mas Sana é bastante apegada ao protocolo:
— Alguém contra?

Minha mão fica no ar. Sana, que acabou se tornando a líder da casa pela própria vontade, mesmo que só more aqui há alguns meses, olha em minha direção, e depois para a garota empoleirada do meu lado em um dos futons tortos que ficam na sala.

— Bronwyn, você não mora aqui. Você não pode votar — avisa Sana.

— Ainda assim, sou contra — desafia Bronwyn, a mão mais alta ainda no ar.

— Ok, anotado. O pedido para deixar que Reggie Crawley permaneça na casa foi aceito — anuncia Sana, batendo a junta dos dedos na mesinha de centro como se fosse o martelo de um juiz.

Bronwyn endireita as costas ainda mais, o que não parecia fisicamente possível, e diz:

— Vocês estão cometendo um erro enorme.

Passo a mão no queixo e olho para meus colegas. Sabia que a gente perderia nesta rodada, que *eu* perderia, mas quando você namora com Bronwyn Rojas não pode ignorar as situações ruins. Você tem que *fazer alguma coisa* com elas, mesmo sabendo que não vai adiantar nada.

E então você tem que continuar falando.

— Vocês estão fazendo vista grossa pro Reggie e colocando todos que moram nesta casa em risco — continua Bronwyn.

— Ele disse que a garota sabe sobre a câmera — argumenta Jiahao, jogando uma mexa do seu cabelo pintado de loiro para trás.

Reviro os olhos e digo:

— Você realmente acredita nele?

— Tem gente que gosta desse tipo de coisa. Quem pode julgar? — rebate Jiahao, dando de ombros.

— Que tal as pessoas que estudaram com Reggie no colégio e sabem que ele costuma fazer essas coisas? Ele não se importa se a garota sabe e concorda. Acredite em mim, aquela garota não faz ideia de que está sendo filmada, e com certeza não sabe que ele *compartilhou* o vídeo — afirma Bronwyn.

É por isso que estamos aqui, porque na semana passada peguei o babaca do Reggie Crawley mostrando um vídeo de sexo para Jiahao e outro colega nosso, o Deacon. Eles estavam chapados e não exatamente preocupados com os meios pelos quais Reggie tinha conseguido fazer aquele vídeo. Mas eu sabia.

Fui direto para o quarto de Reggie, fechei a porta e as cortinas, e usei a lanterna do meu celular para procurar por reflexos luminosos em lugares inusitados. Achei a câmera no despertador. Quebrei o aparelho, mas isso não o impediu de comprar outro. Expulsar Reggie da casa também não resolveria o problema, mas pelo menos seria *alguma coisa*.

— Nenhum de vocês viu o TikTok da Katrina Lott? — pergunta Bronwyn.

Todos fizeram cara de paisagem. Nenhum dos meus colegas havia estudado no Colégio Bayview além de mim, Reggie e Katrina. Ela se formou no mesmo ano que eu e Bronwyn, e não sabia que havia sido a estrela do primeiro pornô caseiro de Reggie. Katrina não falou sobre isso na época e se mudou para Portland depois de se formar. Mas há alguns meses ela postou um vídeo falando sobre como se sentiu violada por aquele vídeo. Quase todo mundo do Colégio Bayview já tinha visto a fala dela, e isso me fazia odiar Reggie ainda mais.

— Vocês deveriam assistir. Vou mandar o link — disse Bronwyn.

— Tudo bem. Mas por agora... a maioria vence — declarou Sana.

Sana não admitiria, mas o voto dela tinha razões financeiras. Não é fácil encontrar novas pessoas para dividir a casa em julho, ainda mais uma espelunca desta, sem ar-condicionado e com quartos do tamanho de armários. Se expulsássemos Reggie, o aluguel de todo mundo ficaria uns cento e cinquenta dólares mais caro. E Sana tem ainda menos dinheiro que eu — e Jiahao, Deacon e Crystal não estão muito melhores. Ninguém aqui recebe ajuda da família.

Ou talvez seja mais do que isso, talvez eles sejam como eu e não aceitem. Minha mãe me dá um cheque todo mês, e eu deposito tudo em uma conta para devolver caso ela tenha uma recaída e precise voltar para a reabilitação. Ou meu pai.

— Terminamos por aqui? — Deacon levanta seu corpo alto de uma das poltronas, bocejando, e todos seguem o exemplo, menos eu e Bronwyn.

— Vocês são péssimos — resmungo.

— Reggie é um babaca, mas o que podemos fazer? — responde Deacon, dando de ombros.

— Não sei, Deacon, talvez *expulsar o cara?* — disparo em um suspiro exasperado.

Sana continua na porta entre a sala e o hall de entrada enquanto os outros saem. A saia desbotada de algodão se arrasta no chão, e isso é o mais parecido com uma vassoura que este piso já viu. Sana parece uma típica cantora de folk, com roupas fluidas e uma predileção por bandana na testa. Ela também toca violão, mal, e só sabe cantar uma música. Mesmo depois de anos, serei obrigado a me lembrar dessa casa sempre que ouvir "Time of Your Life" no rádio.

— Reggie vai se comportar a partir de agora. Incluindo a festa de amanhã, do Quatro de Julho. Porta do quarto aberta o tempo todo — informa Sana.

— Que boa ideia, Sana. Isso vai resolver tudo — respondo.

— E vai mesmo, pode acreditar — garante ela antes de subir as escadas.

Quando ela já está fora de vista, Bronwyn sussurra:

— Provavelmente eu nem precisava dizer isto, mas *não* confio nela.

— Aham — murmuro.

É tudo que consigo falar agora. Sinto o mesmo aperto no peito que senti no Bayview Country Clube, como se o ar da sala tivesse sido sugado por um único pensamento: *Algumas coisas nunca mudam.* Primeiro Jake Riordan e agora Reggie. Por que fazer a coisa certa quando babacas como eles não se importam com nada e continuam conseguindo tudo o que querem?

— Não vou desistir. A gente só precisa pensar em outra abordagem. — E então Bronwyn olha pra mim, *realmente* olha para mim, e diz: — Mas não precisamos pensar nisso neste exato momento.

Isso quase me faz sorrir.

— Não me diga que Bronwyn Rojas vai *desencanar*.

— É óbvio que não. Só estou entendendo melhor quando se deve dar uma pausa. — Ela se vira para mim e coloca as pernas sobre meu colo. — Podemos falar de outras coisas. Tipo... aquele filme que você está insistindo que eu assistia.

— *Onibaba*? — pergunto. Ainda não converti Bronwyn em uma fã de terror japonês, mas isso não significa que tenha parado de tentar.

— Esse mesmo. É antigo, não é?

— Sim, dos anos 1960.

Ela passa uma mão pela minha nuca e faz carinho em meu cabelo quando pergunta:

— É muito sangrento?

Um pouco da tensão se dissipa enquanto faço círculos com o dedo nos joelhos dela e respondo:

— Menos que a média.

— Bom saber.

— Além disso, são as mulheres que cometem a maior parte dos assassinatos. Acho que você iria gostar desse.

Bronwyn se curva para dar um beijo em minha bochecha e diz:

— Iria mesmo — murmura ela. Não consigo evitar e começo a rir.

— Está absolutamente na cara que você está tentando me distrair — digo.

Bronwyn beija minha outra bochecha e seus lábios descem pelo meu pescoço.

— Você está reclamando? — pergunta ela sorrindo.

Todos os pensamentos ruins somem da minha mente quando a puxo para perto de mim.

— De jeito nenhum — digo antes de baixar minha boca para encontrar a dela.

O corpo dela se derrete no meu, se encaixando em espaços que eu esqueço que existem quando ela não está perto de mim. Empurro Bronwyn de volta para as almofadas e a beijo com ainda mais vontade, minhas mãos deslizando na barra de sua blusa, até que ela começa a rir.

— Aqui não — diz ela, arrumando os óculos que escorregaram para a ponta do nariz. O cabelo dela está bagunçado, e as bochechas estão vermelhas. Ela está linda. — Daqui a pouco um dos seus colegas entra.

— Meu quarto? — pergunto, esperançoso.

— Tenho que encontrar Maeve daqui a dez minutos.

— Posso fazer esse tempo valer.

Antes que a gente consiga se mexer, a campainha toca.

— Nem vem! — grita Deacon da cozinha.

Bronwyn sai do meu lado e eu me levanto com relutância.

— Também posso fazer nove minutos e meio valerem — digo enquanto vou em direção à porta.

Espero encontrar alguém dos correios ou algumas daquelas pessoas aleatórias que vêm fazer leitura de tarô com a Crystal, mas não é o que vejo quando abro a porta.

— Oi, pai. O que houve? — digo, abrindo mais a porta.

— Oi, Nate. Sua comida em pó pra lagarto acabou indo parar lá em casa. — Ele está segurando uma caixa de papelão e me entrega.

— Foi mal — respondo enquanto pego a caixa. Comecei a colocar um suplemento de cálcio na comida do Stan ano passado (mais uma ideia de Bronwyn, porém essa realmente parece deixar o bichinho mais animado) e a loja on-line onde compro ainda tem meu endereço antigo. Metade das vezes eu consigo clicar no endereço certo. — Eu podia ter ido lá buscar.

— Estou indo pro trabalho e é caminho — explica ele, com sua voz rouca, deslocando o peso de um pé para outro.

Sei que não é caminho, já que ele trabalha no Colégio Bayview e minha casa não fica nem perto de lá, mas não digo nada. Ele emagreceu desde que parou de beber, sua camiseta está folgada e os jeans velhos estão quase caindo. Sei que minha mãe comprou um monte de roupas novas para ele, mas ela finalmente se mudou mês passado, então ninguém mais está lá para obrigá-lo a usar as roupas. Meus olhos vão direto para as mãos dele, procurando o tremor que me indicaria se ele teve uma recaída. Não sei quando vou parar de procurar esses sinais.

— Quer entrar? — pergunto, ainda que meu humor não fique dos melhores com a perspectiva de perder os agora quase oito minutos a sós com Bronwyn.

Não culpo minha mãe por ter se mudado, e eles não tinham mais um casamento de verdade. E ela ficou mais de um ano ajudando meu pai a passar pela reabilitação. Ela merece ter o próprio espaço, e não se pode dizer que seria capaz de fazê-lo ficar sóbrio. Só ele pode decidir isso. Mas meu pai não está acostumado a morar sozinho, então acaba sempre inventando desculpas para passar aqui em casa.

— Não, tudo bem. Você está ocupado — diz ele. Os olhos passam por cima dos meus ombros e ele continua: — Oi, Bronwyn. Bom te ver.

— Digo o mesmo, Patrick. — Bronwyn chega do meu lado, o cabelo já preso em seu costumeiro rabo de cavalo. Não sei quando ela começou a chamar meu pai só pelo primeiro nome, mas ele parece gostar. — Estou de saída, mas fico feliz que a gente tenha se esbarrado. Estava pensando... Talvez Nate e eu pudéssemos ir até sua casa na semana que vem e fazer um jantar? Minha avó me deu uma nova receita de *sancocho* e eu estou morrendo de vontade de testar, se você quiser ser minha cobaia!

Um sorriso se forma no rosto cansado de meu pai, e por um segundo, eu vejo o que minha mãe vê quando diz *Vocês são muito parecidos*.

— Eu adoraria. Mesmo. Qualquer noite que Nate esteja de folga — diz ele com um olhar esperançoso em minha direção.

Mais uma vez, minha namorada é uma pessoa milhões de vezes melhor que eu, porque essa ideia não sairia da minha cabeça.

— Provavelmente na quarta — respondo.

— Ótimo — diz Bronwyn.

— Pra mim funciona — concorda meu pai. E dá um passo para trás, como se fosse sair, mas não o faz. Em vez disso, ele fala: — Olha, Nate... você tem certeza de que não pegou minhas chaves por engano? Não as de casa — dispara ele antes que eu possa reclamar. — Eu achei as de casa, bem onde você disse que estariam. As do trabalho. Não acho em lugar nenhum.

— Tenho certeza — respondo com um arrepio subindo pelas minhas costas.

As costas do meu pai finalmente estão boas depois que ele se machucou trabalhando em um telhado anos atrás, e isso é ótimo. Mas, ao mesmo tempo, ele não pode mais receber auxílio do governo, então precisa desse trabalho. Se ele perder o emprego, minha mãe e eu provavelmente não vamos conseguir dar mais dinheiro para as contas, e isso significa que eu vou precisar de um *terceiro* trabalho, e...

Bronwyn enlaça meu braço para me passar segurança. Eu quase consigo ouvir minha namorada dizer *Uma coisa de cada vez*, que é o mantra dela para quando todos os pratos que tento equilibrar parecem querer se despedaçar no chão.

— Talvez você tenha deixado as chaves no trabalho? — arrisca ela.

— Acho que não. Mas é possível. Minha cabeça... fica confusa às vezes, sabe? — confessa meu pai, em dúvida.

— Sei, sei sim. Você precisa ir de trás pra frente pensando no que fez. Quer que eu te ajude a procurar? — Não sei como posso ajudar, mas tenho uma hora livre antes de precisar ir para o country clube.

— Não, tudo bem — responde meu pai ao puxar e soltar o elástico em seu pulso. Minha mãe disse que ele deveria fazer isso toda vez que se sentisse nervoso ou ansioso, e agora o elástico não sai do pulso dele. — Vocês provavelmente não vão querer passar perto do Colégio Bayview hoje. Ou qualquer dia, na verdade.

Não gostei da mudança de sua expressão e perguntei:

— Por que não? — Se ele estiver guardando garrafas de uísque no trabalho, eu vou matar meu pai. Não literalmente. Mas vou ter vontade.

— Aquele garoto... ele faz uns exercícios por lá. Com o supervisor da condicional dele. Pelo menos é o que parece que é. O cara tem fuça de policial — informa meu pai.

Acho que minha mente fica confusa, porque Bronwyn entende muito mais rápido do que eu.

— Jake Riordan? Você tá falando sério? Como pode ser permitido que ele chegue perto do colégio? — Ela suspira e segura meu braço.

— Ele está treinando no gramado. Acho que é alguma coisa que eles conseguiram negociar com o juiz, pra ele poder correr na pista por alguns quilômetros. — Estou pasmo e enojado, e meu pai continua: — Ele não pode entrar no prédio nem nada do tipo.

— Meu Deus! Lá se foi a ideia de controlar os passos dele — falo com um tom amargo. Por mais que eu tente não pensar em caras como Reggie e Jake, eles continuam voltando para minha mente. Porque as pessoas *deixam* que eles voltem.

— É... — Meu pai segura e solta o elástico mais uma vez. — Sei que eu não estava muito presente quando tudo aconteceu, mas... não gosto de ver aquele garoto lá. Não gosto de ver aquele garoto em lugar nenhum, na verdade.

Não é que meu pai não tenha estado *presente*, é mais que ele estava totalmente bêbado quando tudo aconteceu, mas a ideia é mais ou menos a mesma.

— Nem eu — respondo.

Quanto mais Jake ficar zanzando pela cidade como se fosse um cara qualquer, mais as pessoas vão começar a pensar nele assim. E o *julgamento imparcial* que ele deveria ter vai acabar ficando comprometido do jeito errado. Em vez de jurados olhando para ele como um criminoso, como eles olhariam para mim se estivesse no banco dos réus, tudo que vão enxergar vai ser o menino de ouro de Bayview.

Algumas coisas nunca mudam.

CAPÍTULO 7

Addy
Sábado, 4 de julho

Alguns sábados são para relaxamento, outros, para socialização, e alguns são como este: o shopping de Bayview no feriado de Quatro de Julho, com minha irmã grávida e minha mãe brigando porque Ashton se recusa a gastar três mil dólares em um berço no formato de célula em uma loja de artigos infantis da moda chamada Le Petit Ange.

— Mas, Ashton, *olha* isso. É tão chique! Não existia esse tipo de coisa quando você e Addy eram bebês — insiste minha mãe enquanto passa os dedos pela madeira clara e lisa.

— Parece uma câmara de bronzeamento artificial em miniatura — responde Ashton.

Tamborilando os dedos na tampa de acrílico com cortes a laser em formato de estrelas, digo:

— Ou uma tigela gigante de salada.

Minha irmã começa a rir. O jornal local disse que a Le Petit Ange era "o lugar ideal para os pais mais antenados de Bayview comprarem tudo para seus bebês", e isso é exatamente o oposto do que Ashton e Eli querem. Mas tente dizer isso à mamãe

— Vocês duas não sabem pensar no futuro — resmunga.

Ela se vestiu com gosto para esse passeio: calça branca justa, sandálias douradas e um top de amarrar estampado; tenho que admitir que está bem bonita. E Ashton também, com um vestido azul-claro que mostra a barriguinha de gravidez. Eu sou a responsável por baixar o patamar do nosso estilo com minha blusinha do Café Contigo e short, o cabelo com mechas roxas puxado para trás e preso com uma presilha de flor. E deve estar bem bagunçado, porque minha mãe arruma a presilha antes de dizer:

— E ele ainda vira uma caminha para quando o bebê crescer.

— Sem cercado. A pobre da criança acabaria caindo — aponta Ashton ao olhar a fotografia em exibição ao lado do berço.

Minha mãe faz um gesto de desprezo e posso ver suas unhas perfeitamente feitas.

— Tenho certeza de que é possível comprar separado.

— Por mais mil dólares — murmura Ashton.

— Pelo menos pense a respeito. Vou dar uma olhada nas cadeirinhas de alimentação.

Ashton observa nossa mãe andar entre as roupas ao se dirigir ao final da loja.

— Não tenho coragem de dizer a ela que vamos usar o berço de segunda mão que o primo do Eli vai dar — suspira minha irmã.

— Ela sabe que você nunca gastaria três mil em um berço. Ela só quer ter a experiência de ser uma avó babona em uma loja dessas. Você só precisa comprar alguma coisinha pra que ela fique feliz... — Olho para a arara ao nosso lado e pego um conjuntinho de pijamas com elefantes brancos e cinza estampados. — Estes, por exemplo.

A expressão de Ashton melhora muito assim que ela pega a roupinha.

— Este pijama é muito fofo. — E então ela arregala os olhos quando vê a etiqueta de preço. — Esta loja não foi feita para filhos de designers freelancers e advogados de ONG.

— Falando nisso...

— Nenhuma novidade — dispara Ashton de uma vez. Ela sabe muito bem o que eu ia dizer, e espero que consiga se sentir grata pelo meu esforço de esperar mais de uma hora antes de perguntar se Eli tinha alguma notícia de Jake. Eu não vi meu ex desde que ele foi libertado, principalmente porque decorei as áreas aonde ele pode ir e me certifiquei de ficar longe delas. O shopping de Bayview, por exemplo, é um lugar seguro. — Pelo menos nada sobre *ele*.

Minha irmã nunca fala o nome de Jake se puder evitar. Mas o tom dela está um pouco estranho, então pergunto:

— Mas ele tem *alguma* novidade?

Ashton olha para trás, para onde minha mãe está olhando as cadeirinhas de cozinha que parecem miniescadas — caras.

— É. Talvez. Mas nada que tenha a ver com você — acrescenta ela depressa, percebendo a expressão que invade meu rosto. Provavelmente pânico. — Mas Eli está preocupado porque... Você se lembra do outdoor que apareceu semana passada na Clarendon? Sobre o novo jogo?

— Lembro, claro. Por que Eli está preocupado? — pergunto. Minha mãe tem certeza de que é alguma tática incisiva de marketing do clube de beisebol de Cooper. Ela se recusa a acreditar no meu argumento de que beisebol não é um jogo novo e que tem mais de uma regra.

— Bem, muitas pessoas ficaram irritadas com o outdoor. Parecia uma campanha de marketing muito sem noção, levando em conta o que aconteceu com Brandon e Jared há alguns meses. Como se alguma empresa estivesse tentando tirar proveito daquilo, ainda que ninguém soubesse quem e o que estavam tentando vender. Então as pessoas reclamaram com a agência que cuida do outdoor e parece que... — Ashton faz uma pausa quando um pai apressado empurra um carrinho duplo. — O outdoor foi hackeado.

— Hackeado?

— Isso. É digital, sabe, e existe uma empresa que toma conta dele, mas de algum jeito alguém invadiu sistema deles e mudou o outdoor. A agência já voltou com o anterior e estão investigando quem pode ter feito isso, mas não têm nenhuma pista. Talvez seja só uma brincadeira idiota, mas... — Ashton estica a mão e acaricia a manga do pijama de elefantes. — Eli está preocupado que seja alguém do fórum de vingança. Sabe, alguém que queira continuar as coisas de onde Jared parou.

— Ai, meu Deus. — Parece que uma pedra cai em meu estômago. Jared participava de um fórum no Reddit chamado "A Vingança é Minha", inspirado em Simon e cheio de gente rancorosa. Depois que Emma descobriu que Brandon havia sido o responsável pelo acidente que matou o pai dela, acabou entrando no fórum e conversando com Jared. E o resto, infelizmente, é história em Bayview: inclusive a parte em que meu cunhado foi stalkeado por um terrorista.

E minha irmã também, por tabela. Não consigo evitar, meus olhos vão direto para a barriga de Ashton, e ela instintivamente a cobre com uma mão.

— Eli não recebeu ameaça. Não existe nenhum indício de que seja um alvo direto, mas ele está preocupado o suficiente para montar uma força-tarefa no escritório para pesquisar — diz ela, apressada.

— Pesquisar como? O fórum foi fechado.

— Foi, mas você sabe como essas coisas funcionam. Fecha um, abrem nove. Assim que um deles é descoberto, eles se rearranjam em outro endereço.

Ela tem razão, óbvio, mas pensei que teríamos pelo menos um ano de sossego antes de lidar com a herança de Simon.

— A gente deveria chamar a Maeve para isso. Ela é boa nessas coisas...

Ashton levanta a mão e me interrompe.

— Eli não a quer envolvida.

— Ah, para com isso. Ele tem que parar de pensar assim. Se não fosse pela Maeve e pelo Knox, a gente teria morrido! — digo sem conseguir parar de mexer em meu brinco, ansiosa.

Disse a última frase um pouco alto demais, e duas mulheres bem-vestidas olhando a arara de macacões olham para a nossa direção.

— Shiuuu — murmura Ashton, indo para um canto mais vazio enquanto a sigo. — Eu sei disso. Mas eles são crianças.

Ainda estão no ensino médio. Se for mesmo um imitador do Simon e do Jared, não é seguro envolver ninguém — explica ela ao parar em frente à vitrine de cobertores.

— Não é seguro pra *você*. Ash, você tem que ficar com o papai em Chicago.

Achei que ela fosse reclamar, mas ela responde:

— O Eli disse a mesma coisa.

— Então vai! Vai logo amanhã.

— Não posso. Bem, eu posso, mas não vou. Minha vida está aqui, Addy. Meu marido está aqui. O trabalho dele é importante e às vezes faz com que ele tenha contato com pessoas desesperadas, e se toda vez que alguma coisa acontecer...

— Você estaria segura. O bebê estaria seguro. — Minha voz desafina quando penso no envelope que está no meu quarto e que ainda não abri: *Bebê Kleinfelter Prentiss*.

— Mas *você* não vai correr pra casa do papai — diz Ashton.

Eu pensei nisso, por pouco tempo. Minha madrasta, Courtney, ligou me convidando quando as notícias sobre Jake saíram na imprensa. Foi muito gentil da parte dela. Mas a gente mal se conhece, e não consigo me imaginar presa num apartamento com meu pai, Courtney e as crianças dela por um mês.

— A situação é diferente.

— Diferente como?

— Primeiro que eu não estou grávida.

Nos encaramos até que Ashton desvia o olhar, sorri e diz:

— Desculpa, Addy. Falei tudo de um jeito estranho. Deixei você assustada e não queria isso. Eli está sendo cauteloso ao extremo, mas tudo vai ficar bem.

— Você não pode ter certeza disso. A mamãe sabe? — Olho na direção dela, que chegou ao fim da fileira de cadeirinhas de cozinha.

— Ainda não. Vou esperar até termos mais informações.

— Tudo bem. Não é como se ela fosse se preocupar — murmuro.

Ashton morde os lábios e diz:

— Você sabe que ela se sente péssima por tudo com relação ao Jake, né?

— Tudo o quê? Ele ser solto? Todo mundo sente.

— Não. O fato de ela ter dado força para esse relacionamento.

Encaro minha irmã, incrédula. Minha mãe era a maior fã de Jake até alguns anos, tão fã que fazia com que eu me sentisse na obrigação de ser grata por ele estar comigo, e eu tinha a sensação de que devia fazer o que fosse preciso para manter aquele relacionamento. Minha vida toda foi assim, mesmo antes de eu começar a namorar: minha mãe sempre me encorajou a ser a mais bonita, a mais desejada, a mais amável versão de Adelaide Prentiss. Eu tentei tanto ser perfeita que, aos dezessete anos, não tinha ideia de quem eu era. Talvez ainda não soubesse se Simon não tivesse forçado meu término com Jake. E quando Jake me atacou e foi preso, minha mãe mudou o discurso e passou a agir como se sempre tivesse odiado Jake.

— Ela nunca me falou isso — revelo. Não que eu tivesse dado muita chance a ela. Mudei para a casa de Ashton assim que pude depois de tudo que aconteceu com Jake, e agora que voltei a morar com minha mãe, quase não paro em casa.

— Vocês duas precisam conversar — suspira Ashton. Faço uma careta e ela continua: — Dê uma chance a ela, Addy. Você contou a ela sobre a Keely?

— Meu Deus, é óbvio que não! — Eu não falo sobre meus sentimentos com minha mãe há anos, principalmente quando ainda não tenho certeza a respeito deles.

— Bem, talvez seja um bom começo. Ela...

— Ela está vindo — falo baixinho, enquanto nossa mãe marcha em nossa direção segurando um cabide tão pequeno que não consigo nem ver o que tem ali. Quando ela chega mais perto, vejo um par de sapatinhos brancos de tricô com laços de cetim e uma camada de pele falsa na borda. Pelo menos eu espero que seja falsa.

— Vou comprar isto pra você — declara minha mãe e vai em direção ao caixa. Consigo ver a etiqueta de preço quando ela passa: setenta e cinco dólares. Podia ser pior.

— Obrigada! — grita Ashton. E então ela se vira para mim com o sorriso característico de *hora de mudar de assunto.* — A gente deveria começar a dar ideias de onde queremos almoçar antes que ela nos leve àquele lugar onde todas as entradas têm nome de drinques.

— Boa — respondo e pego meu celular do bolso. — Depois tenho que comprar uns petiscos para a festa do Nate. Deixa eu conferir o que ele quer que eu leve. — É a contribuição que vou dar em nome dele, já que ele se recusa a contribuir com as próprias mãos.

— Tá, me encontra no caixa.

Abro meu aplicativo de mensagens, mas não procuro o nome de Nate porque sei muito bem que ele não poderia se importar menos com o aperitivo que vou comprar. Na verdade, a última mensagem que ele me mandou foi *Não se preocupe, eles não merecem*. Em vez disso, mando uma mensagem para Maeve:

Preciso que pesquise uma coisa pra mim.

CAPÍTULO 8

Phoebe
Sábado, 4 de julho

Antes de ir à festa de Nate, me convenci a tirar da mente tudo que me preocupava e só me divertir. Mas agora não consigo parar de olhar para o botão da camisa de Knox.

Ele está com uma camisa social azul-clara com as mangas dobradas, e o segundo botão não está totalmente fechado. Se eu não estivesse pensando trinta vezes antes de fazer qualquer coisa perto dele, eu poderia arrumar. Mas arrumar a roupa do outro é permitido nessa nova relação Knox-Phoebe? Ainda mais porque minhas mãos se demorariam na camisa, limpando qualquer pó imaginário de seus ombros e ajeitando o colarinho já perfeito. Na verdade, o botão é minha única desculpa. Ou talvez seja uma metáfora?

— Phoebe? Você me ouviu? — pergunta Knox.

— O quê? — Pisco antes de encarar Knox e Addy, que está adorável com um vestido rosa-claro larguinho. O cabelo recém-pintado com mechas roxas faz com que o rosto dela seja realçado. — Desculpa, eu... — Meus olhos param novamente no botão, e eu estico meu braço em direção ao peito de Knox quando digo: — Você esqueceu um botão. Ou melhor, meio que esqueceu.

— Sério? — Knox olha para baixo, me entrega o copo de refrigerante e arruma ele mesmo o botão. Lá se vai minha desculpa para encará-lo. — Valeu. Eu sou um desastre mesmo.

Crystal, colega de quarto de Nate, passa por nós e acena para Addy antes de me ignorar e olhar para Knox. Então ela sorri, mudando o caminho e se juntando a nós.

— Você conseguiu vir — comenta ela, parecendo feliz. Crystal afasta uma mecha de cabelo castanho da testa de Knox. — E deixou seu cabelo crescer! Eu disse isso a ele quando veio aqui da última vez — a garota tagarela, como se eu e Addy precisássemos da explicação. — Eu disse que ele ficaria gato se deixasse e acertei, não foi?

Tento esconder meu ciúme com um aceno animado de cabeça porque nada disso é culpa de Crystal. Mas ela ainda está com a mão no cabelo dele, e eu gostaria que parasse com isso.

— Você acertou — respondo. Addy sorri e bate o ombro contra o ombro de Knox.

— Na verdade você disse que ficaria fofo — corrige Knox, com o sorriso de canto de boca que ele dá quando está ao mesmo tempo envergonhado e orgulhoso.

— Disse? Bem, estou aumentando o elogio — afirma Crystal. Tudo bem, agora ela está fingindo espanar alguma coisa do ombro dele, e é absolutamente injusto que ela esteja roubando todos os gestos que seriam meus. — Quantos anos você tem mesmo?

— Dezessete — responde Knox.

— Ahhh — suspira Crystal, dando tapinhas no ombro dele de uma forma completamente diferente agora, como uma irmã. Sem contar o Reggie, todos os outros colegas de Nate estão na casa dos vinte anos. — Muito novo. — Ela se vira para sair e diz olhando para trás: — Vamos conversar daqui a alguns anos.

— Já, já eu faço dezoito! — anuncia Knox enquanto ela vai embora.

— Sério isso? Você e a Crystal? — provoca Addy.

— Que nada. Ela não faz meu tipo — declara Knox. Seus olhos castanhos e calorosos passam pelos meus rapidamente, e um leve arrepio me percorre até que ele completa: — E duvido que eu faça o dela. Ela só estava sendo simpática, e é bom receber elogios.

— Knox, se você não ficasse aqui no canto comigo e com a Phoebe, tenho certeza de que você receberia mais elogios do que imagina — salienta Addy.

Knox fica vermelho e abaixa a cabeça enquanto tomo um longo gole de ponche. Até agora, tudo nesta festa parece ter sido feito especificamente para me torturar.

Então Addy arregala os olhos quando encara algo além de mim.

— Que bom! Maeve e Luis finalmente chegaram. — Ela fica na ponta dos pés e acena para eles. Assim que os dois se aproximam, Addy pergunta: — Então, o que descobriu?

— Sério? Eu acabei de começar — defende-se Maeve.

Addy olha para o próprio pulso, numa encenação exagerada, mesmo sem estar usando relógio.

— Você teve seis horas — apontou Addy.

— E eu estava em uma bicicleta a maior parte desse tempo — responde Maeve com um sorrisinho.

Tomo mais um gole, tentando entrar no clima de festa.

— Você estava em cima da bicicleta?

— Um pouco — responde Maeve sem olhar para mim, o que é... estranho. Maeve tem dificuldade em olhar nos olhos das pessoas quando está mentindo, mas ela nunca tentou esconder que não ama bicicletas. Já começo a ficar nervosa, pensando se Maeve descobriu alguma coisa sobre o fórum de vingança e não quer que Addy saiba. Mas então ela aperta o braço de Addy e diz: — Reservei o dia todo amanhã pra isso. Se o fórum foi pra outro endereço, eu vou achar. Prometo.

Tem alguma coisa estranha na postura dela, apesar da fala, e acho que não tem nada a ver com passar horas em uma bicicleta.

— Vou pegar alguma coisa pra mim e pra Maeve — avisa Luis, passeando o olhar pelo ambiente, em busca de bebidas. Estamos apenas eu, Addy e Knox. Cooper e Kris não virão, e Nate e Bronwyn estão longe discutindo com alguns colegas de quarto. — Alguém quer alguma coisa?

— Você pode trazer mais ponche pra mim? — pergunto.

— Claro. — Luis se vira para sair e Knox olha meu copo vazio.

— Eu enchi seu copo tem uns cinco minutos — observa Knox.

— Tô com sede — respondo. Não é verdade, eu só estou nervosa, como parece ser o normal agora. Maeve olha para nós por tanto tempo que acabo perguntando: — O que foi?

— Uhm? — murmura ela, os olhos grudados em algo atrás de mim.

— Você está me olhando de um jeito engraçado. Ou melhor, você... não está me olhando.

Por fim ela me encara, e meu coração dispara com a expressão que vejo. Ela está preocupada com alguma coisa, e essa coisa obviamente tem relação comigo. Será que ela encontrou algo sobre Owen em sua pesquisa? Ele está contando vantagem sobre o que fez com Brandon em algum lugar na internet? Ele é esperto o suficiente para não dar o próprio nome, óbvio, mas Maeve é incrivelmente boa em perceber pistas sobre a vida de pessoas que acham que estão escondidas pelo anonimato.

— Bem... — Ela pega o celular do bolso e toca em algumas coisas na tela. — Como eu disse, não consegui encontrar nada sobre o fórum de vingança, mas... Vocês sabiam que tem uma conta no Instagram dedicada a postar fotos dos lugares aonde Jake vai?

Meu Deus. Meu estômago embrulha ao mesmo tempo em que Addy prende a respiração.

— Não sabia, mas não é algo que me surpreenda. O que ele anda fazendo? Vou querer saber? — dispara Addy.

— Não tem nada a ver com você — tranquiliza Maeve, ainda passando os dedos na tela. — Mas Phoebe... é o seu carro, não é? E seus tênis.

Ela mostra o celular e... lá está. Jake Riordan, trocando o pneu do meu carro. Tanto a placa quando o para-lama estão perfeitamente visíveis, assim como meu tênis Nike cor-de-rosa. O tênis com cadarços prateados que estou usando agora. Minha boca fica seca quando Knox e Addy olham o celular de Maeve e encaram meus tênis, boquiabertos.

— Eu... Eu posso explicar — gaguejo.

— Você deixou que ele... — diz Addy, com os olhos arregalados em horror, sem conseguir nem terminar a frase.

— Eu não queria! Foi tudo muito rápido...
— Por que você não me ligou? — disparou Knox.

Não existe ponche suficiente no mundo que me dê coragem para falar sobe *isso*. Então digo:

— É só que... Eu estava preocupada com uma entrega que precisava fazer para o Café Contigo, e estava quase ligando para o mecânico, e aí do nada Jake estava lá, e a mãe dele estava lá, e eu entrei no piloto-automático ou alguma coisa assim...

— Quando foi isso? — pergunta Addy. A voz dela é tão fria que eu não consigo responder, e Maeve fala por mim.

— Há três dias.

— Então a gente trabalhou o dia todo juntas ontem, e você não pensou em me falar isso? — provoca Addy.

Só um milhão de vezes, penso me sentindo infeliz. Mas não consegui falar, e nunca imaginei que ela fosse descobrir.

— Sinto muito — digo, desejando que Luis volte logo com aquele ponche. — Foi idiotice da minha parte. Eu não falei com ele nem nada, eu... Eu nem quis agradecer quando ele terminou, então tudo que consegui dizer foi que eu precisava aprender a trocar pneu, e ele disse que é preciso prática e...

Estou falando sem parar, e Addy já ouviu o bastante.

— Ah, sim, já que você nem *agradeceu* — debocha ela, e o sarcasmo é como uma faca no meu coração. Addy é ótima em dar o benefício da dúvida para as pessoas, e em perdoar erros, mas agora ela está muito furiosa para fazer isso. — Então eu acho que tudo bem.

Maeve morde os lábios e diz:

— Phoebe, realmente *era* você, não era? No evento de Jake no Colégio Eastland. Não era outra pessoa com a mesma camiseta e o mesmo cabelo.

— Meu Deus. Eu vi *a Phoebe* também. — Addy quase não respira quando se vira para Maeve.

A Phoebe. Não *você*. De repente não faço mais parte do círculo.

— Foi o dia que a gente estava na sua casa, não é? Com Bronwyn? — pergunta Addy, e Maeve concorda. — Eu quase falei isso, mas tinha certeza de que estava errada. — O tom de voz de Addy muda de novo quando olha em minha direção. — Por que você estava lá?

Não consigo falar. Não posso contar a verdade: *Ah, sabe, só vendo se um garoto que tenta matar alguém pode mudar de verdade, assim eu não vou precisar ficar obcecada pensando no meu irmão.* Então preciso mentir, de novo, mas não consigo achar nenhuma boa desculpa. Não agora, com meus amigos me encarando como se eu tivesse cometido a pior das traições.

— Phoebe, o que está acontecendo? — pergunta Knox. A voz dele exala preocupação, e por algum motivo, é mais um estopim. Luis volta, segurando três copos, e pego um deles com tanta força que ele quase derruba os outros dois.

— O que *está acontecendo* é que eu sou um desastre e vou embora — respondo, me virando para sair antes que comece a chorar. Não vejo a hora de ir embora, mas ainda assim... Fico magoada quando chego do outro lado da sala e ninguém tenta segurar meu braço. Nem mesmo Knox.

A festa está cheia de gente conhecida. Nate e Bronwyn ainda estão discutindo calorosamente com Sana e Reggie, sem saber o que acabou de acontecer. Minha ex-melhor amiga, Jules, está do outro lado do salão com o namorado, Sean, e Monica Hill e outra garota da nossa turma. Até o pessoal do Café Contigo está aqui: Manny, Evie e um cara chamado Ahmed. Mas não consigo me juntar a eles, então encosto na parede do corredor até alguém tocar meu ombro.

— Você foi expulsa do Clube dos Assassinos? — pergunta uma voz.

Me viro e vejo Vanessa Merriman em um vestido frente única vermelho lindo, um copo de plástico vermelho em cada uma das mãos.

— Aqui — oferece ela, virando o conteúdo de um deles no copo que esvaziei de alguma forma enquanto andava. — Era pra uma amiga, mas você parece estar precisando. — Ela encosta um ombro na parede e diz: — A amiga era eu, na verdade. Não sei por que venho a essas festas.

— Por que você acha? — pergunto enquanto tomo um gole, agradecida.

— Acabei de dizer que não sei — responde Vanessa, irritada. Os olhos dela seguem os meus para onde Knox, Maeve, Addy e Luis estão conversando concentrados. — Eles julgam todo mundo, não é? Tipo, você apoiou a pessoa errada *uma vez* e de repente é um pária.

Vanessa fez muito mais do que apoiar a pessoa errada. Pelo que lembro, ela fez bullying com Addy sem parar depois da morte de Simon. E então, para piorar, fez o mesmo com Cooper. Mas não estou na melhor das posições para lembrá-la disso agora.

— Eles são meus amigos — digo, mesmo sem saber se isso ainda é verdade.

— Então o que você está fazendo do lado de cá?

Não tenho uma boa resposta para isso, então viro minha bebida enquanto vejo Nate e Bronwyn saírem de perto de Sana e

Reggie e irem se juntar à Galera de Bayview. Sana chama minha atenção de novo quando pega o braço de Reggie, despida da aura de hippie descolada, e o puxa para mais perto para falar alguma coisa em seu ouvido. Reggie dá de ombros e vai embora, deixando Sana com uma expressão frustrada.

— Não acredito que isso ainda está rolando — desdenha Vanessa.

— O quê? — pergunto. Quase pergunto *Sana e Reggie?*, o que seria uma informação nova, mas Vanessa aponta na direção de Nate e Bronwyn.

— Esse casinho de garota comportada com o bad boy. Na boa, olha isso. O que eles têm em comum, além de terem sido acusados de assassinato? O sexo não deve nem ser *tão* bom assim.

E essa é... minha deixa.

— Preciso ir — disparo, me desgrudando da parede para... Não sei para onde. Banheiro, provavelmente, já que tomei *muito* ponche. Na fila impressionantemente curta, pego meu celular enquanto espero e vejo que recebi uma mensagem de Emma. Tenho tentado convencer minha irmã a vir para casa por um fim de semana. Sinto saudade, mas, na verdade, preciso obrigar Emma a falar sobre Owen.

Abro a mensagem e tudo que ela diz é: *Não tenho dinheiro para a passagem. Ainda não arrumei um emprego.*

É só uma desculpa, óbvio, nós duas sabemos. Quanto mais tempo ela passar longe de Bayview, menos ela vai querer voltar.

Você não pode me deixar sozinha lidando com a confusão que causamos, escrevo e apago antes de enviar. Em parte porque digitei muita coisa errada e em parte porque não devemos deixar nada disso registrado.

— Sua vez — avisa uma voz atrás de mim, e desvio os olhos do celular para ver a porta do banheiro aberta.

Assim que entro, percebo como estou bêbada. Os azulejos em preto e branco começam a rodar, e quase não consigo abrir o cinto. É ainda mais difícil colocá-lo de volta depois de usar o banheiro, tentando sem sucesso encontrar o microfuro em que preciso encaixar a fivela, até que uma batida na porta me lembra de que estou demorando demais.

— Quase terminando — grito. Decido improvisar e dar um nó no cinto. O que eu logo percebo ser uma péssima ideia, porque jamais conseguirei desfazer isso quando for dormir. Mas, bem, esse é um problema para a Phoebe do futuro. Lavo as mãos e encaro um rosto vermelho e com o olhar vidrado no espelho.

— Precisamos fazer alguma coisa — digo para o meu reflexo.

As paredes devem ser muito finas, porque escuto alguém bater na porta e dizer:

— Minha *bexiga* é que vai fazer se você não sair logo!

— Foi mal! — respondo ao secar as mãos na... Eca. Achei que era uma toalha, mas é a cueca que alguém deixou pendurada na pia e agora preciso lavar as mãos mais uma vez. Quando termino, a próxima pessoa da fila está batendo sem parar na porta, e quando saio, passo por ela o mais rápido que posso. — Foi mal — repito olhando para o chão. Vanessa ainda está no mesmo lugar, entretida com o celular e com um copo cheio de ponche na mesinha ao seu lado. Antes de pensar no que estou fazendo, pego o copo e saio de perto dela.

— Ei, sua pinguça, esse copo é meu! — grita Vanessa, mas faço de conta que não escuto e vou direto para a escada.

Prefiro o andar de cima; é mais escuro, mais silencioso e eu não conheço ninguém. A porta de um dos quartos está aberta, e alguma coisa que parece um lençol está amarrando a porta ao aquecedor, e eu provavelmente ficaria curiosa para entender a cena se estivesse sóbria. Tem um monte de gente no quarto, conversando. Ninguém parece se incomodar quando entro, sento no pufe e pego o celular para passar vinte minutos tentando escrever uma mensagem rápida para Emma, sem erros:

Por favor volta pra casa.

Então fecho os olhos e quando abro, estou sozinha no quarto. Levanto e logo fico tonta, e, preciso me apoiar na parede antes de tentar andar até a porta. Quando chego lá, quase atropelo um garoto que estava entrando.

— Opa, oi, Phoebe. Quanto tempo que a gente não se vê. O que você está fazendo sozinha aqui? — Era Reggie Crawley.

Conheci bem a figura quando Bronwyn parou de dar aulas particulares para ele depois da morte de Simon. Emma começou a ajudar Reggie a estudar para o vestibular, mesmo sendo mais nova, porque ela já tinha passado em todos os simulados e os pais de Reggie estavam desesperados. Durante dois meses ele ficou indo ao nosso apartamento três noites por semana, me comendo com os olhos sempre que Emma não estava olhando. Ele quase não mudou nada nesse tempo: ainda usa um cavanhaque estranho, ainda parece gostar de camisetas de gola V bem fininhas, e ainda usa o mesmo colar de couro com três pedrinhas prateadas. Já parece um quarentão aos dezenove anos.

Reggie se apoia no batente da porta e mexe as sobrancelhas de um jeito que ele acha, erroneamente, ser sedutor.

— Estava me esperando? — pergunta ele.

Posso estar um pouco bêbada, mas estou em posse de faculdades mentais suficientes para dar a única resposta possível:

— Eca, não, obrigada — respondo ao sair do quarto.

— Quem perde é você — retruca.

Desço as escadas cambaleando, sempre segurando o corrimão, e me pergunto se desapareci por tempo suficiente para encontrar Addy menos brava. Mas ela não está mais no mesmo canto com a Galera de Bayview; nenhum deles está lá. Naquele lugar está minha ex-amiga Jules, e quando ela acena para mim, fico tão aliviada com o gesto que não hesito em ir até lá, mesmo que ela esteja com duas das pessoas que mais detesto no mundo.

— Quer uma bebida? — pergunta Sean Murdock quando me aproximo, e me entrega um copo. Eu não quero, mas aceito mesmo assim.

— Timing perfeito, Phoebe Jeebies — observa Jules.

Tento sorrir ao ouvir o apelido, mas não parece certo. Essa é a antiga Phoebe, aquela que julgou Jules por namorar um cara bizarro como Sean e mentir para a polícia sobre a morte de Brandon. Jules e eu fizemos as pazes depois disso, mas as coisas nunca mais foram as mesmas. Em parte porque tento passar o menor tempo possível perto de Sean e em parte porque sei que me tornei uma mentirosa muito pior do que ela.

— Timing perfeito? — pergunto como um eco.

— Precisamos saber umas coisas — continua Jules, batendo o próprio ombro no ombro de Monica.

— Que tipo de coisas? — pergunto, tomando de uma vez metade da bebida que eu não queria.

— Calma aí, gatinha — diz Sean, sorrindo. Meu Deus, como eu odeio esse cara.

— Knox — anuncia Jules.

Pisco em direção a ela, tentando focar em seu rosto, mas não consigo. Ela ainda parece ter duas cabeças.

— O que tem o Knox?

— Ele está solteiro?

— Queeeê? — Isso não parece ser uma resposta suficiente, então falo: — Por quê?

— Monica está a fim dele — explica Jules.

Começo a rir, mas ninguém mais está rindo.

— Desculpa, vocês estão falando sério? — pergunto.

— Claro. Por que não estaria? Ele é um gato — responde Monica, enrolando uma mecha de cabelo do seu rabo de cavalo no indicador.

Sinto como se todo mundo nesta festa tivesse resolvido reparar em Knox hoje, mas não vou deixar Monica falar isso.

— Você ficou zoando o cara o semestre passado todo!

— Não fiz isso, não. O Sean que fez, mas ele sabe que foi errado. Não sabe, Sean? — incita Monica.

— Eu e Knox estamos de boa agora — declara Sean, com uma confiança idiota.

— Não, não estão, não. Ele não suporta você. Nem você — falo olhando para Monica. Ela tem três cabeças agora, e mesmo uma já seria demais. Qualquer quantidade de Monica é demais. Um número negativo de Monica seria o ideal. — Deixe Knox em paz.

— Phoebe, você não é dona do Knox — dispara Jules com um ar de quem sabe das coisas. — Se você gostasse dele, já teria tido tempo de fazer alguma coisa.

— Eu não... Eu não... Eu preciso ir — digo, e saio tropeçando para longe deles pelo corredor. Tento pegar meu celular no bolso enquanto saio da casa, mas minhas mãos estão moles e não consigo respirar fundo. Minha cabeça dói tanto que não sou capaz de raciocinar. Quero chamar um Uber, mas não sei se consigo desbloquear o celular.

Me viro e volto para dentro da casa, mas, de alguma forma, não é lá que paro. Estou cercada por árvores e mato, e acabo caindo em um banco de pedras. *Tem alguma coisa errada*, penso enquanto minha cabeça fica ainda mais confusa. Alguém está se aproximando, parece uma sombra, mas se eu me forçar a olhar, parece familiar.

Vai embora, tento dizer, mas as palavras não saem. Estou extremamente cansada.

— Ah, Phoebe. Você cometeu um erro terrível — diz alguém, parecendo estar do outro lado de um túnel enorme.

Qual deles? Penso.

E então tudo fica preto.

CAPÍTULO 9

Nate
Domingo, 5 de julho

— A gente deveria comemorar nossa festa de quase aniversário aqui — diz Addy, pegando meu braço.

— O quê? Que festa de quase aniversário?

Olho em volta. Estamos na sala dos fundos do Café Contigo, e uma TV grande foi colocada na parede para que pudéssemos assistir ao comercial de Cooper para a academia. Agora está passando um jogo do Padres, mas o comercial deve aparecer depois da quinta entrada.

— Ah, você sabe, a gente sempre faz uma festa conjunta em março — continua Addy.

— Duas vezes. A gente fez isso duas vezes.

Tecnicamente foi Addy quem fez. Nós dois nascemos em março, então ela decidiu, no último semestre do ensino médio, que a gente deveria fazer uma festa entre as duas datas. Ela organizou tudo no apartamento dela, e eu fui, porque era importante pra ela e não existem muitas pessoas que eu goste mais do que de Adelaide Prentiss. Além disso, faz tempo que aprendi que não tem como ir contra Addy quando ela está operando no modo diretora-de-sociabilidade. E então ela fez a mesma coisa este ano, mesmo que tenha sido bem mais simples, já que Brandon Weber tinha falecido havia pouco tempo.

— Isso mesmo. Então já é uma tradição. Mas como este ano ainda não tivemos uma grande comemoração, pensei... Que tal uma festa de quase aniversário... em meados de setembro? — propôs Addy.

— Não, muito tarde. Eu já vou ter voltado pra faculdade — protesta Bronwyn, puxando a única tortilla sem molho do prato de nachos na nossa frente.

— Ah, é verdade. E não podemos fazer em agosto porque vou estar no Peru, então... Vai ser 14 de julho. Vai ser uma festa de um terço pós-aniversário — declara Addy decidida.

— Isso nem existe — digo.

Addy me ignora e continua:

— Podemos convidar toda a nossa galera — continua ela, fazendo um gesto para todos nós. Estamos em uma mesa pequena com nove cadeiras e quase todas ocupadas (eu, Addy, Bronwyn, Cooper, Kris, Maeve, Luis e Knox), só uma vazia. Phoebe não está aqui, e já se passou meia hora do horário combinado.

— Ótimo! Mas não vai ser *só* a gente, né? Quero convidar Kate e Yumiko, e Evan, talvez... — Bronwyn para de falar e me olha de lado. — Ou talvez não.

— Tanto faz — digo e dou de ombros. Eu posso ser superior com o ex dela, já que ele não tem nenhuma chance mesmo.

Ela aperta meu braço e diz:

— Talvez aqui seja pequeno demais.

— Bem, sempre temos a casa do Nate — arrisca Addy.

— Sem chance. — Não consigo evitar a irritação que aparece na minha voz. — Você pode me obrigar a fazer uma festa de um terço pós-aniversário, mas você não pode me obrigar a ficar o tempo todo de babá de Reggie Crawley.

— Claro que não — diz Bronwyn.

Tentamos falar de novo sobre Reggie com Sana ontem, mas até Bronwyn teve que admitir que não estava dando em nada. Na real, não era a hora nem o lugar certo. Mas fiquei muito irritado quando Sana admitiu que não tinha nem aberto o link que Bronwyn mandou com o vídeo de Katrina, porque isso era o mínimo que eu esperava de alguém que estivesse levando o problema a sério.

— Tudo bem, justo — concede Addy. E ela começa a mexer no próprio brinco (um clássico sinal de ansiedade) e olha para a cortina de miçangas que separa este cômodo do salão principal do restaurante. — Ontem à noite foi uma confusão, né? E não só por conta do Reggie. — Ela não para de mexer no brinco. — Gente, vocês acham que a Phoebe vai vir? Fui meio grossa com ela.

— Você estava chateada — diz Bronwyn.

— Eu estava, mas... — Addy morde o lábio. — Continuo pensando no que eu disse quando ela contou que não agradeceu a Jake pelo pneu. Fui totalmente maldosa e sarcástica. E é que... foi quase do mesmo jeito que Jake me tratava, lá atrás quando tentei me desculpar por ter traído ele com o TJ. Ele dizia *Ah, está tudo bem então. Já que você está pedindo desculpa.* — Pelo jeito que ela fala, consigo perceber que as palavras estão gravadas em sua mente. — Precisamos dar uma chance pra pessoa se explicar, né? E eu não fiz isso.

Seguro na mesa para me impedir de falar uma coisa horrível sobre Phoebe que eu sei, bem no fundo do coração, que ela não merece. Deixar alguém ajudar você a trocar um pneu não é o fim o mundo, mas... é o *Jake*. Andando por Bayview como se fosse um bom moço, como se nada daquele passado tivesse acontecido. Qualquer um dessa cidade que conhece a dinâmica doentia de Bayview não deveria dar o que quer que fosse a ele, a não ser um soco na cara.

— Uma coisa não tem nada a ver com a outra — insistiu Bronwyn, que é um jeito bem mais educado de dizer o que pensei.

— Eu sei, são coisas diferentes porque o que eu fiz com Jake foi *pior*. Ou teria sido, se ele fosse um ser humano decente. Tentei mandar mensagem para Phoebe hoje mais cedo, mas ela não leu — revelou Addy.

Knox, que está sentado do lado de Maeve do outro lado da mesa, se vira e pergunta:

— Espera, vocês estão falando da Phoebe? Ela não respondeu minhas mensagens mais cedo. Eu dei uma carona pra ela chegar na festa ontem, mas depois ela sumiu.

— Ela não foi embora com a Jules? — pergunta Maeve.

— Não — respondo. Todo mundo olha para mim, provavelmente porque não é o tipo de coisa na qual eu presto atenção. — Aquele namorado babaca dela estava bêbado demais pra dirigir, então Crystal pegou a chave dele e obrigou os dois a irem embora com outra pessoa. Phoebe não estava lá.

Addy pressiona as unhas nas palmas das mãos e diz:

— Espero que ela tenha chegado bem em casa. Eu não quero me preocupar, mas Ashton me deixou nervosa com essa coisa do outdoor...

— Gente! — Luis chama do outro lado da mesa. — Prestem atenção! Foi a segunda, essa entrada vai acabar a qualquer momento.

Addy ignora o que ele acabou de falar e continua:

— Queria que a gente soubesse o que aqueles caras do fórum de vingança estão fazendo agora — murmura ela, olhando para Maeve, que não percebe, já que ela está fazendo o papel de namorada legal e encarando a TV quase tanto quanto Luis.

— Maeve está trabalhando nisso. Vamos esperar um pouco — sugere Bronwyn.

— O outdoor voltou para o anúncio anterior. Acho que conseguiram consertar — digo. — Percebi isso quando estava vindo para cá e senti uma onda de alívio.

Na TV, a multidão ruge decepcionada quando um dos jogadores bate uma bola para a arquibancada.

— Esse cara estava completamente fora do tempo. Ele vai sair daqui a pouco, é só esperar — narra Luis, olhando fixamente para a frente.

— Ai, meu Deus — diz Cooper, que está sentado de frente para o Kris, e passa as duas mãos no rosto. — Só queria lembrar a todo mundo que eu *não* sou ator. E eu nem teria feito isso se meu carro não estivesse nas últimas, então...

— Cooper, você trabalha mais do que qualquer pessoa que eu conheça e merece ser reconhecido. E *receber* por isso. Não se atreva a se desculpar — afirma Kris.

— Você diz isso agora — murmura Cooper, mas os ombros dele parecem um pouco mais relaxados. Sei que está preocupado com a ideia de um patrocínio, com medo de as empresas usarem a imagem dele só por conta da fama do Quarteto de Bayview. E, sim, talvez isso faça parte da estratégia, nenhum de nós pode descartar essa possibilidade, mas ele mandou muito bem em seu primeiro ano. Mais do que nunca, parecia que estava destinado a uma carreira brilhante, e ele podia muito bem começar a receber.

— Queria que Nonny tivesse vindo. Adoro ver a animação dela com as coisas do Cooper — comenta Addy, melancólica. O celular dela está na mesa e começa a tocar, mas antes que ela consiga pegar, Bronwyn vira a tela para baixo.

— Não vai atender agora. Luis tinha razão, está acabando — censura ela.

A tela fica escura por um momento e Luis diz:

— Hora do show!

Maeve faz um sinal para que ele fique quieto quando uma academia bonita aparece na TV, uma logo enorme da PontoDeBala Fitness na parede. Uma música com o baixo grave começa a tocar quando a câmera passa pelos aparelhos de ginástica, armários, um monte de pesos e... Cooper, correndo na esteira como se a vida dele dependesse daquilo.

Todos começam a falar, tão alto que não dá para ouvir nada por alguns momentos. E não tem problema, já que o comercial é uma sequência de takes de Cooper malhando, quase sem suar, como se fosse um super-herói.

— Estou *amando* isso por enquanto — anuncia Kris, enquanto, na tela, Cooper faz um agachamento com uma barra de peso nos ombros.

E então a música diminui, Cooper coloca a barra no chão, pega uma toalha, vira para a câmera e diz:

— Nada me deixa mais a ponto de bala do que fazer exercícios.

A sala fica em silêncio por um momento, porque aquele provavelmente foi o pior jeito de passar uma mensagem. Cooper parecia um robô programado para falar algum idioma que a pessoa que o projetou não conhecia. Mas é aí que começamos a falar e gritar ainda mais, porque ele ainda é perfeito e isso foi estranhamente icônico.

— Oscar! Oscar! Ou seja lá qual for o nome do prêmio para comerciais! — grita Luis.

— Você estava muito gato — elogia Kris, puxando Cooper para um beijo.

— Eu odeio malhar, mas você *quase* me convenceu — admitiu Maeve.

— Vocês estão me zoando — diz Cooper, com o rosto vermelho. Mas ele também está sorrindo.

Depois que a animação diminui e o jogo volta a passar, Addy pega o celular.

— Será que era a Phoebe? — diz ela, antes de franzir a testa quando olha para a tela. — Uhm. Não. Era a mãe dela.

— A mãe dela tem seu celular? — pergunto enquanto Knox se vira para nós.

— Ela organizou o casamento da Ashton, lembra? — explica Addy, levando o celular ao ouvido. A testa dela fica ainda mais franzida ao ouvir a mensagem. — Tudo bem. Isso é bem estranho. A Sra. Lawton está perguntando se a Phoebe ainda está comigo, porque ela não está atendendo o celular, e, bem...

ela nunca esteve *comigo*. Não fomos juntas pra festa ontem. A mãe dela ligou pra você também? — pergunta ela para Knox.

Ele pega o próprio celular com o semblante preocupado.

— Não. Você deveria retornar a ligação.

— Agora mesmo — confirma Addy. Ela disca algo no celular e o coloca no ouvido novamente. — Oi, Sra. Lawton — diz depois de alguns segundos. — A Phoebe não... O quê? — A voz dela fica baixa. — Não, ela não. Isso nunca... Ela *o quê*?

— O que está acontecendo? — pergunta Knox com urgência. Addy faz um gesto para ele ficar quieto.

— Não, a gente estava juntas na festa, mas não combinamos de ela dormir lá em casa. A última vez que vi a Phoebe foi ontem à noite. Você tentou ligar para a Jules? — A expressão de Addy fica preocupada quando ela escuta a resposta da mãe de Phoebe. — Sim, tudo bem. Me mantenha informada, tá? — Quando ela desliga o celular, seu rosto está lívido. — Phoebe não foi para casa ontem à noite — diz Addy, encarando o círculo de rostos preocupados. — Ela mandou uma mensagem bem tarde pra mãe dizendo que ia dormir na minha casa. Por que ela faria isso?

— Porque ela estava em outro lugar e não queria que a mãe dela soubesse? — sugere Maeve. Os olhos disparam na direção de Knox, que está com a mesma expressão que fazia quando o pai dele, que é meu chefe na Myers, não reparava que ele tinha passado no escritório: como se estivesse fingindo não estar arrasado.

— Não acho que a Phoebe faria isso — diz Knox.

— Se ela fez, eu acabei com o esquema. Mas por que ela não falou com ninguém até agora? Ela perdeu o comercial — diz Addy com uma careta.

Maeve está com o celular na mão, teclando na tela de forma frenética.

— Me pergunto se... Tudo bem, a localização do Snapchat dela está ativada e diz que ela está... — Ela aumenta algo na tela e pisca algumas vezes, antes de me mostrar o celular. — Na sua casa, pelo que parece.

— Sério? — pergunto. — Ela não estava lá quando saí. Pelo menos... acho que não.

Dormi até tarde, já que é raro ter um dia de folga, e não saí do quarto até a hora de vir para cá. Crystal e Sana não estavam em casa, e Jiahao e Dexter estavam vendo TV na sala, como de costume. Reggie estava... Não faço ideia de onde Reggie estava, mas a porta do quarto dele estava fechada porque em algum momento da noite ele quebrou a regra de Sana e se trancou lá.

— Ai, não — diz Bronwyn, como se lesse meus pensamentos. — Ela não pode estar... Ela não está com o *Reggie*, está?

— Sem chance. Phoebe jamais faria isso — afirma Maeve.

— Ela bebeu muito ontem — continua Addy, preocupada.

— Não *tanto* assim — insiste Maeve, ainda que pareça ter menos certeza do que antes. — Mas mesmo que ela tivesse... uhm, ficado um pouco com Reggie ontem, já teria ido para casa a uma hora dessas.

— A não ser que ele não a tenha deixado — pondera Luis. Maeve dá um soquinho no ombro dele, como se fosse uma piada sem graça, mas ele não está sorrindo.

A conversa ficou pesada na hora.

— Melhor a gente conferir — digo.

CAPÍTULO 10

Nate
Domingo, 5 de julho

Não encontramos Phoebe quando chegamos em casa — nós seis, sem Cooper e Kris, que precisavam levar Nonny à fisioterapia.
— Não vi a Phoebe, gente. Desde ontem — diz Reggie meio mole, prostrado no sofá, segurando uma cerveja em uma das mãos e o controle da TV na outra, vendo o que tinha na Netflix.
— Desde ontem *que horas*? — pergunta Bronwyn, puxando o controle da mão dele. E foi bom que ela tenha feito isso, porque aquela cara de *não me importo* me dá vontade de jogar o controle na cabeça dele.
— Ei, devolve isso! — protesta Reggie. Ele tenta pegar de volta, mas cai nas almofadas quando ela se move. — Sei lá, vi Phoebe na festa.
— Onde ela estava? Quando você a viu? — pergunta Maeve.
— No meu quarto — diz Reggie, mexendo no colar sem prestar muita atenção. Nós seis o encaramos até que ele levanta as mãos e diz: — Calma, Clube dos Assassinos. Ela estava sozinha,

saindo do quarto, quando cheguei. Claro que eu a convidei pra ficar sozinha comigo...

— Nojento — diz Maeve.

— Mas ela recusou. E foi isso — continua Reggie.

Bronwyn e Maeve trocam olhares como se não estivessem acreditando, mas a verdade é que todos sempre sabem quando Reggie está mentindo. Mas nesse momento, ele não parece estar. Ainda assim...

— A localização do celular dela indica aqui em casa — digo.

— Bem, ela não está aqui — repete Reggie, fazendo uma cena para levantar o cobertor que está sobre as pernas. — A não ser que esteja se escondendo. Phoebeeee? Phoebe?

— Vai à merda — praguejo, e Bronwyn joga o controle remoto nele. Nas mãos dele, o que é mais do que ele merece.

— O que você quer que eu diga? Ela não está aqui. É isso — insiste ele na defensiva.

— Será que a gente viu a localização errada? Talvez ela tenha desligado o celular e estamos vendo o último lugar em que ela esteve — pondera Knox.

— Acho melhor a gente dar uma olhada por aqui. Phoebe pode ter dormido em algum lugar ou perdido o celular — sugere Bronwyn.

Os olhos dela ficam diferentes e eu sei o que está por vir: Bronwyn está no modo cuidar-de-tudo. Graças a Deus alguém faz isso. Em minutos, ela nos divide em grupos e nos passa as tarefas: Addy e Knox vão olhar lá em cima, Maeve e Luis ficam aqui embaixo, nós dois vamos olhar o jardim.

— Estou me sentindo péssima. Addy tem razão, ontem foi difícil pra Phoebe. Mas eu estava tão focada no Reggie que nem prestei atenção — confessa Bronwyn enquanto saímos em direção à parte externa da casa.

— Eu também — digo, passando o dedo por uma das cicatrizes no braço. Não penso muito sobre a bomba de Jared ultimamente; eu até me saí bem, e de alguma forma, aquilo fez com que eu e Bronwyn ficássemos mais próximos. Ou talvez seja melhor dizer que aquilo me aproximou dos pais dela. Eles pararam de se preocupar por nós dois sermos de "mundo diferentes".

Mas, agora, as cicatrizes me lembram de que esta cidade pode ser mortal. Odiei a ideia de Phoebe estar com Reggie, mas a alternativa pode ser ainda pior. Não a conheço tão bem. Até recentemente ela era só a colega de trabalho de Addy que tinha um amigo chato que me zoou no jogo de Verdade ou Consequência, mas estamos ligados para sempre por termos passado pela crise de Bayview juntos. Além disso, Phoebe perdeu o pai, e a mãe dela quase se acabou tentando cuidar de todo mundo. Eu sei bem como é a sensação de ter que resolver todos os seus problemas sozinho.

Paro e analiso o jardim pequeno e malcuidado. Não tem muito o que olhar: um monte de folhas meio secas e uns arbustos depredados, além de um caminho de pedras que leva até a porta. O sol está alto e forte, e franzo a testa para ver melhor.

— Você sabe de que cor é a capa do celular da Phoebe?

— Cor-de-rosa. E não está aqui — responde Bronwyn, andando em círculos pela grama.

— Acha que ela pode ter ido visitar a irmã? Talvez ela tenha conseguido uma passagem aérea em promoção ou algo assim.

— Talvez. Mas isso não explica por que ela não falou com ninguém nem por que disse à mãe que dormiria na casa da Addy. Nada faz sentido. Argh, se eu tivesse tirado cinco minutos pra *conversar* com ela ontem... — Ela suspira em frustração.

— Não fala assim. Sem ficar se culpando na minha frente — digo ao pegar nos ombros dela e a deixar na sombra.

O jardim do quintal é maior e o mato está mais alto. Crystal tentou fazer uma horta em boa parte dele, mas dá para ver um pátio de pedra e alguns bancos, além da fonte meio embolorada e com um pouco de água suja da chuva.

— Vocês vêm aqui de vez em quando? — pergunta Bronwyn, andando com cuidado pela grama.

— Meu Deus, não. Por que eu...?

E é então que eu vejo: um retângulo cor-de-rosa embaixo de um dos bancos. Bronwyn chega nele antes de mim, pega o celular e vira a tela para que possamos ver algumas notificações.

Emma: ONDE VOCÊ SE METEU???

— Ah, não — diz Bronwyn com a voz fraca.

CAPÍTULO 11

Addy
Domingo, 5 de julho

A polícia de Bayview é bem consistente. Não importa qual crise estejam enfrentando, eles vão focar no problema errado 100% das vezes.

— Então menores de idade estavam bebendo nessa festa? — pergunta o Sr. Budapest ao jogar o celular de Phoebe em uma sacola plástica e selar a abertura.

Ligamos para Melissa Lawton assim que encontramos o celular de Phoebe. Ela entrou no carro no mesmo instante para ir até a casa de Nate e ligou para a polícia enquanto dirigia. Agora ela está aqui e trouxe Owen a reboque, mantendo-o bem perto de si enquanto estamos todos em um semicírculo com o policial Hank Budapest. O fato de ele ter sido o primeiro policial que nos interrogou sobre a morte de Simon não passa batido por ninguém, inclusive para ele, tenho certeza. Digamos que não foi o tipo de investigação que o levou à glória.

— Sim — responde Nate, o maxilar travado.

— Quem comprou a bebida? — pergunta o Sr. Budapest.

— Policial, minha filha *desapareceu*. A gente pode, por favor, focar nisso e pensar na festa depois? — interrompe a Sra. Lawton, o rosto com uma expressão muito preocupada.

— Pelo que você me contou, Phoebe mentiu para você sobre onde dormiria. Não é mais provável que tenha ido para algum lugar que ela não queria que você soubesse? Faz quanto tempo? — Ele faz uma cena enquanto olha o relógio. — Menos de doze horas desde a última vez que ela foi vista?

— Catorze — corrige Maeve, cruzando os braços em frente ao peito. Parece que ela vai dizer mais alguma coisa, talvez citar o fórum de vingança, mas antes que ela faça isso, a Sra. Lawton solta um murmúrio de frustração e aperta Owen ainda mais.

— A Phoebe não iria a nenhum lugar sem o celular. E você se esqueceu de que ela foi *perseguida* há três meses por um jovem desequilibrado com muitos seguidores na internet? Seguidores que passavam o dia fantasiando sobre vinganças? Você deveria estar falando com Jared Jackson *agora mesmo* sobre quem ele pode ter instigado a ir atrás de Phoebe — dispara a Sra. Lawton.

Maeve concorda enfaticamente. O rosto de Owen fica vermelho e ele encara o chão, e meu coração fica apertado ao ver a cena. Pelo que observei no Café Contigo, ele e Phoebe não têm se dado muito bem nos últimos dias, então provavelmente ele, assim como eu, também está sentindo alguma forma de arrependimento agora que ela havia desaparecido.

Desaparecido. A palavra parece fazer uma onda de pânico me atravessar quando o policial Budapest pigarreia e diz:

— Certamente vamos falar com o Sr. Jackson. — Porém eu tenho certeza de que ele nem tinha pensado nisso até a Sra.

Lawton dizer. — Se você puder vir comigo até a delegacia, podemos começar o processo. — Ele passa os olhos pelo restante de nós e diz: — Talvez seja útil um de vocês vir também. Talvez...

Bronwyn dá um passo à frente antes que ele tenha tempo de dizer o nome dela, o que era óbvio que faria. Não importa a situação, ela sempre é nossa representante.

— Claro, eu vou — diz ela.

— Eu também. Acho que fui o último a falar com ela — diz Knox, logo em seguida.

— Muito bem. É isso por agora — informa o policial ao colocar a sacola plástica com o celular de Phoebe embaixo do braço. — E para o restante de vocês, entraremos em contato caso precisemos de algo. E continuem falando com os amigos e colegas de Phoebe. Avisem que estamos procurando. É bem provável que ela esteja com alguém que vocês conheçam.

O policial e os Lawton se dirigem para os respectivos carros, e Bronwyn dá um beijinho na bochecha de Nate antes que ela e Knox os sigam. Maeve olha para o policial Budapest com ódio enquanto ele atravessa o gramado de Nate.

— Bem, ele foi rápido como sempre, não é? Agindo como se Phoebe fosse uma garota idiota que mente para a mãe pra ir se divertir. E, ah, claro, por que devemos nos preocupar se ela só está desaparecida há *catorze horas*? — provoca Maeve.

— O maior mistério de Bayview é como esse cara ainda tem esse emprego — murmura Luis ao passar o braço em volta dos ombros da namorada.

— E ele nem é o pior. Se alguém procurar *incompetência* no dicionário, tenho certeza de que vai ver uma foto da polícia de Bayview — acrescenta Maeve, lançando um último olhar de

raiva ao policial antes de levantar a cabeça para encarar Luis.
— Você pode me levar pra casa? Preciso me dedicar ainda mais àquele fórum de vingança. Se eles tiveram qualquer relação com o desaparecimento de Phoebe, com certeza vai haver um chat em algum lugar.

— Seu desejo é uma ordem. Você vem, Addy? — pergunta Luis.

Hesito. Se eu for com eles, sei que vou distrair Maeve do que ela precisa fazer. Não posso ir para casa, porque minha mãe está lá e ela vai me deixar ainda mais nervosa. E se eu for para o apartamento de Ashton, vou deixar *minha irmã* nervosa, e isso é a última coisa de que ela precisa, então...

— Fica aqui um pouco — diz Nate, resolvendo meu dilema. — Eu só tenho que ir pro country clube daqui a uma hora, e posso te deixar onde você quiser quando sair. Sana deve estar voltando do trabalho, e podemos perguntar se ela viu alguma coisa ontem à noite. Ela esteve sóbria o tempo todo.

— Tudo bem — respondo, agradecida.

— Dá pra acreditar que a gente estava vendo o comercial do Cooper há menos de uma hora? — pergunta Luis enquanto caminhamos até a entrada da casa.

— Não — respondemos eu e Maeve em uníssono. — Parece que foi semana passada — digo.

— Nada me deixa mais a ponto de bala do que fazer exercícios — diz Luis taciturno ao abrir a porta do carro para Maeve. Deveria ser engraçado, mas agora, só... não é.

— Também não acredito — diz Maeve com a mesma melancolia. Ela entra no carro, afivela o cinto e fecha a porta antes de abrir a janela e dizer: — Mando mensagem se encontrar alguma coisa — promete ela.

— Tá bem, obrigada — respondo.

Eles saem, e eu e Nate ficamos parados em silêncio na calçada. Por boa parte do último ano, desde que Bronwyn e Cooper foram para a faculdade, eu e Nate ficamos para trás, tentando achar um jeito de sairmos de Bayview sem pais controladores, dinheiro ou qualquer talento. Não tenho inveja de Bronwyn ou Cooper pelos seus dotes, nem um pouco. Me sinto sortuda em ter os dois como amigos. Mas tem alguma coisa de confortável em ter um amigo que também não sabe o que fazer e que sabe o que significa dar um passo à frente e ser arrastada dois ou três para trás. Nate e eu, com nossas famílias confusas, nossos futuros incertos, nossas crises frequentes de autoestima, nos entendemos em um nível profundo. Quando estou preocupada ou me sentindo culpada e sem saber o que fazer, ele normalmente é a pessoa ideal para uma conversa.

— Quer me ajudar a dar comida pro Stan? É dia de grilo — diz ele.

— Eca, não. Eu só ajudo nos dias de frutas, lembra? — Consigo soltar algo próximo de uma risada.

— Como você preferir — diz ele dando de ombros. — Vamos, vamos entrar pela porta dos fundos pra não darmos de cara com o Reggie. — Ele protege os olhos do sol ao olhar para o outro lado da rua. — Parece que o Phil comprou outro ferro-velho.

O vizinho velhinho de Nate gosta de consertar carros antigos, mas eles normalmente têm bem mais charme do que o conversível vermelho desbotado que está parado na frente do sobrado de Phil. Não que eu entenda muito de carros, a não ser...

— Espera aí — digo dando alguns passos mais para a frente. — Tudo bem, isto é meio aleatório, mas... esse carro parece o carro que estava na frente do escritório do Eli quando fui buscar os papéis da ordem de restrição. — Olho a capota marrom tão propositalmente descombinada que parece ter sido emprestada de um carro completamente diferente. — Cooper reparou no carro e ficou olhando da janela. Ele fez piada dizendo que não podia ser do Jake, porque ele jamais dirigiria um carro velho assim.

— Bem, acho que era o Phil. Ou outra pessoa que não se importe com carros que são mais ferrugem do que tinta.

— E janelas bem escuras — acrescento. Elas são tão escuras que não dá para ver quem está sentado no banco do motorista.

— O Phil não costuma trabalhar nos carros na garagem dele?

— Costuma. Talvez ele esteja indo para algum lugar.

E bem nesse momento a porta da casa de Phil se abre com um barulhão, e o próprio Phil sai da casa com um roupão listrado de azul e verde. Ele se curva para pegar o jornal, depois se endireita e olha o carro, e então olha para Nate e para mim.

— Nate! — berra ele, usando o jornal para apontar para o carro. — Me faça um favor e lembre seu amigo que vocês têm garagem.

— Esse carro não... — Nate não termina a frase. Um vinco se forma em sua testa e então ele anda com firmeza até o carro. Antes que ele consiga chegar, alguém liga os motores e sai. Em segundos, o carro não está mais lá, apenas um risco de fumaça.

— Esse carro não é de nenhum amigo meu — diz Nate para o vizinho. — Você não sabe quem estava dirigindo?

— Não, essas crianças de hoje em dia... — responde Phil antes de voltar para a casa.

Nate volta para a calçada franzindo a testa.

— A placa estava coberta de lama, não consegui ver nada.

Meu estômago dá um nó e eu digo:

— Sem chance de ser o Jake, né? Por que ele não pode... — *Ele não pode estar aqui* eu ia dizer, mas na verdade, ele pode. A casa do Nate não faz parte da minha área de segurança.

— Posso estar exagerando, mas não gostei do jeito como a pessoa que estava dirigindo saiu assim que eu tentei chegar perto. Ainda mais num dia como hoje.

— Você acha que aquele carro tem alguma coisa a ver com o que aconteceu com a Phoebe?

Nate suspira e diz:

— Não sei, Addy.

O celular dele começa a tocar, um toque tão alegre que não poderia ser menos a cara de Nate. Ele pisca, parecendo tão confuso quanto me sinto, e então sua expressão muda para irritação ao pegar o celular.

— Essa música... é "MMMBop"? — pergunto. Apesar de toda tensão do dia, a última palavra sai como uma risada incrédula.

— Maeve acha engraçado — responde Nate amargo.

— *MMMBop, boppaly roomba* — canto, e isso faz Nate me encarar enquanto coloca o celular no ouvido ao final da música. — O que foi? Desculpa, mas eu não sei a letra. Você pode me ensinar depois.

— Tudo bem, pai? — pergunta Nate um pouco alto demais. Depois de um segundo de silêncio, o vinco em sua testa fica ainda mais fundo. — Que tipo de problema? — Mais um segundo. — Preciso de mais do que isso. Sério? Você não pode... Tudo bem, tudo bem. Se acalma. Vou chegar em cinco minutos.

— O que aconteceu? — pergunto quando ele desliga.

— Não sei, mas meu pai está desesperado com alguma coisa. O que acha de uma visita rápida ao Colégio Bayview? — pergunta Nate ao colocar o celular de volta no bolso.

CAPÍTULO 12

Addy
Domingo, 5 de julho

Faz mais de um ano que me formei, mas quando saio da garupa da moto de Nate no estacionamento do Colégio Bayview, o tempo para e, por alguns segundos, me sinto como *ela* de novo: Adelaide Prentiss, a sempre ansiosa princesa da escola. Todas as manhãs eu ficava neste estacionamento até ouvir o sinal tocar, abraçada com Jake e pensando em várias coisas idiotas ao mesmo tempo: o humor dele, meu cabelo, qualquer que fosse o drama dos meus amigos... Se o comentário presunçoso que fiz sobre o novo namorado da Vanessa chegaria até os ouvidos dela — chegou — ou se eu conseguiria mais votos do que Keely para ser a rainha do baile — não consegui. Para além de tudo isso, mesmo antes da confusão com Jake, TJ e Simon, meu medo mais profundo e sombrio era sempre o mesmo: *Não sou boa o bastante e nunca serei.*

Tenho vários motivos para não sentir falta do ensino médio, mas esse é um dos principais.

Nate deve ter lembranças parecidas, porque antes mesmo de tirarmos os capacetes ele diz:

— Eu poderia passar o resto da minha vida feliz sem nunca voltar aqui.

— Digo o mesmo. — Coloco o capacete extra de Nate no guidão. Atravessamos o estacionamento em direção ao pedaço quebrado da cerca do campo de atletismo. — Seu pai falou mais alguma coisa?

Nate confere o celular e responde:

— Não.

— Ele quer encontrar você no galpão de equipamentos?

— É, acho que ele finalmente encontrou as chaves.

— *Onde* é esse galpão?

— Atrás do campo de beisebol — responde Nate, e não consigo evitar o alívio que sinto por ele não dizer *o campo de futebol*. Prefiro que essa nossa volta ao passado inclua uma passagem no antigo lugar de Cooper e não no...

— Jake — digo antes que minha garganta se feche por completo.

É como se eu tivesse feito o pior truque de mágica possível, com o pedacinho da minha cabeça que está revivendo o Colégio Bayview tendo conjurado meu ex. Porque de repente ele está lá: a menos de vinte metros de distância, de camiseta e short de ginástica. Ele está perto da placa no chão, perto de um homem que me parece borrado, mas que logo se vira em nossa direção quando paro de me mover.

— Ah, *merda* — diz Nate baixinho. — Que saco, eu sou um idiota. Meu pai me disse que às vezes ele vem aqui para se exercitar, mas não pensei... Eu não deveria ter trazido você. Desculpa, Addy. Vamos embora.

— Não — respondo enquanto Jake se vira em nossa direção. Era inevitável que isso acontecesse, certo? Não posso passar a vida toda dentro da área que julguei segura para evitar a ira de Jake. Já fiz muito isso quando estávamos namorando.

Olhamos um para o outro por infinitos segundos. Meu coração bate tão forte que escuto em meus ouvidos, tão alto que não sei o que Nate está murmurando, e um ponto preto começa a aparecer no meu campo de visão. Por um momento aterrorizante, acho que vou desmaiar, mas então a tontura passa e me sinto estranhamente calma. Isso é meu pior pesadelo há um mês, mas ainda estou de pé.

Eu *sempre* vou continuar de pé.

Jake levanta uma das mãos devagar... Não é exatamente um cumprimento. É como se fosse um gesto de trégua.

— A gente achou que não tinha ninguém aqui. Eu vou embora — diz ele.

Essas são as primeiras palavras que Jake dirige a mim desde aquela noite atrás da casa de Janae, quando ele colocou as mãos em volta do meu pescoço e disse *Deveria ser você na prisão em vez de Nate, Addy. Mas isto serve também.*

Afasto essa lembrança e digo:

— Faça o que quiser. Não tenho nada a ver com isso — falo em alto e bom som. E aí me forço a continuar andando até a arquibancada, com Nate me seguindo em silêncio.

Isso é mais um ponto positivo dele: saber quando ficar quieto.

— Addy — chama Jake. É óbvio que ele não consegue deixar passar. Ele tentou ser simpático por conta do cara que estava ao lado dele, mas Jake nunca me deixou ter a última palavra.

— Você está bem? — pergunta Nate quando não podemos mais ser vistos por conta da arquibancada e passa a mão pelos cabelos revoltos e escuros. — Desculpa mesmo por isso. Você lidou com a situação muito bem, mas não deveria ter que passar por isso. Meu pai me deixou nervoso, e...

— Eu estou bem — interrompo, um pouco surpresa por perceber que é verdade. Talvez porque ver Jake sem qualquer aviso seja só a segunda pior coisa que aconteceu hoje. Além disso, eu quase nunca vejo Nate desconcertado, então é melhor aproveitar enquanto posso. Dou um tapinha no ombro dele e digo: — Eu entendo. Mas seus amigos estão aqui para te apoiar, Nate. Ninguém vai julgar você por ser fã dos Hanson.

— Quer saber de uma coisa? Eu vou deixar aquele toque. Vocês que se danem!

— Isso aí, Nate! Agora onde está...

Antes que eu consiga terminar a frase, Patrick Macauley aparece na nossa frente, e eu presto atenção no galpão quadrado atrás dele. Ele está vestindo uma camiseta desbotada e uma calça jeans que parece grande demais, e tem um molho de chaves pendurado no passante do cinto. Já vi o pai de Nate algumas vezes desde que ficamos mais amigos, e fico impressionada com a expressão preocupada dele. Todas as linhas do rosto dele parecem tensas quando ele indaga:

— A ambulância já está aqui?

Nate e eu trocamos olhares.

— Ambulância? — pergunta Nate, uma pontada de irritação na voz dele. — O que está acontecendo? Você bebeu? — Nate teve que chamar o serviço de emergência mais de uma vez para o pai quando o alcoolismo do Sr. Macauley estava no auge, então não me surpreende que a cabeça dele faça essa conexão. Porém o Sr. Macauley não parece bêbado, mas preocupado.

— Não, não — diz o pai de Nate, puxando e soltando o elástico em seu pulso. — Não é pra mim, é só... Achei que eles já teriam chegado. Liguei pra eles depois que liguei pra você. Devia ter ligado pra eles primeiro, mas eu... eu entrei em pânico. Parecia que, de alguma forma, isso era minha culpa. — Ele tira o molho de chaves da calça e o encara como se não soubesse como ele foi parar ali. — Acho que por conta disso.

— Sua culpa? Por conta das... — Nate para de falar, muito confuso para fazer qualquer coisa além de encarar as chaves. — Onde você achou isso?

O Sr. Macauley puxa e solta o elástico mais uma vez.

— Bem, eu fiz o que você falou. Refiz meus passos no trabalho, fui em todos os lugares que estive na semana passada, e quando cheguei no galpão... elas estavam lá, penduradas na fechadura. Mas daí eu abri a porta e... — Ele olha por cima dos ombros. — É melhor a gente voltar. Não devia ter deixado ela sozinha, mas ouvi vozes e pensei...

Um calafrio percorre meu pescoço.

— Deixar quem sozinha? — pergunto.

Nate passa por nós depressa, abrindo a porta de uma vez. Ele puxa o ar e entra no galpão. Vou atrás, piscando enquanto meus olhos se ajustam à diferença de luminosidade. Nate está agachado do lado de uma das paredes, olhando para...

— Phoebe! — grito.

Chego a tropeçar em minha ânsia de me aproximar dela, meu coração disparado quando caio de joelhos ao lado de Nate.

Phoebe está jogada contra a parede como se fosse uma boneca velha no lixo, as roupas sujas de lama e os cachos cor de bronze caindo sem vida em seu rosto pálido. Tudo que consigo pensar é *Chegamos tarde demais. Alguma coisa horrível aconteceu e chegamos tarde demais pra evitar.*

Então, Phoebe levanta a cabeça e pisca.

— Ai, graças a Deus — digo quase sem fôlego, ao mesmo tempo em que Nate grunhe:

— O que diabos aconteceu aqui?

— O quê? — pergunto enquanto seguro o queixo de Phoebe com uma mão e olho no fundo dos olhos dela. — Phoebe, você consegue me ouvir? Sou eu, Addy, e Nate. Você está segura. Já chamamos ajuda. — Os olhos dela se fecham mais uma vez, mas a respiração está regular, ela não parece estar machucada, a não ser por...

— Olha o *braço dela* — diz Nate, e quando meus olhos focam no braço de minha amiga, eu me assusto.

A palavra escrita no braço esquerdo de Phoebe parece ter sido feita de canetinha preta, as letras maiúsculas são grandes e grossas, e não tem como não ver:

PRÁTICA

CAPÍTULO 13

Phoebe
Terça-feira, 7 de julho

— Obrigada pela carona — digo, de maneira quase robótica, quando sento no banco do passageiro do carro de Cooper.

— Tudo bem — responde ele mais alto que o barulho. — Desculpe por todo o barulho.

— Não tem problema — aviso enquanto afivelo o cinto.

O barulho é ruim, mas no geral... Quem se importa? É a primeira vez que saio de casa em quase dois dias, e provavelmente ainda estaria no meu quarto se Cooper não tivesse oferecido uma carona para me levar ao Café Contigo para encontrar o restante da Galera de Bayview. Até minha mãe, que está horrorizada com o que aconteceu no fim de semana do feriado, acha que estou segura com Cooper por perto.

— Nonny pediu que eu entregasse isto a você — diz Cooper, e se estica para pegar um pote plástico no banco de trás. — São cookies. Ela disse pra você passar lá quando estiver se sentindo melhor. Não precisa ser pra fazer nenhuma entrega.

— Agradece a ela por mim — digo engolindo em seco. — Eu vou passar.

E minha garganta se fecha antes que eu consiga dizer a ele que sinto muito por ter perdido o comercial. Eu assisti ontem à noite, e quase consegui sorrir.

— Como você está? — pergunta ele enquanto dá a ré para sair da garagem.

— Bem, acho — respondo. Uma resposta curta que não dá conta do fim de semana que tive. Não me lembro de muita coisa, já que, de acordo com os exames feitos pelo hospital de Bayview, eu estava com traços de sedativo no sangue. "Boa noite Cinderela?", perguntei para a médica, segurando firme na camisola que o hospital me deu. "Então alguém...", continuei. "Você foi drogada", confirmou ela.

Uma onda de náusea e horror tomou conta de mim. Mesmo que eu estivesse completamente bêbada a ponto de não me lembrar de nada, eu não sabia, até aquele momento, que a perda de memória tinha sido *proposital*. Quando acordei, com Addy e Nate ao meu lado, a boca seca e a cabeça doendo, pensei que pudesse ter ido parar no galpão por conta própria. Mesmo depois que vi meu braço, pensei que algum idiota tivesse escrito aquilo na festa. Mas assim que o detetive Mendoza disse *Alguém deu drogas a você*, tudo que consegui pensar foi: *Quem? E por quê?*

Quando recobrei a consciência, minhas roupas estavam empoeiradas do galpão, mas não rasgadas. O nó que tinha dado em meu cinto enquanto estava no banheiro da casa de Nate ainda estava intacto. Isso me deixou um pouco aliviada, mas não mudava o fato de que alguém tinha batizado minha bebida, me tirado do quintal de Nate e então *escrito alguma coisa no meu braço*. Já limpei tudo, mas toda vez que olho meu braço, tenho certeza de que vejo a borda da palavra e que consigo sentir as letras, como se tivessem sido queimadas na minha pele.

— Uma pegadinha doentia e nojenta — disse um dos enfermeiros do hospital quando achou que eu não estava ouvindo. — Os jovens nesta cidade são odiosos, não?

Eles podem ser. Mas de alguma forma, acho que *pegadinha* não serve nem para começar a descrever o que aconteceu comigo. A polícia me perguntou onde consegui bebida aquela noite, e a última coisa que lembro foi de Sean me entregar um copo. Ainda que não descarte a possibilidade de Sean Murdock drogar alguém, a médica disse que a substância não teria efeito tão imediato, e o fato de eu estar enxergando tudo em dobro enquanto conversava com Sean, Jules e Monica provavelmente significa que tomei o sedativo antes. Além disso, não tem nenhuma chance de Sean ter me levado até o galpão do colégio; Crystal pegou as chaves do carro dele e o mandou para casa com um amigo.

Antes disso, meus drinques tinham sido trazidos por Knox e Luis: duas pessoas em quem confio totalmente. Vanessa me deu mais um copo depois que saí de perto da Galera de Bayview, e depois roubei outro copo dela, o que a polícia achou digno de nota. Acho que posso ter pegado uma bebida batizada por engano, mas se alguém estava de olho em Vanessa, por que *eu* acabei arrastada para fora da casa de Nate e jogada no galpão?

E ainda tem o tempo que passei no quarto de Reggie, do qual quase não me lembro nada. Alguém pode ter me dado alguma coisa para beber lá? Foi o Reggie? Não acho que tenha sido, mas alguns flashes daquela noite parecem tão surreais que não tenho certeza do que realmente aconteceu desde que saí do banheiro até ser levada para fora da casa de Nate.

Tenho quase certeza de que não mandei nenhuma mensagem para minha mãe dizendo que dormiria na casa de Addy, porque não importa quão bêbada eu estivesse, nunca me esqueceria de que Addy estava brava comigo. Além disso, não tem nenhuma chance de eu ter conseguido escrever uma mensagem sem nenhum erro àquela hora da noite. Mas se não fui eu, quem foi? Tem que ser alguém que conhece meus amigos. Alguém que provavelmente segurou meu celular na altura do meu rosto para desbloquear, buscou "mãe" entre meus contatos e se certificou de que ninguém me procuraria por um bom tempo.

Ah, Phoebe. Você cometeu um erro terrível.

Alguém realmente disse isso ou eu estava sonhando? Não tenho certeza, ainda mais sendo o tipo de coisa que eu diria a mim mesma.

Tento parar de pensar nisso e me concentrar no caminho.

— Você passou da entrada do Café Contigo — comento enquanto Cooper dirige.

— É, eu sei. Pensei em levar você a outro lugar primeiro, se estiver tudo bem. É logo ali.

Isso aguça minha curiosidade, ainda que contra a minha vontade.

— Aonde?

— À loja de carros onde Manny trabalhava — responde ele, fazendo mais uma curva.

— Eu... Tá, tudo bem. Você vai levar o carro pra consertar? — pergunto, confusa.

— Não, não é nada disso — diz Cooper. Ele entra em um terreno baldio cercado por correntes e para ao lado do carro mais destruído que já vi. Está sem os quatro pneus, sem para-choque ou para-lama, e coberto de ferrugem e batidas. — Tiraram tudo que dava pra vender, e daqui a pouco vão levar o que sobrou pro ferro-velho. Mas antes disso, bem... Deixa eu mostrar uma coisa pra você.

Saímos do Jeep e Cooper pega um martelo enorme que estava encostado no carro.

— Depois que Simon morreu, quando tudo ficou pesado demais, Luis me trouxe aqui. Tinha outro carro igual a este. Ele me deu a marreta e me falou para bater no carro o tanto que eu conseguisse até me sentir melhor. Parecia uma ideia idiota até que segui o conselho dele. E como isso me ajudou, achei que poderia te ajudar também.

Pisco algumas vezes enquanto o encaro, sem conseguir me mover, e ele pega a marreta e bate de leve, um pequeno amassado na porta do motorista.

— Phoebe, eu não sei o que significa passar pelo que você passou na noite de sábado. Mas eu sei o que é sentir que sua vida não pertence mais a você. E sentir como se você não pudesse falar nada sobre isso.

Cooper levanta a marreta e olha fixamente para o carro.

— Quando contei para Nonny o que tinha acontecido, sabe o que ela disse? Ela disse: "Isso é horrível, ainda mais porque aquela garota já está sofrendo demais." — Meus olhos marejam enquanto ele continua a falar. — Perguntei o que ela estava querendo dizer com aquilo, e ela respondeu: "Bem, ela não me contou nada específico, mas eu sei que ela está sofrendo." Nonny nunca erra sobre essas coisas. — Cooper se vira e me entrega a marreta. — Você não precisa me contar nada. Mas se bater em alguma coisa ajudar... vá em frente.

Eu pego o cabo sem muita firmeza. A sensação nas minhas mãos é boa, mas meus pés continuam cravados no chão, por tanto tempo que Cooper diz:

— Se for uma péssima ideia, podemos ir embora.

— Não — respondo, respirando fundo ao erguer a marreta. — Não é uma péssima ideia.

Ando em direção ao carro, miro e acerto a porta do motorista com toda a força que tenho. É incrivelmente satisfatório ver o amassado que fiz, então me afasto e bato mais uma vez. Depois vou em direção ao teto antes da próxima marretada. E mais uma, e outra, e outra, por cada uma das coisas horríveis que aconteceram comigo nos últimos meses. Descobrir como meu pai morreu, o jogo de Verdade ou Consequência, a morte de Brandon, a confusão com Emma, o plano de Jared, o machucado de Nate, as mentiras de Owen. A sensação de que preciso me afastar de Knox e Maeve e Addy e de todo mundo de quem eu gosto, e então ser *drogada e arrastada para dentro de um maldito galpão...*

Bato no carro tantas vezes que, se meus braços fossem tão fortes quanto a tristeza e a raiva que pulsam em minhas veias, eu o teria transformado em pó. Quando termino, ele ainda está de pé, mas parece ainda mais só um monte de amassados. Finalmente paro, com a respiração acelerada, e olho para Cooper, que me encara com gentileza e sem julgamentos.

— Obrigada. Você tinha razão, eu precisava disso — digo.

CAPÍTULO 14

Phoebe
Terça-feira, 7 de julho

Quando eu e Cooper finalmente chegamos ao Café Contigo, o restante da Galera de Bayview já se reúne no novo deque no terraço — menos Nate, que está trabalhando. Evie caminha entre as mesas com uma bandeja de bebidas e me dá um leve aperto no ombro quando passa por mim. Todos me ligaram, mandaram mensagem e ofereceram companhia, mas não consegui olhar para ninguém até hoje.

Por isso, não sabia o que esperar, mas... é bom. Muitos abraços, preocupações e raiva pelo que passei. Por alguns minutos, sinto como se estivesse de volta ao momento pré-Jared, quando eu fazia parte do time e não tinha nada a esconder. Provavelmente o fato de eu estar fisicamente exausta por ter batido no carro me ajuda a não ficar tensa. E como o deque ainda não está aberto ao púbico, parece um encontro privado.

Em algum momento, depois que Evie deixou uma bandeja, Maeve abre o laptop com um floreio.

— Então, se já estamos prontos para dividir informações, tenho coisas a dizer.

Meu estômago se revira de medo de que ela tenha encontrado alguma coisa sobre Owen. Mas se ela tivesse, não estaria me olhando nos olhos com uma preocupação tão acolhedora.

— Estamos prontos — digo, e dou uma olhadinha para Knox ao meu lado. Ele parece um pouco enjoado por conta da altura, e está segurando o copo de Sprite com as duas mãos. — Estão todos confortáveis aqui no deque? Também podemos ir para...

— Eu estou bem. Pode falar, Maeve — interrompe Knox, afrouxando um pouco as mãos no copo.

— Então, passei as últimas quarenta e oito horas caçando o fórum de vingança, quase sem parar — anuncia Maeve, contendo um bocejo, e só agora percebo as olheiras em seu rosto. É óbvio que ela fez isso, ninguém consegue parar Maeve quando ela tem uma missão.

— A não ser pelas duas horas que você dormiu em cima de mim essa tarde — diz Luis carinhosamente.

— Você devia ter me acordado — responde Maeve, um olhar sério em direção a ele. — Perdi um tempo valioso. Mas de qualquer forma, encontrei... um monte de nada.

— Nada? — repete Addy.

— Quer dizer, não é *nada* nada — explica Maeve e se ajeita na cadeira. — Consegui rastrear um monte de caras que postavam no fórum e...

— Como você conseguiu fazer isso? — interrompe Kris.

— Foi fácil. Eu tinha prints da tela com o username deles, então comecei por aí. Mas, além disso, eles deram muitas informações pessoais nas próprias postagens, que eles achavam que seriam apagadas.

— Nem pergunte como ela consegue essas coisas. Meros mortais não conseguem entender — sugere Bronwyn enquanto toma um gole de sua bebida.

— Por fim, um monte deles acabou indo pro Toq — conclui Maeve.

— Toque? — pergunta Kris.

— Isso. Se pronuncia T-O-Q-U-E mas se escreve só T-O-Q. É um desses aplicativos gratuitos pra se postar o que quiser, mas que começa a ficar conhecido quando as pessoas querem falar coisas horríveis nas redes sociais normais. É um lugar cheio de racistas, de gente que acredita em teoria da conspiração, e isso faz com que seja um espaço ótimo pra esses fracassados se esconderem. Ninguém em sã consciência quer perder tempo ali. — Maeve faz uma careta e mostra seu celular. — Eu sei disso. Agora tenho um login. Meu nome lá é Tami Lee Spencer, e vocês não querem nem saber quais são meus hobbies.

— Eca! Fazendo um esforço pelo coletivo, Maeve — elogia Knox com uma careta.

— Os caras do fórum de vingança entraram há alguns meses, e eles postam sempre. Eles falaram do Jared mais de uma vez, usando só as iniciais JJ, mas sei que é ele. O problema é que nenhum deles parece se importar com o que aconteceu com Jared. Eles não estão bravos nem planejando vingar o amigo. Na verdade, acham que Jared é um idiota por ter sido pego.

— Eles falaram alguma coisa sobre o Eli? Ou sobre o escritório ou... — pergunta Addy.

— Não. Eu li todos os posts deles no Toq e outras coisas parecidas em outros aplicativos, mas imaginei que isso não seria o suficiente para você então... — A boca de Maeve se transforma em uma careta, como se ela tivesse chupado um limão. — Desde ontem à noite, Tami Lee tem trocado mensagens privadas com um usuário anônimo conhecido como Jellyfish.

Knox fica boquiaberto e diz:

— Espera aí... Você está falando do cara que sempre postava no fórum sobre querer se vingar da professora?

— O próprio. E ele *ainda* está falando essas coisas. Além de tentar convencer Tami Lee a ir num rally de monster-truck com ele.

Luis coloca a mão no peito como se estivesse sofrendo.

— Não acredito que você está me traindo com um cara que tem um nome desse. E uma corrida de monster-truck pode ser legal, não é?

— Não — responde Maeve.

— Dá uma chance. Se pergunte, *O que Tami Lee faria?* — diz Luis. Mas sua expressão fica séria e ele diz: — Ele não vai conseguir rastrear quem você é de verdade, não é?

Maeve nega veementemente com a cabeça.

— Sem chance. Tenho sido cuidadosa. — Ela se vira para Addy e continua: — Tenho tentado ganhar a confiança dele. Ele fica contando vantagem sobre um monte de coisas, mas nada relacionado a Phoebe, ao jogo de Verdade ou Consequência nem ao outdoor. Não fala nada de Simon, Eli, Emma nem de Jake. Nenhuma referência é feita por esse cara, que supostamente se chama Axel, mas esse nome deve ser tão verdadeiro quanto Tami Lee, ou qualquer um dos outros. Vou continuar monitorando, evidentemente, mas realmente não acho que eles estejam planejando alguma coisa.

Cooper baixa o garfo e percebo que ele limpou metade da bandeja de petiscos enquanto Maeve falava. Eu, por outro lado, não comi nada. Pego uma empanada e mordo a beiradinha enquanto Cooper diz:

— São boas notícias, certo?

— Acho que sim. Para Eli e Ashton com certeza — afirma Maeve, e Addy suspira. — Mas não nos dá pistas sobre o outdoor ou sobre o que aconteceu com Phoebe. É só o que tem aparecido nas redes sociais, nada além disso.

Addy passa o garfo pela porção de guacamole até então intocada em seu prato. Não parece que o apetite dela está melhor que o meu.

— Bem, e se... Alguém acha que *Jake* pode ter feito isso com Phoebe? — pergunta ela.

Um arrepio passa por mim quando Kris pergunta:

— Mas ele está sendo monitorado, não?

— Supostamente — pondera Addy. — O lance é que... — Ela olha para mim com compaixão. — Desculpa tocar neste assunto, Phoebe, mas podemos falar sobre seu braço?

— Tudo bem — respondo, as letras-fantasma coçando quando dou mais uma mordida na empanada.

— Fiquei pensando no que a palavra poderia significar. E acabei me lembrando do que você me falou quando Jake trocou o pneu do seu carro. Você contou que não quis agradecer, então disse alguma coisa tipo *Eu preciso aprender a trocar o pneu*. Não foi? — Concordo com a cabeça, e Addy continua: — E ele respondeu, *Você só precisa de prática*.

Todos na mesa ficaram em silêncio. Kris fica parado com o garfo no ar, Knox fica boquiaberto, e os olhos de Bronwyn e

Maeve estão tão arregalados que elas ficam ainda mais parecidas. A empanada que estou mastigando parece terra, e preciso tomar um gole grande de Coca Diet para conseguir engolir. Cooper é o primeiro a falar, e é quase como se ele estivesse soltando o ar quando diz:

— Nãããão. Não pode ser... É só uma coincidência, certo? Praticar *pra quê*?

— Pra mim — diz Addy.

— Addy, não! — exclama Bronwyn, e é então que a mesa vira um caos, todo mundo tentando assegurar Addy de que não é isso que está acontecendo.

— Isso é impossível. As pessoas saberiam. Ele está com uma tornozeleira eletrônica! — declara Maeve, a voz se destacando no barulho.

— Mas ele pode andar pelo Colégio Bayview. Ele pode ter roubado as chaves do pai de Nate. Ele até estava lá no dia em que encontramos a Phoebe — explica Addy.

— Com o supervisor da condicional dele. E deve ter um tipo de limite, não? Tenho certeza de que se Jake estivesse lá na noite em que uma garota desapareceu, alguém teria reparado — apontou Cooper.

— É surpreendente que você acredite tanto assim na polícia sendo morador de Bayview — diz Addy, seca. — Além disso, tudo de que Jake precisa é um amigo com habilidades como as de Maeve. Se ele passar meia hora na dark web, ou onde quer que seja, ele aprende a driblar o rastreador. — Maeve abre a boca para protestar, mas logo fecha porque... é verdade. Ela provavelmente conseguiria fazer isso. — E, Cooper, lembra do carro vermelho que vimos do lado de fora do escritório de Eli?

Aquele com a capota marrom? Bem, Nate e eu vimos o mesmo carro na casa do vizinho dele, logo antes de irmos para o Colégio Bayview no dia que encontramos Phoebe. E Jake sabe muito bem onde é o galpão, e...

— Addy, para com isso — pede Bronwyn, parecendo um pouco desesperada. — Não faz sentido... Por que Jake faria uma coisa dessas? Tudo que ele precisa fazer é ficar na dele e... — Ela para a frase no meio, visivelmente sem querer terminar com *E ele será um homem livre.*

— Desde quando as ações de Jake fazem sentido? — pergunta Addy.

— Tudo bem, você tem um bom argumento — responde Bronwyn, convencida. — É normal você estar preocupada, Addy, mas ele não conseguiria hackear o outdoor nem distribuir os flyers pela cidade. Isso começou antes de ele ser solto.

Addy bufa e diz:

— Lembra daquele artigo sobre Jake no *Bayview Blade*? Dizia que ele tinha dezenas de contatos. *Dezenas*. Só Deus sabe o tipo de coisa que alguém pode acabar fazendo quando está sob o feitiço dele. — Ela se virou para mim, com urgência em sua expressão. — Phoebe, você viu alguém parecido com Jake na festa? Ou um carro vermelho? Ou tem mais alguma coisa que você ainda não tenha contado pra gente e que possa ajudar?

Todo mundo olha em minha direção; meu rosto fica vermelho e baixo os olhos para meu prato. Penso no que Cooper me disse mais cedo, na loja de carros: *Sei o que significa sentir que sua vida não pertence mais a você. E sentir como se você não pudesse falar nada sobre isso.*

Seria um alívio enorme jogar na mesa a verdade sobre Owen. Mas Emma tinha finalmente me ligado no domingo à tarde e prometido vir para casa assim que achasse um voo barato. "Desculpa eu estar longe quando você precisou", ela disse. "As coisas têm sido difíceis por aqui, mas isso não é desculpa. Só não faça mais nada até eu chegar, tá? Temos que resolver uns problemas."

Estava cansada demais para perguntar *Quais problemas?*, então só respondi que sim.

Mas preciso falar *alguma coisa* para Addy.

— Eu me lembro de um papel de parede.

— Como assim? — pergunta Addy ao piscar.

— Eu já falei pra polícia. Não sei nem se é uma memória real, mas... Acho que acordei em algum momento e estava em um lugar que não sei onde é, e tudo que consegui ver foi o papel de parede. Verde, com alguns ramos interligados. Mas talvez tenha sido só um sonho, porque não me lembro de mais nada, e...

— Ramos — interrompe Addy, o rosto tão pálido que é possível ver as sardas claras em sua pele. Ela se vira para Cooper e continua: — Você está pensando no mesmo que eu?

— Eu... provavelmente não — responde Cooper com cautela.

— O solário. Na casa em Ramona.

Olho para todos à mesa para ver se alguém está entendendo a referência, mas todo mundo parece tão confuso quanto eu. O que quer que seja que Addy e Cooper estão falando, é alguma coisa só deles.

— Em Ramona... O quê? Não. Aquilo não eram ramos. Eram... tipo trigo — diz Cooper.

— Eram ramos. E eram verdes — insiste Addy.

— Do que vocês estão falando? — pergunta Bronwyn olhando de um para o outro.

Addy puxa seu brinco mais uma vez.

— Já vi um papel de parede verde com ramos antes. *Não* era trigo — diz ela, olhando para Cooper. — Numa casa de férias em Ramona, sabe, perto das montanhas Cuyamaca. A uma hora daqui. — Ela suspira antes de dizer: — É da família de Jake.

Simon
Seis anos atrás

Para Simon, a casa de férias de Jake era como a família de Jake: insossa, pouco prática e um tanto prepotente.

Por exemplo, a mobília da sala de estar. Que tipo de família com um filho adolescente decoraria um cômodo inteiro com móveis brancos? Os Riordan fariam isso. A culpa era deles por Simon colocar os tênis sujos em cima do sofá enquanto abria o caderno e destampava a caneta. Ele finalmente estava sozinho, já que o Sr. e a Sra. Riordan estavam fora *procurando antiguidades*, o que quer que fosse isso, e Jake estava tirando um cochilo no quarto.

Ou fingindo estar. Mas isso não importava para Simon.

Ele passa as páginas até encontrar a que está procurando: *Pessoas que eu odeio*.

Conciso e direto ao ponto. Simon não gostava de desperdiçar palavras ao catalogar seus rancores. Ele adicionou *Bronwyn Rojas* na última semana, depois que os dois participaram do mesmo curso preparatório de verão para a ONU. Bronwyn morava em Bayview também, mas tinha feito o ensino fundamental em St. Pius em vez de na Academia Buckingham como Simon e Jake, então Simon não a conhecia antes. Ele soube de imediato que estariam em todas as mesmas turmas avançadas no ensino médio, e ela provavelmente competiria com ele para obter as notas mais altas. *Ela não é mais inteligente do que eu*, decidiu Simon enquanto a garota de cabelos escuros terminava seu argumento. *Mas provavelmente vai se esforçar mais.*

Nariz em pé, ele tinha escrito em seu caderno. *Voz irritante. Insegura.* Ele também escreveu *Feia*, mas depois de pensar um pouco, riscou a palavra. Simon tinha orgulho de ser duro, mas honesto, e a aparência de outras pessoas era sempre um teste de sua objetividade. Só porque ele não achava Bronwyn Rojas nada bonita, não significa que outra pessoa não acharia. Alguém com péssimo gosto, óbvio, mas ainda assim.

Contudo, hoje Simon não estava interessado no que escrevera sobre Bronwyn. Em vez disso, ele virou para uma página em branco e começou a escrever.

> *Jake Riordan*
>   *Péssimo no videogame*
>   *Assiste a reality shows não ironicamente*
>   *Fica se olhando no espelho*
>   *Falso*

Simon continuou escrevendo, passando a caneta pelo papel fino de seu caderno. Ele tinha pensado em fazer uma página para Jake antes, claro, porque Jake podia ser muito irritante. Mas ele ainda não tinha feito por algum tipo de lealdade equivocada que, percebeu agora, não era recíproca.

Jake e o pai gostavam de acordar às sete da manhã para correr, e eles sabiam que não adiantava convidar Simon. Ele normalmente dormia até meio-dia, mas estava agitado e desconfortável na cama — o colchão era como um travesseiro gigante, macio demais pra ele —, então hoje Simon levantou mais cedo que de costume e saiu da casa. Depois andou pelos dois acres de terra dos Riordan, tão entediado que literalmente chutava pedrinhas no chão quando ouviu as vozes.

— Então por que você o convidou?

Era o Sr. Riordan exalando uma respiração de quem estava se exercitando. Havia diversos equipamentos de ginástica pelo lugar, de forma a parecerem parte da paisagem. Uma barra de pull-up numa árvore, por exemplo. Era provavelmente isso que eles estavam fazendo, porque Jake de repente estava obcecado em ter belos bíceps. E um *tanquinho*.

— Quem mais eu convidaria? — perguntou Jake irritado.

— Quem você quiser. Pelo amor de Deus, Jake, você é um Riordan. Desde quando os Riordan têm que se contentar com os Simon Kellehers do mundo? Você deveria sair com o cara lá de Mississippi. O fenômeno do beisebol.

Simon parou perto da clareira, tentando entender o efeito que as palavras do Sr. Riordan tinham causado. Ele jamais gostara do pai de Jake, mas não havia considerado que o sentimento podia ser mútuo. Estava surpreso, achava, mas no fundo era indiferente, porque ele não se importava com o que Scott Riordan pensava. Jake, por outro lado... Jake estava mesmo reclamando de Simon? Agora, *isso* era ofensivo, ainda mais porque Simon sempre tivera um pouco de orgulho em ser amigo de Jake. Ele era irritante, claro, mas tinha o potencial para ser muito mais. Uma pessoa importante no Colégio Bayview, um lugar que Simon estava determinado a ocupar quando chegasse lá. Simon achava que Jake via o mesmo potencial nele.

— Cooper — disse Jake. — Eu estou tentando.

Isso era novidade para Simon. Ele ainda não tinha uma página para seu ódio por Cooper, mas provavelmente era só uma questão de tempo. Ninguém que era tão adorado por todos escapava de ser um babaca.

— Ora, tente mais. Ou venha até aqui sozinho e use o tempo para malhar. Escreva o que estou dizendo: tem alguma coisa estranha naquele garoto Kelleher — disse o Sr. Riordan.

— Eu sei. Você tem razão, pai. Você sempre tem razão.

Agora Simon escreveu com cuidado *Filhinho de papai* na lista. Então parou quando o som de pneus chegou aos seus ouvidos. Parecia que os Riordan tinham voltado de sua caça a antiguidades, e isso era motivo suficiente para tirar Simon do sofá em busca de um esconderijo. Ele foi para o segundo andar, para uma varanda pequena no quarto de hóspedes de onde ele podia ouvir qualquer um que entrasse na garagem, mas ninguém conseguia vê-lo. Ele tinha sido tomado de uma repentina certeza de que os Riordan estariam falando dele — provavelmente tinham passado todo o tempo de sua busca por antiguidades tramando como mandar Simon para casa mais cedo —, e ele queria saber exatamente o que tinham a dizer.

No fim, Simon não era o centro do universo deles.

— Eu não consigo acreditar, Katherine — disse o Sr. Riordan severamente. Ele não bateu a porta do carro, porque era um BMW novinho, mas Simon percebeu pela sua voz que ele queria ter batido. — É uma viagem de família.

— Eu sei, e eu sinto muito. Mas estamos num ponto crucial da campanha. Queria poder confiar em outra pessoa para gerenciar a criação, mas não tenho como fazer isso.

— Você precisa aprender a delegar funções.

Chato, pensou Simon. Ele já tinha ouvido o suficiente e estava quase saindo da varanda quando o Sr. Riordan disse:

— Caso contrário, você vai continuar a ser um péssimo exemplo para Jake.

— Péssimo exemplo? Por levar meu trabalho a sério? — ecoou a Sra. Riordan.

— Por se importar mais com seu trabalho do que com esta família.

— Mas eu... Isso é... — Mesmo no segundo andar, Simon conseguiu ouvir a Sra. Riordan suspirando profundamente. — Como você pode dizer isso, Scott, viajando do jeito que viaja? Pelo menos meu trabalho é aqui! Nunca perdi um jogo do Jake ou uma reunião de pais e mestres ou...

— Então é culpa minha você estar obcecada pelo trabalho?

— Não estou *obcecada*...

— Vai logo, Katherine — interrompeu o Sr. Riordan. O tom dele era brusco, desdenhoso. — Eu cuido do jantar. Como sempre.

A porta da frente bateu e o silêncio reinou por tanto tempo que Simon achou que a Sra. Riordan tinha saído também.

— Como se fosse difícil pedir comida — murmurou ela por fim, e Simon quase riu alto.

No fim das contas, a Sra. Riordan não tinha sangue de barata. Pena que isso só aparecia quando estava sozinha. Ela ficou em silêncio mais um tempo, e quando falou, a voz estava completamente diferente. Estava alta e cheia de energia, o tom de voz que você escuta e sabe que a pessoa estava sorrindo, mesmo que não pudesse ver.

— Estarei aí em uma hora. Só preciso pegar algumas coisas. — Depois de uma pausa, ela disse: — Também mal posso esperar.

Simon olhou pela beirada da sacada enquanto a Sra. Riordan desligava o celular e se virava em direção a ele. Ela só precisaria olhar para cima para vê-lo, mas não fez isso, e Simon conseguiu olhar bem o rosto dela antes de entrar.

Sua expressão deixava uma coisa bastante evidente: a Sra. Riordan gostava mais do trabalho do que do marido.

CAPÍTULO 15

Nate
Quarta-feira, 8 de julho

É interessante observar as pessoas que acham que estão sozinhas. Como a Sra. Riordan, que finalmente, depois de sua parceira de tênis sair da mesinha de canto onde as duas estavam no Bayview Country Clube, desfez o sorriso que tem se forçado a usar. Agora ela está com a cabeça baixa, pressionando os dedos nas têmporas como se precisasse esquecer o que elas acabaram de conversar.

Ou Vanessa, que finge estar entretida com o celular, no corredor que leva da piscina ao bar, mas não para de olhar para a Sra. Riordan como se esperasse ela parecer menos triste. Vanessa é do tipo que está sempre no comando de suas ações, então é estranho vê-la tão insegura sobre como agir, ainda mais se tratando da Sra. Riordan. As palavras de Addy no Café Contigo voltam à minha mente: *Lembra daquele artigo sobre Jake no* Bayview Blade? *Dizia que ele tinha dezenas de contatos.* Seria possível que um deles fosse... Vanessa?

Minha curiosidade faz com que eu fique muito tempo olhando para a distraída Vanessa, que Gavin, o bartender em serviço hoje, cutuca meu braço com o dele enquanto limpo o balcão e diz:

— Pensei que você só tinha olhos pra sua namorada.

— Ahn? — pergunto, mas meio segundo depois entendo o que ele está dizendo. — Ah, cara, não — digo e desvio o olhar antes que Vanessa também perceba que estou olhando. A última coisa que preciso é que ela ache a mesma coisa. — Fiquei perdido em pensamentos por um segundo.

— Tem certeza? — pergunta Gavin com um sorriso de canto de boca. Fico olhando para ele sem dizer nada por tempo suficiente para que ele levante a mão em um gesto conciliatório. — Tudo bem, tudo bem. Não quis colocar em dúvida o amor da sua vida. Só estou perguntando porque acho ela bonita. Vanessa, não Bronwyn. Bem, Bronwyn *também* é bonita, mas ela é supercomprometida e você é meio barra pesada e tenho medo de você, então... — Ele levanta as duas mãos, e eu reluto, mas solto uma risada. — O que você acha? Ela está solteira?

— Você está falando da Vanessa, né?

— Claro. Você acha que eu quero morrer?

— Não faço ideia.

Ele passa a mão pelos cabelos e diz:

— Você consegue descobrir pra mim?

— Não — respondo de uma vez e ele suspira.

— Pelo menos eu tentei — diz ele enquanto um grupo de homens que parece ter acabado de jogar uma partida de golfe senta-se do outro lado do bar. — Quanto tempo você ainda vai ficar hoje?

— Meia hora.

— Vai fazer alguma coisa mais tarde?

— Vou. Bronwyn e eu vamos fazer um jantar pro meu pai. Ou melhor, eu vou acabar fazendo tudo, porque Bronwyn segue as receitas tão à risca que é capaz de o jantar ficar pronto meia-noite se eu não fizer. A quantidade de tempo que ela consegue passar medindo uma xícara de arroz é impressionante. Maeve é ainda pior. As irmãs Rojas têm muitas habilidades, mas nenhuma na cozinha.

— Que bonitinho — diz Gavin com um sorriso. Então ele acena para os caras do golfe e diz: — Só um minuto, senhores.

Enquanto conversávamos, Vanessa foi até a mesa da Sra. Riordan, e agora ela está sentada na beirada do banco, falando animadamente. Olho o bar em formato de U para ver se alguém precisa de mim. As mães loiras no canto ainda estão em posse de suas margaritas de pêssego, os dois velhos na minha frente estão tão ocupados falando sobre alguém que vai concorrer a uma vaga no Congresso que não tocam em seus uísques, e o cara sozinho que acabou de chegar é...

— Que porra é essa?

As palavras saem da minha boca em um rugido antes que eu consiga lembrar que estou trabalhando e que não devo me exaltar com pessoas que se debruçam sobre o balcão com dinheiro entre os dedos. Mesmo quando essa pessoa é o maldito Jake Riordan.

— Bom ver você também, Macauley — cumprimenta ele.

Cruzo os braços no tampo do bar para não avançar nele. Esse *babaca*. Andando por aí de camiseta polo e calça bege como se fosse o mesmo engomadinho que sempre foi. Como se não devesse ficar atrás das grades para o resto da vida pelo que fez com Addy. Comigo. E Bronwyn, e Cooper, e Janae, e Simon...

Jake joga uma nota de vinte no balcão. O cabelo dele está crescendo, e ele se parece mais com sua versão do Colégio Bayview.

— Chardonnay, por favor — pede ele.

— Se manca — respondo.

Ele levanta as sobrancelhas e diz:

— É pra minha mãe.

— Foda-se.

— Você vai fazê-la vir até aqui e pedir?

Ele não está entendendo, então falo em alto e bom som:

— Fo-da-se.

Mas Jake se senta em um banco com um sorrisinho no rosto.

— Isso deve tirar você do sério, não é? — pergunta ele, no mesmo tom supostamente amigável que os caras do golfe usam comigo quando querem me fazer conversar sobre esportes. — O fato de que, mesmo eu sendo um criminoso condenado, erroneamente, preciso dizer, você ainda tem que me servir. E sempre vai ser assim. — Os olhos dele estão brilhando quando coloca os braços no tampo do balcão. — Daqui a dez anos, vou ter dinheiro para comprar dez clubes como este, e você ainda vai estar aqui, juntando moedinhas para pagar a faculdade. Talvez até volte a vender drogas. Foi a época em que mais teve dinheiro, não foi?

Fico irado e minha mão direita se fecha em punho. Consigo ouvir a voz de Bronwyn em meu ouvido dizendo: *Não faça nada, ele não vale a pena*, mas a verdade é que... ela não está aqui, então ela não está olhando para a cara extremamente arrogante de Jake clamando por um soco.

— Sabe o que estou esperando? — continua Jake, ainda sorrindo e relaxado, como se fosse dizer *Nosso encontro de cinco anos* ou relembrar o ótimo tempo que passamos no colégio. O tom de voz dele fica mais sério, mas é baixo e ninguém além de mim o escuta. — Que você perca tudo, Macauley. Seu trabalho, seus amigos patéticos, seus pais viciados e, mais ainda, sua namoradinha presunçosa. Porque assim que ela sumir, você vai despencar tão rápido que...

Não raciocino quando parto para cima dele, mas alguma coisa me puxa para trás, braços firmes em minhas costas.

— Hoje não é dia de perder o emprego — murmura Gavin em meu ouvido. Ele é bastante forte e me joga para trás, assustando as mães-margaritas-de-pêssego. — Vai embora, Nate. Vai andar de moto ou qualquer coisa. Seu turno está quase acabando, não tem motivo para ficar aqui e deixar esse babaca ficar te provocando. Se chegar perto dele, ele vai fazer você ser preso por agressão. Não dê a ele exatamente o que ele quer.

Meu Deus, eu odeio que Gavin tenha razão. Odeio que minha única opção seja sair daqui e deixar as palavras de Jake ecoando em meu ouvido enquanto Gavin resolve as coisas. Odeio que Jake esteja de volta às ruas e que não exista nada que eu possa fazer. E, talvez o principal, odeio que em menos de cinco minutos ele tenha conseguido extrair todos os meus piores pesadelos de dentro do meu cérebro e esfregar tudo na minha cara.

Algumas coisas nunca mudam.

A Sra. Riordan já está ao lado de Jake, reclamando com ele, a voz tingida de preocupação, e Jake levanta as duas mãos.

— Estou indo, estou indo — diz ele. — Tenho coisas a fazer.
— Ele olha em meus olhos e acena, sarcástico. — Vejo você por aí, Macauley.

— Aquele é...? — pergunta uma das mães-margarita-de-pêssego.

— Você sabe muito bem quem ele é — responde outra. — É assustador que ele possa vir aqui. Deveríamos reclamar na gerência.

A terceira mulher toma um longo gole do drinque antes de dizer:

— Pode bater nele, Nate. Vou dizer pra todo mundo que foi legítima defesa.

— Vocês não estão ajudando, senhoras — diz Gavin. Ele acaba me soltando quando Jake está fora do nosso campo de visão. — Não se preocupe com aquele cara. — O maxilar de Gavin se tensiona quando ele vê Vanessa levando a Sra. Riordan de volta para o canto. — Eu acredito muito em carma, e Jake Riordan vai pagar caro por tudo.

— Eu achava isso também. Mas infelizmente o sistema judiciário não pensa assim — digo.

— Tenha fé no futuro. Paciência é uma virtude — diz Gavin.

— Que seja.

Eu deveria agradecer a ele, sei disso, mas não consigo, então pego minhas chaves embaixo do balcão e saio sem dizer mais nada. No caminho até o estacionamento, desbloqueio meu celular e vejo uma mensagem de Bronwyn. Ela saiu mais cedo do estágio para comprar as coisas do jantar. *Olha estas compras*, escreveu ela ao enviar uma foto de vários legumes que pegou na feira. *Marquei você no story do IG, o que você saberia se ENTRASSE NO APLICATIVO.*

Encarei meu celular por alguns segundos. Um bolo de ressentimento e ódio por mim mesmo cresce em meu âmago, e quero responder: *esqueça o jantar*. Esqueça tudo, Bronwyn, porque você é boa demais pra mim e um dia desses vai acabar percebendo isso. Prefiro que seja agora e não no futuro, porque quanto mais tempo ficarmos juntos, pior eu vou me sentir.

Então eu respiro fundo e prendo o ar o máximo que consigo antes de mandar uma resposta normal. *Talvez eu entre*, com um coração para que ela saiba que, se um dia eu começar a usar qualquer uma das redes sociais que ela fez pra mim, vai ser só para ver minha namorada feliz. Bronwyn já provou várias vezes que quer ficar comigo, e não vou deixar Jake Riordan me fazer questionar essa decisão. Ou estragar tudo.

Mas é surreal a rapidez com que aquela vozinha que você achava que tinha calado consegue ressurgir em sua cabeça para dizer o merda que você é. Addy deve estar sentindo a mesma coisa, e sou tomado por um desejo repentino de ir até ela e dizer que ela é incrível e está destinada a ter uma vida maravilhosa. Mas então me lembro de que ela está em um jantar com a irmã e Eli, e acabo só mandando uma mensagem: *Você é incrível*.

Addy responde imediatamente. *Você tá bêbado?*

Guardo meu celular, com o humor um pouco melhor. Ela sabe que não estou.

CAPÍTULO 16

Nate
Quarta-feira, 8 de julho

— O Padres está mandando bem este ano — diz meu pai.
— É. Muito bem — respondo.
Eu não saberia confirmar, já que não assisto a beisebol — a não ser que Cooper esteja jogando —, mas é um dos assuntos favoritos do meu pai, e não exige muito esforço da minha parte. Estou sempre alerta quando venho para esta casa, tendo lembranças da época em que morei aqui. Está bem mais organizada do que costumava ser, e meu pai arrumou algumas coisas: o armário embaixo da pia, que chutei depois da morte de Simon, não está mais rachado. Mas ainda é o tipo de lugar que te faz querer desistir antes de tentar.
Bronwyn sabe disso, então tinha esperança de que ela chegasse antes de mim. Mas quando meu pai acaba com o assunto *beisebol* e olho para meu celular, percebo que ela está cinco minutos atrasada. Que é a mesma coisa de estar uma hora atrasada se ela fosse outra pessoa.

— Que estranho a Bronwyn ainda não ter chegado — digo, abrindo as mensagens para ver se perdi alguma coisa.

— Que horas ela disse que chegaria?

— Seis e meia — respondo enquanto pergunto por mensagem onde ela está. Espero que os três pontinhos apareçam na tela (Bronwyn responde mensagens na velocidade da luz) mas nada acontece.

Meu pai franze as sobrancelhas e diz:

— Sério? Ela está atrasada? Não é o tipo de coisa que ela faz.

Um arrepio toma conta de mim. Não, não é o tipo de coisa que ela faz. Meu pai conhece Bronwyn há pouco tempo, mas já sabe disso. Abro o Instagram dela: o último story é a foto que tirou na feira, onde ela escreveu *Próxima parada, Andre's Groceria!*

Se ela não está vendo as mensagens, com certeza não vai ver o Instagram, mas ainda preciso deixar um comentário de: *ME LIGA*. E um segundo: *por favor.*

Sinto o alívio em minha corrente sanguínea quando meu celular toca com uma chamada de vídeo, mas... não é Bronwyn. É Maeve, que está com a testa franzida quando atendo.

— Desculpa atrapalhar o aconchegante jantar em família, mas você pode falar pra minha irmã que se ela vai mudar a senha da Netflix, ela precisa salvar em *todos* os lugares porque...

— Maeve, ela não está aqui — interrompo.

— Como assim? Achei que vocês tinham combinado. — Maeve pisca, incrédula.

— A gente tinha. A gente combinou. Mas ela está atrasada e não respondeu minha última mensagem — digo enquanto a preocupação enche meu peito como um balão.

Maeve morde o lábio e diz:

— Nem a minha.

— Merda. — Eu me levanto depressa, quase sem reparar no olhar preocupado do meu pai quando saio da cozinha. Abro a porta de entrada e desço a escada, pulando o segundo degrau por força do hábito, já que meu pai finalmente consertou o buraco enorme que ficava ali. Então encaro a entrada de carros, como se pudesse fazer o Volvo de Bronwyn aparecer com a força do pensamento. — Quando você falou com ela pela última vez?

— Uhm, acho que há uma hora e meia? Ela estava na feira e queria saber qual tipo de alface fica melhor na salada e eu disse: *"Como vou saber?"*, porque é óbvio que eu não tenho esse tipo de informação, então tentei falar com o Luis, mas ele está no trabalho e não atendeu, e... — A voz de Maeve fica um pouco mais fraca. — Então desligamos e não soube mais dela. E você?

— Mais ou menos na mesma hora que você. — O balão no meu peito fica cada vez maior, empurrando todo ar para fora dos meus pulmões quando ando até a calçada e olho para os dois lados da rua. Um carro está vindo pelo lado direito, mas mesmo de longe consigo ver que não é o de Bronwyn. Quando ele passa, eu continuo: — Não estou gostando disso. O que seus pais falaram?

— Eles estão num evento beneficente. Eles... Espera, espera um pouco. Addy está me ligando. Vou incluí-la na ligação. — Um segundo depois o rosto de Addy aparece junto com o de Maeve na tela. — Addy, você falou com Bronwyn hoje?

— Eu estou ligando pra perguntar isso pra *você*. Faz quase uma hora que mandei mensagem e ela ainda não leu, e isso nunca aconteceu antes, então comecei a pensar no que aconteceu com a Phoebe... — diz Addy.

— Merda. *Merda!* — Meu coração está disparado enquanto ando de um lado para o outro na frente da casa do meu pai, puxando meu cabelo com tanta força que não sei como ele não saiu na minha mão. Uma imagem toma minha mente: Jake Riordan se debruçando no balcão com um risinho seboso. *Sabe o que estou esperando? Que você perca tudo, Macauley.* E ele ainda teve a coragem de falar de Bronwyn: *Porque assim que ela sumir, você vai despencar tão rápido que...*

Sumir. Achei que aquele idiota estava falando de ela me largar. Mas e se ele estivesse falando de outra coisa? Lembro que encontrei Phoebe no galpão, drogada e apagada. Não sei por que Jake iria atrás de Phoebe, sendo que ela não fez nada para ajudar a colocá-lo na cadeia, mas enfim, ela foi só *prática*. Bronwyn, por outro lado...

Uma onda de raiva toma conta de mim. Se Jake Riordan sumir com um fio de cabelo de Bronwyn, vai ser a última coisa que ele vai fazer. Eu vou matar esse cara. Eu vou *matar esse cara*.

— Você consegue ver a localização do celular dela? — pergunta Addy.

— Bronwyn nunca ativa a localização. Ela acha assustador — diz Maeve.

— Tudo bem, não sei por que ela acha *isso* assustador, mas acha normal dizer sempre onde está no Instagram... Nate, *fica calmo* — diz Addy depois de sei lá qual barulho furioso que fiz. Nem eu sei. Não consigo pensar; quase não consigo respirar agora. — Vai dar tudo certo. A gente precisa...

— Eu vou matar esse cara — rosno.

Quando volto para casa, meu pai está na porta de entrada.

— Está tudo bem? — pergunta, mas não consigo responder. Preciso pegar minha moto e ir... para algum lugar. Para onde Jake iria se decidisse incluir Bronwyn nos joguinhos insanos dele?

— Matar quem? — pergunta Addy. — Nate, você está me deixando tonta. — Seguro meu celular para baixo com uma das mãos enquanto corro até minha moto.

— Jake — respondo enquanto passo a perna por cima do assento.

— O quê? *Explica isso* — exige Addy com uma voz fraca.

Seguro o celular de frente para meu rosto e consigo colocar as palavras para fora. Conto o que aconteceu no country clube, sem saber se aquilo faz muito sentido.

— Então eu vou encontrar Jake, e encontrar *Bronwyn*, e me certificar de que ele saiba que mexer com Bronwyn Rojas é o pior erro que uma pessoa pode cometer — termino.

Dizer o nome dela me acalma um pouco, me dá foco de um jeito que só Bronwyn consegue. Se alguma coisa estivesse realmente errada, eu saberia, não é? Eu sentiria, seria muito pior do que este pavor que estou sentindo agora. Deve ser um outro nível de dor quando sua alma é cortada ao meio.

— Você vai encontrar os dois onde? — pergunta Maeve.

— Tenho uma ideia — diz Addy no exato momento em que vou desligar o celular e ligar a moto. — A casa de férias de Jake em Ramona. O papel de parede, lembra? Acho que Phoebe pode ter sido levada pra lá na noite em que foi drogada, e se eu estiver certa, então...

— Me passa o endereço — digo.

— Não — responde Addy, firme. — De jeito nenhum eu vou deixar você fazer uma viagem de uma hora sozinho. Você vai perder a cabeça. Me dá cinco minutos pra pegar as chaves e chamar Maeve, e vamos nós três.

CAPÍTULO 17

Addy
Quarta-feira, 8 de julho

Fiz esse percurso para a casa de Jake em Ramona dezenas de vezes, mas nunca com Nate desesperado ao meu lado e Maeve no meio do banco de trás de olho no velocímetro.

— Cem por hora é o mínimo, Addy. Eles *esperam* que você vá mais rápido — diz ela.

— Estou quase a cento e vinte.

— Tem certeza? Porque a sensação é de passo de tartaruga.

— Não quero que a polícia me pare — digo, olhando pelo retrovisor para trocar de faixa. — Em outras circunstâncias a presença da polícia seria boa, mas...

— Mas eles só diriam *Ah, ela está desaparecida há apenas duas horas.* — Maeve bufa. — E ainda falariam alguma coisa bem útil, tipo, *O que vocês estão pensando em fazer? Arrombar a porta e entrar?*

— Isso — grunhe Nate. É a primeira coisa que ele fala em quase meia hora, além dos sons guturais de raiva, então acho que é um progresso.

— Estamos quase chegando — aviso, pisando no freio ao sair da rodovia. É estranho estar nesta estrada de novo. A última vez que fui para Ramona com Jake foi algumas semanas depois de eu ter ficado com TJ Forrester. Estava muito tensa durante a viagem, com medo de deixar escapar alguma coisa e estragar tudo. Naquela época, eu não sabia o quanto alguma coisa podia ficar estragada.

Agora, quando penso naquele tempo com Jake, odeio tudo; mas pelo menos sei chegar a esse lugar. Pelo menos estamos fazendo alguma coisa em vez de sentar e esperar, preocupados. É muito melhor para minha saúde mental quando me movimento, ainda que meu coração não concorde plenamente com a minha cabeça; meus batimentos dispararam assim que vi a placa indicando esta saída, e não melhoraram desde então. Esta viagem parece metade corrida maluca e metade missão suicida. O que vamos fazer se Jake realmente estiver lá com Bronwyn? Talvez devêssemos ter chamado todo o Clube dos Assassinos, mas quase não consegui fazer Nate esperar até que eu e Maeve chegássemos à casa do pai dele. Ele teria entrado em combustão espontânea se eu sequer mencionasse que precisávamos de mais algumas paradas.

— Você tem alguma arma no carro? — pergunta Maeve de súbito, como se a mente dela estivesse pensando o mesmo que a minha.

— Arma? — repito. — O que você acha que eu fico fazendo no meu tempo livre?

— Não, não... Tipo um taco de beisebol ou algo assim. Talvez Cooper tenha deixado alguma coisa aqui?

— Cooper não anda por aí com tacos, Maeve.

— Claro que anda. É o trabalho dele — diz Maeve enquanto volta a encostar no banco. — Ou talvez uma pá de tirar neve? Embaixo do seu banco, quem sabe? — continua ela, com a voz mais baixa.

— Tá, antes de tudo, por que eu teria uma pá de neve se moramos no sudeste da Califórnia? E segundo, desde quando isso seria considerado uma arma?

— Mas não é uma coisa pontuda? Para enfiar na neve.

— Você acha que a gente precisa esfaquear a neve para tirar?

— Quer dizer... Você entendeu. Pra quebrar o gelo ou algo assim.

— Nunca vá morar na Nova Inglaterra, Maeve. Você não sobreviveria a um inverno — murmuro ao parar no sinal vermelho.

Ela vem mais para a frente de novo e suspira.

— Foi só uma ideia.

Antes de eu conseguir responder, o celular de Nate dispara um "MMMBop" do meio das mãos dele como se ele estivesse segurando uma boia salva-vidas. Nem Maeve consegue ser engraçadinha quando pergunta:

— É a Bronwyn?

— Eu... Eu não conheço este número — diz Nate, segurando o celular para nos mostrar a tela.

Maeve grita tão alto que eu dou um pulo, e meu pé escapa do freio, fazendo com que o carro avance. Graças a Deus não tem ninguém na minha frente ou eu teria batido.

— É o número da minha casa! Atende logo, atende!

Nate já está atendendo:

— Alô? — diz ele ao colocar o celular no viva-voz.

— Nate, me desculpa *mesmo*! — A voz de Bronwyn preenche o carro, e daí o caos se instaura: Maeve começa a gritar de novo, eu estou meio chorando, meio rindo nervosamente, e Nate repete o nome de Bronwyn várias vezes, como se fosse a única palavra que ele soubesse. Quando nos acalmamos, percebemos que o sinal já está aberto há algum tempo e os carros atrás de nós estão buzinando.

— Deixa eu encostar o carro — digo.

— Bronwyn — repetiu Nate, a voz instável de tanta emoção.

— Meu Deus. A gente achou...

— Onde você *estava*? A gente estava morrendo de preocupação! — grita Maeve.

— Maeve? Vocês estão... Quem está aí? — pergunta Bronwyn enquanto paro num posto de gasolina quase deserto e puxo o freio de mão.

— Eu, Nate e Addy. Bronwyn, o que aconteceu? Você está bem?

— Eu estou bem, mais ou menos. É só que... deu tudo errado. Eu queria comer framboesa com creme, de sobremesa, mas não consegui achar nenhuma boa, então pensei em colher algumas perto de Marshall's Peak. Sabe que tem aquele arbusto gigante perto das rochas, né? Mas quando cheguei lá, não tinha nenhuma madura. Então pensei em olhar e ver se achava outros arbustos mais pra dentro, e acabei entrando muito e indo parar num rio que nunca tinha visto antes. Peguei o celular pra olhar o mapa e... derrubei ele direto no rio. Tentei ir atrás dele, mas tropecei numa pedra e torci o tornozelo, e acabei caindo feio ao tentar levantar. Quando finalmente consegui me pôr de pé, meu celular já tinha sumido.

— Meu Deus! Quero zoar você, sua desajeitada, mas não posso porque a gente estava *apavorado*! — diz Maeve, os olhos marejados.

— Eu fiquei com medo disso. Sei que é um péssimo momento pra desaparecer, logo depois do que aconteceu com a Phoebe. Mas demorei muito pra achar o caminho de volta, ainda mais mancando. Na verdade eu estava ficando com medo de acabar como aquelas pessoas que passam dias perdidas e depois descobrem que estavam pertinho da saída — admitiu Bronwyn.

— Um medo válido — responde Maeve, secando os olhos.

— Eu consegui sair, mas daí peguei um puta trânsito — continua Bronwyn. — Pensei em parar e pedir o celular de alguém, mas eu não sei o número de nenhum de vocês de cabeça. Aliás, vou decorar. Todo mundo precisa decorar pelo menos um número, não importa qual...

— Todo mundo vai decorar o seu. Óbvio — diz Maeve.

— O que for melhor. Enfim, continuei dirigindo até em casa, peguei os números e... — Bronwyn solta o ar. — Aqui estamos, liguei assim que deu. Nate, desculpa mesmo por ter perdido o jantar.

— Você sabe o tanto que eu amo você? — pergunta ele.

— Eu sei — responde ela, a voz ficando mais mole. — Eu também amo você.

— Maeve e eu também amamos você — interrompo, entrando na conversa, a cabeça encostada na janela. Meu corpo todo ficou flácido de alívio, porque, pelo menos desta vez, não encontramos o pior cenário possível.

— Agora é a vez de vocês. Onde vocês estão? — pergunta Bronwyn.

— Bem, é uma história engraçada. Estamos em Ramona — responde Maeve.

— Como assim? — continua Bronwyn. Ainda que não estejamos em uma chamada de vídeo, consigo imaginar perfeitamente a expressão confusa no rosto dela. — Por quê?

— Porque pensamos que Jake tivesse drogado, sequestrado e escondido você no mesmo lugar com papel de parede de ramos que a Phoebe desconfia de ter visto. Pensando bem, com certeza foi uma reação exagerada, mas fez sentido na hora — diz Maeve.

— Ai, meu Deus! — Bronwyn perdeu o ar. — Vocês devem ter ficado em pânico!

— Não, a gente ficou supercalmo. Nate não estava planejando matar Jake nem nada.

— Pode ser que eu ainda mate. Como medida preventiva — diz Nate, sucinto. Ele encara o celular como se fosse um gênio da lâmpada que faria Bronwyn aparecer. — Estamos indo pra casa. Preciso ver você.

— Também preciso ver você...

— Espera aí — interrompo. — Desculpa atrapalhar esse adorável reencontro virtual e atrasar o encontro cara a cara, mas... a gente está muito perto da casa de Jake. Agora que não precisamos mais resgatar uma refém, podemos mudar de planos e fazer outra coisa.

Maeve levanta as sobrancelhas e pergunta:

— Tipo o quê?

Seguro meu celular para que eles vejam e respondo:

— Podemos tirar uma foto do papel de parede do solário e ver se Phoebe consegue confirmar que foi lá que ela esteve no sábado à noite.

CAPÍTULO 18

Addy
Quarta-feira, 8 de julho

— Aqui estamos. Dá pra ver a casa do Jake atrás daquelas árvores à direita — digo quando estamos quase no final de uma longa estradinha.

Consigo ouvir Maeve se mexer no banco atrás de mim, se aproximando da janela, e então ela prende a respiração e diz:

— As luzes estão acessas. Tem alguém em casa. Abortar missão! Abortar missão!

— As luzes estão sempre acesas. Os pais de Jake colocaram timer nelas. Essas casas de veraneio são alvo de assalto se parecem estar vazias — comento enquanto começo a andar mais devagar até ver uma entradinha conhecida e paro o carro. — A entrada é a uns cinco metros. Podemos continuar de carro ou andar.

— Pare o carro aqui. Caso você esteja errada sobre as luzes — diz Maeve na mesma hora.

Desligo o carro e quando os faróis se apagam, a estrada fica um breu. Quando saímos, meu corpo é tomado por arrepios.

Cruzo os braços, desejando ter me lembrado de trazer um casaquinho, como Maeve.

— Aqui — diz Nate enquanto tira a jaqueta e joga para mim.

— Você não está com frio? — pergunto, mas já o vestindo.

— Não — negou ele.

— Ele está aquecido pelo fogo do amor, chama que nem o rio perto de Marshall's Peak conseguiu apagar — recita Maeve, dramática.

— Cala a boca — resmunga Nate, mas ele está muito aliviado para parecer realmente irritado.

— Shhh — sibilo enquanto nos aproximamos da entrada. Algumas arandelas iluminam os pilares dos dois lados da entrada, mas assim que passamos, tudo fica escuro de novo. A entrada é longa, e não consigo ver nada além da monstruosidade de madeira e vidro a uns dez metros. Nunca gostei desta casa. Tem alguma coisa arrepiante nela. Mas não podemos negar que chama a atenção.

— Meu Deus. Esta é a *segunda* casa deles? — murmura Nate.

— Terceira. Eles também têm uma casa em Barbados. O solário está bem a nossa frente, aquele com um monte de janelas, em cima do pátio — sussurro.

— Por que eles colocaram papel de parede no solário? — pergunta Maeve, baixinho.

— É só em uma parede. Supostamente a cor complementa a natureza aqui fora.

— Ah, legal — ironiza Nate. Não consigo enxergar o rosto dele direito, mas quase posso ver o revirar de olhos. — Que bom que as cores não estão em conflito. Onde eles guardam a chave reserva?

— Debaixo de um daqueles vasos do lado da porta. Pelo menos é onde costumavam...

Maeve pega meu braço e eu paro de me mover. Ela fala baixinho:

— Addy, tem um carro ali.

Ela tem razão. Está parado no canto mais escuro da entrada, então não reparei nele até a gente estar quase esbarrando no carro. Meu coração dispara quando começo a perceber o formato familiar.

— Não é só *um carro*. É o carro do Jake.

— Por que ele está aqui? Essa coisa toda de liberdade condicional é uma piada? — murmura Nate, com a mandíbula tensa ao encarar a casa.

— Eu já falei: dark web. Ele está indo a muitos lugares para quem está cumprindo as ordens do tribunal — explico.

— Tudo bem, hora de ir embora. A gente tentou. Valeu o esforço, time — diz Maeve.

— Espera. A gente sabe que a Bronwyn não está aqui, mas e se outra pessoa estiver? — De repente, não consigo suportar a ideia de vir até aqui e ir embora de mãos vazias. Sei exatamente do que Jake é capaz. E se eu conseguisse provar isso agora que ele está se sentindo praticamente invencível? — Acho que a gente deveria conferir.

— Discordo veementemente — fala Maeve baixinho, andando para trás.

— Bem, eu vou — digo, me virando para Nate. — Você também?

Ele suspira.

— Se você vai, eu vou.

Maeve desaparece nas sombras e diz:

— Vou ficar de vigia.

Nate e eu nos aproximamos da casa devagar, ladeando a entrada e a parede. Já passei noites aqui, então sei que é impossível enxergar qualquer coisa do lado de fora nessa escuridão. Só dá para ver seu reflexo no vidro. Passamos pela sala de estar cavernosa, com a TV pendurada na parede e ligada num canal de esportes, mas não vejo ninguém em lugar nenhum.

— Tudo parece quieto — observa Nate.

— Tem uma área enorme pra baixo da escada, e a gente não consegue ver daqui — sussurro ao me agachar ao lado de um dos vasos. Ele foi feito para parecer pesado, mas é leve. É fácil levantá-lo e colocar a mão embaixo. Procuro a chave reserva, mas meus dedos não tocam em nada além de concreto.

— Procurando por isto? — pergunta uma voz, e eu derrubo o vaso com um estrondo.

Nate se coloca na minha frente, parcialmente tapando minha visão da figura que está nos degraus de baixo: Jake, de calça e casaco de capuz, a tornozeleira eletrônica à mostra, segurando a chave extra. Eu fico boquiaberta, tão chocada com aquela presença que não consigo falar, e a boca dele se transforma em um riso debochado.

— Vi seu carro quando estava correndo. Que jeito de violar sua própria medida de segurança, Addy. Não conseguiu ficar longe, né?

Ele dá um passo à frente, e Nate faz o mesmo.

— Sai fora — ordena Nate.

— Vocês estão em propriedade privada, Macauley. Eu poderia entrar e ligar para a polícia agora mesmo — avisa Jake. Mas ele não se mexe, olhando Nate de cima a baixo. — Ou podemos nos resolver de outro jeito. Tenho quase certeza de que venço uma briga com você. Passei muito mais tempo na cadeia do que você, então aprendi algumas coisas. — Os olhos de Jake se movem de novo em minha direção, e me forço a ficar ainda mais encolhida dentro da jaqueta de Nate. — Assim eu e Addy podemos ter a conversa que precisamos há algum tempo.

— Só por cima do meu cadáver — retruca Nate, o tom de voz gelado de *não-mexe-comigo* que intimidaria a maioria das pessoas.

Mas não Jake.

— É mesmo? Quer tentar? — provoca ele, estalando os dedos.

— Jake! — Uma voz conhecida vem de dentro da casa, me tirando do meu estado de estupor. O pai de Jake continua: — Está falando com alguém aí?

— Com um vizinho. Já vou entrar — responde Jake.

Os lábios dele se movem mais uma vez, os olhos brilhando ao me encarar. Não consigo desviar o olhar, não importa quanto eu queira.

— Bem, não é uma boa hora para uma reunião, mas é o seguinte, *Ads*. — O antigo apelido soa como uma ameaça. — Eu vou tirar esta tornozeleira em breve. Nós dois sabemos disso. E se você acha que esqueci o que você me fez ou se acha que perdoei você, está errada. Ainda me deve uma. Pode ir se acostumando a viver com medo, porque um dia desses eu vou atrás de você. — Jake nivela o olhar com o de Nate enquanto passa por nós dois e coloca a chave na porta. — E ele não vai estar lá.

Ele abre a porta e, graças a Deus, sai do nosso campo de visão. Mas ainda não consigo respirar direito. É como se eu tivesse esquecido como se faz.

— Não dê ouvidos a esse babaca. Ele está tentando te assustar — tranquiliza Nate baixinho, mas firme.

— Não, ele só está falando a verdade — digo, o peso das palavras fazendo minha voz ficar tão baixa que é quase impossível ouvir. — Sabia que ele pensava isso. Só confirmou o que eu já sabia. E ele está certo sobre a ordem de restrição. — Meus olhos começam a ficar marejados e eu pisco para não chorar. *Aqui não*. — Vamos embora. Foi uma ideia idiota. Nunca devia ter convencido vocês dois a virem aqui.

— Nós concordamos — relembra Nate quando começamos a andar o caminho de volta. — E foi falta de sorte ele nos ver. Quem sai pra correr a esta hora da noite?

— A gente não conseguiu nem uma foto do papel de parede — lamento. O que é o menor dos meus problemas agora, mas se tivéssemos conseguido, talvez eu pudesse me convencer de que ouvir Jake pronunciar frases saídas diretamente dos meus pesadelos levou a alguma coisa boa.

— Não tenha tanta certeza.

A voz de Maeve flutua até nós pela escuridão, e em segundos ela aparece, segurando o celular.

— Não sou muito boa em ficar de vigia, nem vi Jake chegar — sussurra ela, sem ar. — Mas ele também não me viu. Então enquanto ele estava sendo o babaca de sempre, subi até o pátio. A porta do solário não estava trancada, então... — Ela me passa o celular. — Aqui está. Uma foto supernítida do papel de parede, em toda sua odiosa glória.

CAPÍTULO 19

Phoebe
Quinta-feira, 9 de julho

— Não é isso — digo.

— Tem certeza? — pergunta Maeve, segurando o celular mais alto.

— Eu disse a você ontem à noite por mensagem. Não era esse desenho.

— Eu sei, mas achei que você poderia mudar de ideia quando visse ao vivo — insiste Maeve, ampliando a foto na tela. — Além disso, você havia sido drogada, então...

— Eu sei o que vi, tá? Ou o que sonhei que vi, e não era esse papel de parede.

— Droga. Quer dizer que estamos de volta à estaca zero e Addy ficou aterrorizada à toa — suspira Maeve enquanto fecha a foto do papel de parede em Ramona.

— Foi mal — murmuro, e ela aperta meu braço.

— Não, não, não foi isso que eu quis dizer. É só que... Argh, foi uma noite *e tanto*.

— Você devia ter ligado para mim — reclama Cooper no banco da frente. Kris está dirigindo, e Maeve, Luis e eu estamos empoleirados no banco de trás do Honda Civic de Kris.

— E pra mim também! A gente daria conta do Jake lá mesmo — afirma Luis, franzindo o cenho enquanto bate um punho contra a mão.

— Teremos uma próxima vez, valentão — afirma Maeve, dando um beijinho em sua bochecha. — Vocês não viram como o Nate estava. Nada seria capaz de segurá-lo naquela hora. Ou ele ia comigo e com a Addy, ou ele ia sozinho.

— *Ninguém* devia ter ido. Foi uma péssima ideia — ressalta Kris, com um tom de voz ao mesmo tempo furioso e ameaçador. Às vezes, Kris parece ter dez anos a mais que Cooper e o restante do quarteto original, e não apenas um.

— É, agora a gente sabe. Mas não fique falando isso quando vir Addy, por favor — pede Maeve.

— Mas é claro, eu nunca... — começa Kris.

— Ali — interrompe Cooper. — Vire a esquerda no sinal depois desse. A loja da Subaru é um quarteirão depois.

Estamos em uma missão para achar um carro novo, porque o Jeep de Cooper finalmente parou de funcionar, e o preço do conserto era exorbitante. Nonny se ofereceu para pagar a entrada de um carro novo — aparentemente ela comprou ações da Apple nos anos 1990 —, e ele vai pagar o restante com o patrocínio da academia.

Não achei que faria parte dessa excursão, mas estava no Café Contigo quando eles passaram para pegar Luis, e Cooper convenceu o Sr. Santos a me deixar ir também. Cooper tem tomado conta de mim desde que me levou para bater no carro velho, e isso tem feito com que eu me sinta menos sozinha. Pedi permissão para minha mãe — depois do que aconteceu na festa de Nate, tenho que confirmar com ela antes de fazer qualquer alteração no meu itinerário — e concordei em acompanhá-los.

— Subaru? Que tipo de Subaru? Alguma coisa esportiva ou... — pergunta Luis, pensativo.

— Uma Subaru Outback — responde Cooper.

Kris para no sinal vermelho e coloca a mão no braço de Cooper.

— Cooper, querido, amor da minha vida, você sabe que eu sempre apoio você, mas tem certeza de que quer que seu primeiro carro zero seja uma van?

— É o tipo favorito da Nonny. Ela sempre quis ter uma — explica ele.

— Como eu posso continuar dirigindo quando você diz coisas assim? — pergunta Kris. Ele puxa o freio de mão, coloca uma mão de cada lado do rosto de Cooper e dá um longo beijo em seus lábios. Alguns segundos depois, uma buzina começa a soar atrás de nós, e Kris o solta antes de dar um tchauzinho para o retrovisor e continuar dirigindo. — Acredite no que estou falando, a Nonny quer que você tenha um carro que goste de dirigir.

— Eu nem sei por onde começar — diz Cooper.

Os olhos de Luis brilham ao dizer:

— É por isso que eu estou aqui. Vira à direita, Kris. A gente vai pra Mandalay Motorcars.

Kris obedece, e um prédio enorme, de vidro e alumínio, aparece do outro lado da rua, cercado de carros reluzentes de diferentes cores.

— Opa! *Onde o luxo encontra o destino* — digo, citando um anúncio irritante que passava na TV.

— Eu nunca entendi essa chamada — diz Maeve.

— As empresas de Bayview não são conhecidas pelos seus ótimos slogans. Lembra do Guppies? Aquele doce que fingia ser sueco que eles fabricavam aqui quando a gente era criança? *A sobremesa mais doce que você vai encontrar* — recita Luis com uma voz de tenor.

Pisco incrédula e digo:

— Nossa, Luis, você canta *bem*!

— Ele é uma caixinha de surpresas — observa Maeve, apertando o braço dele.

— Não é nada perto de *Nada me deixa mais a ponto de bala do que fazer exercícios*, claro — comenta Luis com um sorriso modesto.

— Eu vou ouvir isso pra sempre, não é? — suspira Cooper.

— Pelo menos isso vai te dar um carro novo — observa Luis enquanto dá tapinhas no ombro de Cooper.

Kris entra no estacionamento cheio e anda devagar até uma das últimas vagas. O carro dele é, sem dúvida, o único Honda por aqui.

— Muito bem. Aqui estamos. Mandalay Motorcars, onde carros custam mais do que uma casa — declara Kris quando tira as chaves do contato.

— Espera aí, como assim? Talvez seja melhor a gente conversar sobre isso antes. — Cooper para com a mão no plug do cinto de segurança, seu belo rosto tomado pela apreensão.

Luis, por outro lado, mal consegue esperar para sair do carro.

— Aqui é onde os sonhos se tornam realidade! — exclama Luis, e vai para a entrada antes que qualquer um possa fechar a porta.

Maeve o encara e diz:

— Olha só, olhem isso! Demorei alguns meses, mas finalmente descobri uma obsessão do Luis.

— Vamos lá, vamos apenas olhar. Vai ser divertido — insiste Kris, passando um braço pelos ombros de Cooper e o levando pelo estacionamento.

Maeve e eu seguimos os dois mais lentamente, e eu puxo a manga da camiseta dela quando ela para e encara um belo Porsche cinza.

— Você ainda está monitorando os caras do fórum de vingança? — pergunto, tentando parecer casual.

Eu tenho feito meu próprio monitoramento com Owen esta semana, tentando olhar o histórico de buscas dele — o que não dá em nada, já que ele deleta tudo, e eu não sou boa o suficiente com tecnologia para encontrar os itens deletados.

— Estou. Ainda estou trocando mensagens com Jellyfish. Mas está ficando cada vez mais difícil pra Tami Lee enrolar o cara, então talvez eu precise parar de escrever. Tenho noventa e nove por cento de certeza de que ele e os amigos não têm nada a ver com o que está acontecendo em Bayview — relata Maeve, com uma careta.

— O que impede você de estar cem por cento certa?

— Seres humanos são imprevisíveis. As pessoas surpreendem, mesmo quando você acha que conhece alguém — ressalta ela, dando de ombros. Meu estômago dá um nó, mas Maeve ainda está olhando para o carro ao continuar: — Veja bem, esse era o objetivo do aplicativo de Simon, não era? Ele fez tudo do jeito errado, mas é o que ele falou uma vez para Bronwyn: *se as pessoas não mentissem e traíssem, eu não teria o que fazer.*

— É. Ele não estava errado — respondo, o nó no estômago ficando mais forte.

— O problema de Simon era que ele nunca teve nenhuma compaixão pelo *motivo* que fazia as pessoas mentirem. A maioria das pessoas não é maldosa, elas têm medo. Não existe nada mais assustador do que deixar as pessoas verem partes de você que você gostaria que não existissem.

Está fazendo muito, *muito* calor no estacionamento. Puxo a gola da minha camiseta e pergunto:

— A gente deveria entrar ou...

— Eu preciso me desculpar com você, Phoebe — interrompe Maeve, abruptamente.

— Você precisa... O quê?

— Por mostrar a foto do Jake trocando o pneu do seu carro na festa do Nate. Eu devia ter falado com você primeiro. Fiquei tão surpresa que não parei pra pensar. Joguei isso no seu colo e no da Addy, e se eu não tivesse feito as coisas daquele jeito, o resto da noite teria sido bem diferente. Você não teria bebido tanto e... — As bochechas de Maeve estão vermelhas.

— Maeve — interrompo. — Eu que fui idiota de deixar o Jake trocar o pneu. Eu devia ter contado tudo logo, e também sobre...

Eu paro de falar e Maeve completa:

— Ir ao evento dele?

— É, isso também — respondo ao encarar o chão.

— Por que você foi? E por que não contou a ninguém? — Ela pergunta com delicadeza, e quando não respondo, ela continua:

— Vai, Phoebe, me conta. Qual é o sentido de ter amigos? É para ter essas conversas assustadoras.

Engulo em seco. E se essas conversas assustadoras fizerem com que você *perca* seus amigos? Além de tudo que você já perdeu?

— Eu... Eu acho que quis ver com meus próprios olhos se Jake tinha... mudado. Se tinha alguma chance de ele ter realmente mudado, porque... porque...

Ai, meu Deus. Eu vou mesmo contar?

Emma me pediu para não fazer nada até ela chegar. Mas ela ainda não está aqui. Faz cinco dias que fui drogada, arrastada para longe da festa de Nate e tratada como se fosse um rascunho de alguém, e minha irmã ainda está esperando que o preço da passagem diminua. Que habilidade sobre-humana ela acha que eu tenho para lidar com traumas?

— Gente! Venham logo, precisamos de vocês. Vamos fazer o *test drive* em uma Lamborghini! — diz Luis da porta da loja, acenando intensamente.

— Esta versão dele não é *nem um pouco* atraente — rosna Maeve, mas os olhos dela contam outra história quando acena de volta, um sorriso nos lábios. Ela se vira para mim, com uma expressão de compreensão e diz: — Você estava preocupada com a Addy, né?

— É — digo, e é verdade.

E, por ser verdade, é muito mais fácil do que falar outra coisa.

CAPÍTULO 20

Phoebe
Quinta-feira, 9 de julho

Cooper não chegou nem perto de comprar nada na Mandalay Motorcars, porque os preços eram assustadores.

— A Nonny não vai me dar um cheque em branco. Além disso, preciso que as parcelas sejam baixas. Meu contrato com a academia é de apenas um ano, e sabe-se lá o que pode acontecer depois disso. Tenho que juntar dinheiro pro futuro — explica Cooper depois de enfiar Luis de volta no carro de Kris.

— Cooper, você é *tão* taurino... Porém você tem razão. Foi divertido, mas da próxima vez vamos em uma loja um pouco mais barata — sugere Kris carinhosamente.

— Deixa comigo, Coop. Sei exatamente do que você precisa — afirma Luis.

— Acho que não confio nisso — suspira Cooper.

Os garotos debatem com tranquilidade pelo restante da viagem, e Kris me deixa de volta no Café Contigo. Trabalho no piloto automático até as dez, fazendo meu melhor para imitar Evie e ser uma funcionária exemplar. No fim da noite até começo a juntar os tubos de ketchup, coisa que normalmente deixo para ela fazer.

— Tudo bem, Phoebe. Eu termino por aqui — oferece ela ao me ver.

Você nunca se cansa de ser tão perfeita? Quase solto, mas consigo me controlar e agradecer. Então ligo para minha mãe e digo:

— Acho que vou passar na casa do Knox.

É óbvio o quanto minha mãe gosta de Knox, porque ela não pede que eu vá direto para casa. Em vez disso, ela diz:

— Tudo bem, mas não fique até muito tarde. Quero que você esteja em casa até as onze.

— Pode deixar — respondo.

Então me arrasto até o carro e dirijo para a casa de Knox. Fico olhando para a janela dele por quinze minutos, como uma stalker, pensando se devo ou não ir embora. Mas não consigo. As palavras de Maeve continuaram ecoando na minha cabeça enquanto trabalhava, a ponto de eu quase ligar para ela umas dez vezes antes de encerrar o expediente. Mas, no fim das contas, achei que deveria falar com outra pessoa primeiro.

Então agora estou escalando a janela do quarto dele, de novo.

— Achei que seus dias de escalada tivessem ficado pra trás — observa Knox de seu lugar de costume na cama enquanto me enfio pela janela. Ele está sorrindo, mas também parece confuso. Desde que me pediu mais espaço, eu passei a tocar a campainha para entrar.

— Preciso falar com você, mas não quero que seus pais saibam que estou aqui. E precisa jurar que não vai contar nada a ninguém — digo ao me sentar na beirada da cadeira.

Knox nem hesita antes de dizer:

— Tudo bem. O que houve?

Ele sai de baixo da coberta e senta na beirada da cama para me encarar.

Como vou falar isso? Não sei para onde olhar, então pego um clipe de papel da mesa de Knox e começo a torcer o metal.

— É sobre... — Minha cabeça está muito agitada. Tento encontrar alguma coisa, qualquer coisa, que possa me ajudar a começar a conversa que estou apavorada demais para ter. — Lembra quando você me chamou pra sair depois do casamento da Ashton e do Eli?

Meu Deus. De onde veio *isso*?

— Lembro — responde ele.

— Eu disse não — continuo, ainda torcendo o clipe.

— Eu lembro — repete Knox. O tom dele está normal, e o único sinal de que está incomodado é a mão no pescoço.

— Mas eu queria dizer sim — confesso. Então eu levanto o olhar e... *Ai, não*.

O rosto de Knox se transforma em um sorriso tímido e absurdamente adorável, e de alguma forma eu estraguei tudo de um jeito pior do que achava possível. Antes mesmo de chegar à parte mais difícil.

— Phoebe, você não tem ideia... — começa a dizer ele.

Não importa o que aconteça, eu *não posso* deixar que ele termine essa frase. Interrompo:

— Mas eu não podia, porque tem uma coisa que você não sabe. Sobre como o jogo de Verdade ou Consequência terminou.

— O que tem o jogo? — pergunta Knox. A expressão no rosto dele fica mais confusa, mas ele ainda está tentando esconder um sorriso. Eu sou uma *péssima* pessoa por ter começado a conversa assim, mas... talvez fosse o único jeito. Porque agora eu não posso dar para trás como fiz com Maeve. Tenho que contar a ele.

Então eu conto. Cada detalhe sórdido sobre o que Owen fez e sobre o que eu e Emma fizemos para encobrir tudo. Mantenho os olhos no clipe de papel enquanto falo, torcendo-o em dezenas de jeitos diferentes, minha voz baixa e estranhamente calma. Só de me ouvir, era impossível saber que meu coração está batendo desesperado, parecendo querer sair do peito.

Continuo falando até não ter mais nada a dizer. Achei que me sentiria aliviada quando contasse tudo, mas não me sinto. Minhas palavras continuam no ar quando paro de falar, preenchendo todo espaço entre mim e Knox no silêncio.

— Uau — diz ele por fim. Eu não consigo identificar nada em seu tom de voz.

— É — murmuro.

E nenhum de nós diz nada por um tempo excruciantemente longo.

Quando não consigo mais aguentar, levanto o olhar e vejo Knox mover as pernas para que seus joelhos fiquem perto dos meus.

— Você sabe que eu me livraria de um corpo para proteger qualquer uma das minhas irmãs, não é? Eu nem perguntaria o motivo.

— Meu Deus. — Meus olhos se enchem de lágrimas e eu levo a mão à boca, quase sem acreditar no que ele está me oferecendo. — Achei que você ia me odiar. Você e Maeve foram muito corajosos, salvaram todo mundo, e você não precisaria ter feito isso se Owen tivesse deixado Emma largar tudo...

— É, essa parte é meio chata. Mas eu entendo por que você fez isso. E por que Owen tem se sentido tão mal. Isso deve estar atormentando o garoto. Mas tudo bem, agora que você está contando para as pessoas, ele vai conseguir a ajuda de que precisa.

O alívio que estou sentindo para abruptamente.

— Contando para as pessoas? Eu não estou contando para as pessoas. Estou contando para *você*.

— É. Primeiro eu, depois outras pessoas, não é?

— Não! — A palavra sai da minha boca antes que eu saiba que quero dizê-la, porque no fim das contas, é assim que tenho pensado. Mas agora que a possibilidade é real, sinto náuseas só de pensar. *Tivemos complicações*, disse Emma.

— Não? — Os olhos de Knox se esbugalham. — Mas então... então tudo vai continuar, não vai? É um círculo infinito. Simon queria vingança, Jake queria vingança, Jared queria vingança, Emma queria vingança, Owen queria...

— Para! — Cubro minhas orelhas com as mãos como se fosse uma criancinha. — Owen não queria isso. Ele nunca quis que isso acontecesse. Ele não entendia o que estava fazendo.

— O que vai acontecer quando alguém quiser se vingar de Owen? E se foi por isso que você foi sequestrada no sábado? — pergunta Knox baixinho.

Minha vista fica embaçada. Por alguns segundos, estou novamente no galpão de ferramentas, assustada e desorientada, sem saber como cheguei ali. *E se... Não. É impossível.*

— Ninguém sabe. A não ser eu e Emma, e agora você, e você *prometeu...*

— Não vou quebrar minha promessa — garante Knox entrelaçando os dedos. — Mas queria que você pensasse em quebrar a sua. O último sábado podia ter tido um final bem pior. E se tem uma coisa que sabemos sobre Bayview é que as coisas costumam piorar bastante antes de melhorar.

Não posso pensar nisso.

— Owen é uma criança, ele vai ser julgado por todo mundo, como fizeram com Emma...

— Brandon era só uma criança também quando ficou fazendo bobagens e acabou matando seu pai. Ele nunca se responsabilizou por aquilo, e Emma armou para que matassem Brandon por isso...

— Ela não queria isso! Você sabe que ela não queria de verdade. Emma achou que ele ia... só se machucar... — Engulo em seco ao dizer essas palavras.

— E isso realmente faz diferença?

Sim. Não. Não sei. Não existe uma boa resposta, então não falo nada.

— Phoebe, mesmo que a gente não pense nisso, você não está ajudando Owen ao esconder isso. Se você acha que está difícil pra você guardar esse segredo, imagina pra ele? A culpa que ele deve estar sentindo? — Uso o clipe de papel para fazer um furinho na ponta do meu dedo até que vejo o sangue sair. Knox continua: — Você esqueceu como foi assistir àquele vídeo? — Ele não precisa dizer qual vídeo; Brandon pulando para a própria morte enquanto Sean, Jules e Monica gritam ao fundo é uma imagem que vai ficar na minha cabeça pro resto da vida. — Ou da bomba que quase matou várias pessoas e destruiu o braço de Nate, ou...

— Eu não me esqueci de nada disso!

Não percebo que estou gritando até que alguém bate de leve na porta, e a cabeça da mãe de Knox aparece:

— Está tudo bem, querido? Ah, oi, Phoebe. Não ouvi você tocar a campainha... — Ela perde a linha de raciocínio quando vê a janela aberta e a leve brisa que entra no quarto. — Está tudo bem?

— Estou bem. Desculpa por preocupar a senhora. Eu estava... liberando a raiva — digo e, meu Deus, queria ter uma marreta e um carro velho agora.

— Por que vocês não conversam lá embaixo? Tem pizza, caso estejam com fome — informa a Sra. Myers.

— Não, está tudo bem, eu... eu já estava de saída. — Levanto ainda segurando o clipe de papel; não sei se consigo largá-lo agora. — Preciso ir embora.

— Tem certeza? — pergunta Knox sem conseguir esconder sua frustração. Isso foi um erro, eu não devia ter vindo. Contar tudo a Knox não vai ajudar em nada; na verdade só piorou as coisas, porque agora ele está me olhando *deste* jeito. Como se nunca tivesse me conhecido de verdade. E talvez ele tenha razão.

— Tenho — respondo ao passar pela Sra. Myers.

CAPÍTULO 21

Nate
Sexta-feira, 10 de julho

Quinta foi minha folga do country clube, e passei o dia com minha namorada não desaparecida. Foi a melhor noite que tive em um bom tempo, e mais do que compensa o fato de que hoje... hoje eu provavelmente serei demitido.

Gavin foi rápido na quarta-feira, mas não rápido o suficiente. Muitas pessoas me viram avançar em direção ao Jake, e depois que a gente apareceu na casa dele em Ramona, não ficaria surpreso se ele usasse a informação para se livrar de mim. Só por diversão.

Então, quando chego no bar, a primeira coisa que faço é olhar para os bancos ocupados, esperando ver o rosto presunçoso de Jake. Em vez disso, vejo Vanessa, um copo alto na frente dela com uma cereja marrasquino em um palitinho ao lado.

— Não se preocupe. Ele não pode mais vir aqui — anuncia ela ao comer a cereja.

Um pouco da minha tensão se dissipa quando vou para trás do balcão e aceno para Stephanie, a bartender que está trabalhando hoje no lugar de Gavin. Eu não vou dar a Vanessa o gosto de confirmar que eu estava preocupado com Jake, então digo:

— Quem?

Ela revira os olhos e responde:

— Você sabe quem. Várias mulheres reclamaram que não se sentem seguras com Jake andando pelo clube. Além disso, algumas disseram que ele ameaçou você.

Minha expressão é de confusão quando encaro Vanessa, e logo começo a esvaziar a lava-louças atrás de mim. Ele meio que fez isso mesmo, mas não tem como outra pessoa ter ouvido.

— Sério? Quem disse isso?

— Eu não sei o nome delas, mas... — Vanessa aponta com o palitinho para o canto em que as mães-margarita sempre estão. — Elas ficaram do seu lado.

De repente, este turno vai ser bem melhor do que eu esperava. E dentre todas as pessoas possíveis, é Vanessa Merriman que me traz a boa notícia. Na verdade, é bem possível que ela estivesse esperando para me contar. Cruzo os braços, encosto em um dos pilares que sustentam o bar e pergunto:

— Qual é a sua, Vanessa?

— Ah, chegou a hora das perguntas? — diz ela ao beber um gole do drinque. — Que divertido. Tenho uma pra você: por que você é tão grosseiro?

— Ah, vamos lá, Vanessa. Você está sempre aqui, sozinha. Não é a Vanessa Merriman de que me lembro do colégio.

Ela levanta as sobrancelhas ao responder:

— Espero que você não esteja tentando dizer que eu fico aqui por *sua* causa.

— Claro que não. Você fica aqui por causa do Gavin? — É uma pergunta sincera. O normal de Vanessa é *flertar*, mas em todo o tempo que ela passa aqui, nunca senti que ela estivesse flertando sério comigo.

Ela faz uma expressão confusa e pergunta:

— Quem? — Ai. Pobre Gavin. Olho para ela por um tempo pensando em como formular minha próxima pergunta até que ela explode: — O que foi? Vai desembuchando. Comece a me julgar logo, é isso mesmo que você quer, Nate.

Bem, ela pediu.

— Pensei que você pudesse estar aqui esperando o Jake.

— Sério? Aham, claro, eu amo idiotas que abusam das namoradas e ajudam caras problemáticos a acabarem com a própria vida. Exatamente meu tipo de homem. Por Deus, Nate, não acredito que você disse isso.

Ela parece realmente chateada, então digo:

— Desculpa. Não sabia que você pensava assim. Acho que Addy também não sabe.

Vanessa mexe no canudo do drinque e diz:

— Ela sabe que eu lamento pelo que aconteceu no último ano.

— Você falou isso pra ela?

— Não falei, mas claro que lamento. Eu não sou um *monstro*.

— Não é assim que funciona um pedido de desculpas.

— Arrrrggghhhh — murmura Vanessa mexendo no canudo com ainda mais força. — Eu sei disso, tá? Estou tentando. Eu ia falar com ela na sua festa, mas bebi muito e rápido demais e não consegui. Mas acredite, eu fiquei tão horrorizada quanto você quando vi o Jake no outro dia. Nunca achei que o deixariam ficar por aqui. Eu venho aqui pra encontrar... a mãe dele.

Isso não devia ser tão surpreendente quanto é, levando em conta que Vanessa estava praticamente perseguindo a Sra. Riordan na última vez que esteve no bar. Mas se não é pelo Jake, não entendo o que Vanessa quer com ela.

— Por quê?

— Porque ela era superinfluente na Conrad & Olsen. — Percebendo pelo meu olhar que não entendi o que ela quis dizer, Vanessa continua: — A maior empresa de publicidade de San Diego. Eles têm filiais no mundo todo. Londres, Paris, Sidney, um monte de lugar. Queria tanto um estágio de verão lá, mas eles nem me chamaram pra entrevista. Acho que ainda estão bravos com meu pai.

— Seu pai? Por quê? — pergunto enquanto inspeciono os copos. A lava-louças é péssima, então a maioria deles ainda está molhada. Pego um pano de prato e começo a secar.

— A empresa dele contratou o escritório pra uma campanha há alguns anos, mas ele odiou a ideia deles e não quis pagar. Foi um problema. — Ela continua mexendo no canudo. — No fim das contas, ele estava certo. A ideia era *péssima*. Eles precisam mesmo da minha ajuda. Enfim, a Sra. Riordan era uma das diretoras, então achei que ela pudesse me ajudar. Ela disse que ajudaria, mas... não sei. Não parece que ela mantém relações lá. Eles reestruturaram a empresa toda depois que o outro diretor morreu. Ela não chegou a falar, mas tenho a sensação de que ela foi demitida.

— Que pena — digo com sinceridade. A Sra. Riordan parece mesmo ter muito tempo livre, e não queria que fosse assim.

— É, nem o nepotismo vai me ajudar. Se bem que talvez seja uma boa, agora que a imprensa está caindo em cima da Conrad & Olsen.

— É mesmo? Por quê?

— Porque são eles que administram o outdoor na rua Clarendon. Sabe? Aquele que foi hackeado.

— É mesmo? — pergunto e paro de secar os copos.

Maeve ainda está tentando achar uma conexão entre o outdoor e o que aconteceu com a Phoebe, mas não teve sucesso. Jake parece um beco sem saída, já que o papel de parede do solário não é o mesmo que Phoebe viu. Mas é interessante que a mãe dele tenha trabalhado na agência que administra o outdoor.

O que Maeve diz sobre coincidências? *Não confie nelas.*

— É. Eles perderam vários clientes por isso. Quer dizer, só o problema de segurança já é uma grande questão. Talvez tenha sido melhor pra mim.

— Então, já que a Sra. Riordan não pode ajudar você, não acha que o Gavin...?

— Sério, quem é esse?

Da próxima vez que eu encontrar o Gavin vou dizer para ele tentar a sorte em outro lugar.

— Por que você continua vindo aqui?

Pergunto como se fosse uma piada, mas Vanessa me encara do outro lado do balcão e diz:

— Não sei se você reparou, Nate, mas todo mundo que estudou comigo me odeia.

— Nem todo mundo — digo com um sorrisinho.

— Você está aprendendo a gostar de mim? Como um animalzinho de estimação?

— Você não é a pior pessoa que vem aqui.

— Obrigada pelo elogio — dispara ela.

— Olha, eu só... acho que se você quer conversar sobre a escola, eu não sou a melhor pessoa pra isso. Você me irritava, mas eu respondia à altura. Eu disse coisas pra você que hoje não diria, não importa quão bravo eu estivesse. E sabe o que mais? Sinto muito por isso. Sinto muito por ter falado merda sobre sua vida amorosa na cantina depois que tiraram Cooper do armário.

Vanessa parece incrédula, e diz:

— Você está se desculpando por ter defendido Cooper? Porque eu passei dos limites aquele dia.

— Estou me desculpando pela maneira como fiz aquilo. Não devia ter falado aquelas coisas.

— Eu... Tudo bem. — Vanessa começa a mordiscar o dedão e vejo que seu pescoço está completamente vermelho, como se ela tivesse alguma alergia emocional. — Entendo o que está tentando fazer. Mas você mesmo disse: nós dois éramos idiotas. Não foi você quem praticamente chutou uma caixinha de filhotes abandonados. Além disso, você tem ideia de como é difícil se desculpar com alguém que não quer mais te ver? Que já espera que você fale alguma coisa horrível assim que você abre a boca?

Eu sei, na verdade. E eu também sei como tudo muda quando as pessoas te dão uma chance; e eu não acredito que vou dizer isto, mas...

— Você quer ir a uma festa de um terço pós-aniversário na semana que vem, Vanessa?

*

Estou na sua casa, recebo a mensagem de Bronwyn assim que saio do trabalho às nove. *Com seu pai*. Respondo com uma interrogação e ela continua: *Passei aqui para me desculpar por ter perdido o jantar no outro dia, e decidimos fazer alguma coisa para comer hoje.*

Tenho quase certeza de que não foi uma decisão *coletiva*. Meu pai não pensaria nisso sozinho, mas ele entraria em uma casa em chamas se Bronwyn pedisse. Temos isso em comum. *Boa ideia*, respondo, embora fique um pouco preocupado com o tempo que vai demorar para os dois prepararem alguma coisa parecida com um jantar.

Não devia ter me preocupado, pois quando chego em casa minha colega Crystal entrou em cena para ajudar. Ela cozinha quase tão bem quanto Luis, e sua especialidade é bolar receitas com ingredientes que não parecem combinar.

— Salada de frutas com hortelã e xarope de bordo — anuncia ela quando entro na cozinha, me entregando uma tigela.

— Sério? — pergunto enquanto dou um beijo no topo da cabeça de Bronwyn antes de me sentar ao lado dela na mesa branca que Jiahao comprou com desconto quando trabalhava na IKEA.

Bronwyn está feliz quando diz:

— Está muito bom. — Então ela alcança o braço do meu pai e o chama: — Você preferia uma salada normal, Patrick?

Meu pai quase não comeu nada de sua tigela, mas agora ele pega uma colherada cheia e diz depois de engolir:

— Não, não, está ótima. É só que não estou com muita fome.

— Você vai querer guardar espaço para a omelete com leite de coco — avisa Crystal. Ela quebra alguns ovos em uma tigela, então olha por cima dos ombros quando começa a batê-los e pergunta: — Nate, você tem falado com o Reggie?

— Não. Por quê? — Experimento uma garfada da salada de fruta e... É, está estranhamente boa.

— Bem, ele não veio pra casa ontem à noite. O que não é estranho, eu sei, mas ele e Deacon tinham combinado de jogar em algum campeonato de videogame, e Reggie não avisou que não viria. E você sabe que ele trabalha na loja da Apple com a Ariana, amiga do Deacon, né? Ela disse que ele não apareceu no trabalho hoje. Então mandei algumas mensagens para saber se estava tudo bem, mas ele não respondeu.

Paro com o garfo levantado e troco olhares com Bronwyn. Reggie quase nunca dá satisfação a ninguém em casa, mas mesmo assim. Isso está muito parecido com o que aconteceu com a Phoebe.

— Eu vi o Reggie na quarta à noite, e só. E você? — pergunto.

— Mesma coisa. Ah, não, espera aí... Eu o vi ontem de manhã antes de sair pro trabalho. Então não faz tanto tempo, mas... — diz Crystal.

— Mas faz mais de vinte e quatro horas. E ele faltou a dois compromissos. Reggie não é muito de dar satisfação, mas ele ama videogame e ama trabalhar na Apple. Vocês falaram com os pais dele? — pergunta Bronwyn.

— Eu não conheço os pais dele. Você conhece? — devolve Crystal.

— Um pouco. Eu dei aulas de reforço pra ele, então conheci os pais, mas não sei o celular deles. Talvez... — Bronwyn para de falar.

— O que foi? — pergunto.

Os olhos dela exibem um cinza preocupado quando se viram para mim e ela diz:

— Sei que posso estar viajando, mas... talvez a gente devesse dar uma olhada no galpão de ferramentas? Por via das dúvidas?

— Não me parece viagem — respondo.

— Eles não fecharam tudo por conta do que aconteceu com Phoebe? — pergunta meu pai.

— Duvido. A polícia de Bayview não é tão eficiente — respondo.

— Mesmo que fosse, é provável que a gente consiga abrir. Odeio dar uma de cachorro magro, comer e sair, Crystal, mas acho que é melhor a gente conferir — diz Bronwyn, pousando os talheres na mesa.

Meu pai fala antes que eu consiga pensar em algo, empurrando a tigela de salada para longe:

— Então é melhor a gente ir.

CAPÍTULO 22

Nate
Sexta-feira, 10 de julho

Depois de quinze minutos, Bronwyn, meu pai e eu estamos atravessando o campo de beisebol do Colégio Bayview com as lanternas dos celulares ligadas.

— Por trás da arquibancada — digo, guiando os dois.

— Que silêncio. Quase parece pacífico — sussurra Bronwyn.

— Não se engane — murmuro ao apontar minha lanterna para a porta do galpão. — Bem, está mesmo fechado. — Tento abrir. — E trancado.

— Mas alguém pegou minhas chaves, podem ter feito uma cópia — sugere meu pai, enquanto pega seu molho no bolso. — Esperem aí.

Ele encaixa a chave na fechadura e vira, abrindo a porta com estrondo. A imagem de Phoebe jogada no chão volta a minha mente, e meu coração dispara enquanto encaro a escuridão. E então a lanterna do celular do meu pai ilumina tudo e...

— Não tem ninguém aqui — constata ele, e Bronwyn entra e aponta seu próprio celular para todas as direções.

— Graças a Deus — suspira ela.

Eu não estou tão aliviado assim, não depois do que meu pai disse sobre as chaves. Ele tem razão. Quem quer que as tenha roubado agora tem acesso a todas as partes da escola.

— Pai, o que mais fica trancado por aqui? — pergunto.

— Como assim? Tudo — responde ele.

— Eu sei, mas... Se alguém quisesse, sei lá, *continuar jogando um jogo*, onde você acha que eles poderiam fazer isso?

Meu pai parece surpreso, mas Bronwyn parece entender meu raciocínio e diz:

— Você acha que quem colocou Phoebe aqui pode ter colocado Reggie em outro lugar?

— Não sei, mas acho possível — respondo.

— Uhm... Este galpão é separado do restante da escola. Existem outros lugares assim? — pergunta ela, batendo um dedo no queixo.

— Não que eu saiba — responde meu pai.

— Tudo bem... — Ela olha para a bagunça de ferramentas e colchonetes empilhados perto de uma parede. — Vamos supor que *hora de um novo jogo* e *só existe uma regra* significam alguma coisa. Junto com o que escreveram no braço de Phoebe. *Prática*. Tudo está relacionado a esportes, então...

— A sala de educação física — digo. — Ou talvez os vestiários.

— Exato. Você consegue levar a gente lá, Patrick?

— Consigo, mas... — Meu pai puxa e solta o elástico em seu pulso. — A escola instalou câmeras de segurança em todos os lugares. Talvez a gente devesse ligar pra polícia, contar que estamos preocupados.

— Mas a gente não vai arrombar nada. Você tem as chaves. Vai agir como um funcionário bom e preocupado — sugere Bronwyn.

Meu pai parece em dúvida, e eu não o culpo. Ele precisa desse emprego.

— Ou o idiota do seu filho pode ter pegado suas chaves sem você saber — arrisco.

— Não. Ele não pode deixar alguém roubar as chaves *de novo* — protesta Bronwyn.

— Olha, eu só... Eu vou sozinho, tá? Vocês dois ficam aqui — afirma meu pai.

— E se a gente fosse com você pelo menos até a cerca? — sugere Bronwyn.

Meu pai tranca o galpão, e voltamos pelo mesmo caminho até enxergar o prédio principal da escola. Tudo está escuro, exceto por algumas lâmpadas na entrada.

— Já volto — avisa ele, indo em direção ao estacionamento. Bronwyn treme como se sentisse um calafrio quando ele sai, e eu passo meus braços em volta dela para manter o calor.

— Está com frio? — pergunto.

— Não. Estou tensa. Isso não parece boa coisa — admite ela com a cabeça encostada em meu peito.

Abraço minha namorada com ainda mais força e sinto o cheiro de maçã-verde de seu cabelo. Isso me ajuda a não externalizar o que estou pensando: *Pelo menos nada de ruim está acontecendo com você.* Não é a coisa certa para estar sentindo agora, e, de qualquer forma, na quarta-feira Bronwyn teve uma palhinha de quão mal eu posso reagir se alguma coisa acontecer com ela. Ficamos assim por um tempo, até ouvir passos. Meu pai está correndo em nossa direção, e faz dez anos que não vejo algo parecido. Ele parece nervoso e ofegante quando chega, coloca as mãos no joelho e se inclina para a frente tentando respirar.

— As câmeras de segurança não estão funcionando — anuncia ele com esforço.

— Quebradas? Ou outra coisa? — pergunta Bronwyn.

— As luzes não estão lá — informa ele endireitando as costas. — As luzinhas vermelhas que indicam que elas estão gravando. Percebi isso na câmera da porta dos fundos. Achei que fosse só uma falha, mas as câmeras do corredor também não estão funcionando. Dei uma olhada na sala da educação física e não tem ninguém lá, mas as câmeras também não estão funcionando.

— Talvez esteja sem energia? Mas as luzes da entrada estão acesas... — observa Bronwyn encarando o prédio.

— Vamos lá, pai. Vamos conferir os vestiários — digo.

Espero que meu pai recuse, mas ele não faz isso. Ele me deixa pegar as chaves e ir até a entrada dos fundos, onde, como ele tinha dito, a câmera de segurança no canto está apagada. Destranco e empurro a porta, olho os corredores do Colégio Bayview pela primeira vez em mais de um ano. A primeira coisa que vejo é a escada, e me lembro de estar ali com Bronwyn depois de sermos interrogados pela polícia a respeito da morte de Simon. Pedi desculpas por ter roubado o menino Jesus da peça de fim de ano na quinta série e dei um celular descartável caso ela quisesse conversar.

Tentei agir como se não me importasse se ela quisesse ou não falar comigo, mas, quando passei o celular para ela, só pensava *Não jogue isso fora, tá? Atenda quando eu ligar.* E ela atendeu. Ela deixou tocar seis vezes, mas atendeu.

Nem tudo que aconteceu nesta escola foi ruim.

Bronwyn entrelaça os dedos com os meus ao atravessarmos a porta dupla que leva ao corredor principal, repleto de armários.

— A gente precisa entrar na sala de educação física para chegar aos vestiários? Não consigo me lembrar — questiona Bronwyn.

— Não. Podemos usar um corredor lateral — informa meu pai. Ele nos faz passar pela sala de troféus e continua: — Tem sido estranho trabalhar aqui. Passar tanto tempo andando por estes corredores, sendo que quase nunca vim aqui quando você era aluno, Nate. — Ele pigarreia. — Queria que eu tivesse conseguido melhorar enquanto você ainda precisava da minha ajuda.

— Não se preocupe com isso. Deu tudo certo — consolo. Sempre fico desconfortável quando meu pai fala essas coisas porque nunca sei o que responder.

— *Você* fez tudo dar certo. Junto com a Bronwyn — corrige ele.

— É, bem... Chegamos. — Nunca fiquei tão feliz em ver a entrada do vestiário masculino. Empurrei esperando alguma resistência, mas ela se abriu de uma vez. — O cheiro continua o mesmo — digo com uma careta, e entro.

— Nunca entrei no vestiário masculino. A gente pode... Seria um problema se acendêssemos as luzes? Tudo bem por vocês? — pergunta Bronwyn, correndo a mão pela parede até encontrar um interruptor e então uma onda de luz fluorescente inunda meus olhos.

— Eita — murmuro enquanto pisco. — Tudo bem, vamos lá. Os chuveiros são ali e...

Paro de repente e estico o braço para impedir que Bronwyn continue andando.

— O que foi? — pergunta ela, tentando ver por cima do meu ombro.

Escuto quando ela puxa o ar assustada, e sei que não consegui evitar que ela visse o mesmo que eu vi. Uma poça de líquido vermelho e espesso no chão. Bem na quina para onde estão os armários.

— Sangue — constata ela.

— Fica aqui — respondo. Como se ela fosse fazer o que eu falei. Em vez disso, ela continua ao meu lado enquanto ando cuidadosamente para além da poça, viro e...

— Meu Deus! — Bronwyn cobre a boca com as mãos, e o celular novo que ela comprou ontem cai no chão com um estrondo. Consigo continuar segurando o meu, o estômago revirando enquanto encaro a cena a nossa frente.

— Minha nossa! — exclama meu pai, se escorando na parede.

É o Reggie. Amordaçado e vendado, preso a uma cadeira de plástico virada no chão. Um corte em sua testa faz com que uma poça de sangue se forme perto da sua cabeça, e outros rastros de sangue estão na parede entre a área dos chuveiros e dos armários. A pele dele está acinzentada e o corpo, rígido. Uma palavra está escrita no antebraço dele, na mesma caligrafia que escreveram em Phoebe:

LEVA

PARTE DOIS

CAPÍTULO 23

Addy
Terça-feira, 14 de julho

Pego o envelope e o seguro contra a luz. Não dá para ver dentro. Vou ter que abrir se quiser saber se terei um sobrinho ou uma sobrinha no outono. Se eu fizer isso, talvez a empolgação com o futuro me ajude a encontrar algum equilíbrio neste pesadelo de verão.

Mas vai ser uma expectativa a menos.

Meu celular toca e largo o envelope quando vejo que é uma chamada de vídeo de Keely.

— Oiiiii! — diz ela quando atendo, acenando de um lugar que parece um deque no mar. Estrelas estão brilhando no céu atrás dela enquanto continua: — Feliz quase-aniversário, Addy!

— Obrigada — respondo, encostando o celular no espelho. Por um breve segundo, não sei ao certo como estou me sentindo, mas quando vejo os olhos suaves de Keely brilhando contra sua pele queimada de sol e... Isso, é isso mesmo. Borboletas no estômago. — Você está bonita. Estou com saudade — falo de uma vez, antes que meu instinto de preservação me faça dizer algo do tipo *Como está o tempo aí?*

Keely me dá um sorriso enorme e cheio de covinhas.

— Também estou com saudades. E seu cabelo está *lindo*. Está pronto pra festa. Sabe, pensei em pegar um avião pra ir à festa, mas daí fiquei sabendo do Reggie e fiquei na dúvida se a festa ia mesmo acontecer.

Keely ia *pegar um avião*? De Cape Cod? Isso... Eu não sei. Parece exagerado. Me encolho na cadeira e digo:

— Vai ser bem menor. Nate e eu temos um timing horrível pra essas coisas. A última festa foi quase uma semana depois da morte do Brandon Weber, e agora... basicamente a mesma coisa, com o Reggie. É horrível. — Fico triste quando guardo o envelope do ultrassom de Ashton na gaveta de cima da penteadeira. Agora definitivamente não é o melhor momento para boas notícias.

— Não acredito que foram Nate e Bronwyn que encontraram o corpo. Deve ter sido muito assustador. A polícia tem alguma ideia de quem pode ser?

— Se eles têm, não falaram nada pra gente. Mas você sabe como é Bayview. Pelo menos meia dúzia de pessoas age de forma suspeita o tempo todo.

— Eu conheço Bayview — diz ela, então vira a cabeça e continua: — E também conheço você. Toma cuidado, tá? Foque em sua viagem pro Peru. Só mais duas semanas e você vai poder respirar. Tudo pode ter mudado quando você voltar.

Respondo enquanto cutuco uma unha quebrada:

— Pode mesmo. E você vai ter voltado pra UCLA, então... Acho que vejo você no Dia de Ação de Graças?

Eu tento dar uma risadinha para disfarçar as borboletas, mas a quem estou tentando enganar? Nossas programações são totalmente diferentes, e mesmo que não fossem, eu estragaria tudo e acabaria com a nossa amizade.

— Isso pode ser bom — arrisca Keely.

Pisco, surpresa. Tinha que ser eu a pessoa a estar rejeitando a outra antes de qualquer coisa acontecer.

— Por quê? — pergunto.

— Lembra quando eu e Cooper terminamos?

Fico tão surpresa com a pergunta que só assinto com a cabeça. Ela continua:

— Bem, nós dois estamos bem agora, mas na época foi realmente difícil. Eu achei que o conhecesse e que ele sentisse por mim a mesma coisa que eu sentia por ele. Fiquei pensando... Se eu estava tão errada sobre isso, sobre o que *mais* eu estava errada? E parecia que a resposta era: tudo. Isso fez com que eu duvidasse de mim mesma, ainda mais se tratando de relacionamentos. Eu não queria começar nada enquanto sentisse que não podia confiar em mim mesma, e muito menos em outra pessoa.

Cutuquei ainda mais a unha enquanto ela falava.

— Você saiu com o Luis duas semanas depois de terminar com o Cooper.

— Só porque eu sabia que não seria nada sério. Além disso, era minha desforra. Acho que queria me sentir bem com alguma parte de mim de novo. Mas não funcionou. — Ela coloca uma mecha de cabelo atrás da orelha, exibindo todos os delicados brincos de argola em sua orelha. — Acho que o que estou tentando dizer é que eu sei o que é ser enganada pela pessoa que deveria estar apaixonada por você... e a minha pessoa era *boa*.

Cooper nunca quis me magoar, e acho que por isso conseguimos continuar sendo amigos. Mas ainda demorou bastante para as vozes na minha cabeça se calarem quando alguém tentava se aproximar.

— Instinto de preservação — murmurei.

Keely pisca os cílios, confusa.

— É o instinto que nosso cérebro tem quando sente algum perigo, é...

— Seu cérebro deve ficar assim o tempo todo, se recuperando de um cara como o Jake. Ainda mais um cara que de repente aparece no seu quintal. — Uma brisa faz com que o cabelo de Keely cubra seu rosto. Ela o tira com uma das mãos. — Acho que estou querendo dizer, Addy, que não precisamos ter pressa. Gostei de beijar você, mas eu também gosto de *você*. Então vamos continuar conversando como sempre fizemos e não vamos nos preocupar com mais nada. Em outras palavras, você não precisa se apavorar quando eu disser que vou pegar um avião. — Um sorriso travesso passa pelos lábios dela.

— Eu não estava apavorada! — protesto enquanto ela ri.

— Você com certeza estava. Instinto de preservação no talo.

— Tudo bem, talvez um pouco.

— Eu entendo. De verdade. — O olhar dela vai para outro lugar longe da tela e ela diz: — Espera só um segundo. — Ela se volta para mim e diz: — Tenho que ir. Vamos passar a madrugada jogando minigolfe. Poste várias fotos da festa, tá?

— Agora é mais um encontro do Clube dos Assassinos do que uma festa.

— Ainda assim. Coloca uma das suas tiaras e seja a rainha que você sempre é. Você merece — diz ela, e me manda um beijo.

— Eu realmente estou com saudade — digo, me sentindo mil vezes mais leve ao mandar um beijo de volta.

— Eu sei que sim — diz ela, antes de desligar.

De repente estou me sentindo tão melhor que grito um "Pode entrar!" quando minha mãe bate na porta. Ela parece confusa ao entrar, porque essa não é minha típica animação. Normalmente eu só resmungo alguma coisa.

— Estão esperando você. O que te deixou tão feliz?

— Estava falando com a Keely.

— Ah — responde minha mãe, e ela olha mais de perto para mim, bem na hora que me viro para encarar meu rosto no espelho. Eu estou com uma cara feliz, brilhando, como se uma luz viesse de dentro... Como se os beijos que troquei com Keely fossem reais. — Ah — repete minha mãe, em um tom completamente diferente. — Ah, é mesmo?

Argh, eu não quero falar disso com ela. Não quero ouvir, *Desde quando você se interessa por garotas?* Ou *Ela é boa demais pra você.*

— Não é nada — respondo enquanto pego um tubo de hidratante labial e coloco no bolso. — Melhor não deixar o Luis esperando.

— Bem, se tiver alguma coisa...

— Não começa, mãe. — Estou meio aérea quando a encaro, lembrando de todas as vezes que ela ficou exatamente nessa posição e me deu praticamente uma aula sobre o que vestir e como me comportar perto de Jake. Faz quase dois anos que descobrimos quem ele realmente era, mas parece que nada mudou entre mim e minha mãe. Não importa o que eu faça, sempre vai ser a coisa errada. — Só quero chegar na festa na hora certa.

— Não quero atrasar você — diz ela, me dando espaço para sair. Desço as escadas, os ombros tensos quando ela me chama e diz: — Eu só queria dizer...

Por que você tem que ter a última palavra sempre? Penso quando abro a porta de entrada, acenando para Luis. *Você é igual ao Jake.*

— ... que se tiver alguma coisa acontecendo entre vocês, ela é uma garota de sorte — termina minha mãe, me surpreendendo tanto que eu quase fecho meus dedos no batente da porta quando ela bate.

CAPÍTULO 24

Addy
Terça-feira, 14 de julho

— *Prática leva à perfeição* — diz Maeve, encarando o laptop na sala de estar dos Rojas, que está ocupada pela Galera de Bayview. — Só pode ser essa frase que a pessoa está tentando criar. *Prática* no braço da Phoebe, e *leva* no braço do Reggie. Não acham?

— Talvez — respondo enquanto um desconforto familiar começa a subir pelo meu estômago. Sabia que o bom humor que tinha alcançado depois de conversar com Keely não duraria. — Mas a principal questão é: quem é a pessoa fazendo isso? Jake? Ele disse que Phoebe precisava praticar, lembram?

Olho para Phoebe, esperando algo — ela está sentada no sofá ao lado de Cooper e Kris, e não de Knox, o que é novidade —, mas é Bronwyn quem me responde. Tenho quase certeza de que sei o motivo: ela não gosta que eu seja tragada por uma espiral de preocupação com Jake.

— É verdade, mas ainda que Jake tivesse conseguido desligar o sistema de câmeras, por que ele iria atrás da Phoebe? Ele não tem nada contra ela. Ou Reggie? Reggie defendeu Jake no artigo do *Bayview Blade*, lembra? Disse que ele era legal ou algo assim — diz Bronwyn.

— Beleza. Justo. Ele disse *Ele sempre foi legal comigo* — recito de cabeça, porque praticamente decorei todo aquele artigo idiota.

Phoebe se posiciona um pouco mais para a frente e diz:

— Mas é interessante isso que a Maeve falou, *tentando criar*. As coisas estão *ficando maiores*. Eu... Eu não estava amarrada como Reggie. Não acho que quem fez isso queria me matar ou mesmo me machucar. — Ela engole em seco enquanto Cooper a conforta com um carinho nos ombros. — Acho que a pessoa só queria que me encontrassem daquele jeito.

— É possível que a pessoa não tenha pensado em matar Reggie também — arrisca Bronwyn, trocando um olhar culpado com Nate. — A gente não deveria falar do que viu, mas...

— Código de silêncio do Clube dos Assassinos — observa Nate. Todo mundo murmura concordando, menos Maeve, mas ela provavelmente já sabe o que Bronwyn vai dizer.

— Parecia que Reggie tinha morrido sem querer. O chão estava todo arranhado da cadeira, e a parte da parede que estava mais ensanguentada era da mesma altura da cabeça de Reggie sentado. Nate e eu achamos que ele estava tentando se soltar, mas se desequilibrou e acabou batendo com a cabeça num canto da parede.

Meu estômago dá um nó. Nunca me importei com Reggie Crawley no ensino médio. Na maior parte do tempo, eu não o suportava. Mas ninguém merece morrer assim.

— Então quem fez isso estava querendo... assustar o Reggie? Ou o quê? Mandar um recado? Consigo pensar em algumas pessoas que gostariam de fazer isso. Katrina Lott, por exemplo. Mas é difícil pensar que ela viria lá de Portland só para sequestrar o Reggie. Além disso, o que ela, ou qualquer outra pessoa, tem contra a Phoebe? Não vejo nenhuma ligação — observa Cooper.

— Bem, tanto a Phoebe quanto o Reggie estavam na festa de Quatro de Julho na casa do Nate. E vocês conversaram um pouco, né, Phoebe? Alguém viu vocês juntos? — pergunto.

— Acho que não. Pelo que me lembro, todo mundo que estava no quarto dele já tinha saído — responde Phoebe.

Bronwyn coloca as pernas no colo de Nate e franze as sobrancelhas enquanto brinca com o cabelo dele.

— Seja quem for, é uma pessoa assustadoramente competente e inacreditavelmente incompetente. Alguém que conseguiu sequestrar adolescentes e derrubar o sistema de câmeras da escola... — pondera ela.

— Não é uma coisa difícil se o sistema estiver ligado localmente. Você só precisa apagar a gravação de quando entra no prédio e depois desligar tudo — explica Maeve.

Luis a olha com um misto de admiração e preocupação.

— Às vezes eu não sei se fico excitado ou assustado com você — revela.

— Pode ficar os dois — declara Maeve com um sorriso sereno.

Bronwyn pigarreia e continua:

— Como eu *estava dizendo*... A pessoa conseguiu fazer tudo isso, mas não conseguiu evitar que Reggie morresse?

— Talvez a pessoa não quisesse evitar. Talvez a morte de Reggie só devesse parecer um acidente. Assim como a de Brandon — digo e sinto um arrepio.

— É. Assim como a de Brandon — repete Knox. Ele tenta olhar para Phoebe, mas ela só encara o chão. Tem alguma coisa estranha entre eles, e eu tentaria descobrir se não tivesse preocupações maiores agora. — Alguma pista dos caras do fórum de vingança, Maeve?

— Eles estão falando sobre isso. Como todo mundo. Se perguntando se é um imitador do Jared, agora que o Reggie apareceu morto. Mas não estão dizendo que fizeram isso. E ninguém está falando nada sobre *prática leva à perfeição*. — Um olhar distante toma conta de Maeve. — Mas eu não consigo parar de pensar nessa frase. E se tiver ligação com o *hora de um novo jogo* do outdoor? Tipo, a Bronwyn e o Nate encontraram o Reggie porque pensaram no tema esportes. Primeiro no galpão de equipamentos e agora no vestiário. Será que *prática leva à perfeição* é a tal única regra que o anúncio mencionava?

— Mas qual é o jogo? Não é um Verdade ou Consequência. Naquela ocasião as pessoas recebiam mensagens com instruções. Agora a pessoa hackeou um outdoor e só? — pergunto exasperada.

— Talvez só a pessoa que está fazendo isso seja a jogadora — sugere Maeve enquanto liga seu laptop a um cabo que está na mesinha ao lado dela. Em segundos, resultados de pesquisas tomam a tela da TV na parede. — Eu estou pesquisando a frase, claro, mas não achei nada de relevante. Só um monte de músicas, páginas na Wikipédia, um programa de verão...

A campainha interrompe Maeve.

— Quem será? — pergunta Bronwyn se afastando de Nate. — Todo mundo já chegou. — Ela se levanta e atravessa a sala para olhar uma pequena tela ao lado da porta. Bronwyn franze as sobrancelhas. — Espera aí... Estou tendo alucinações ou a Vanessa Merriman está na porta?

— Ah, merda! — exclama Nate, e o tom dele é tão estranho que levo uns segundos para entender. Ele está... *culpado*. Ele se projeta para a frente, com os cotovelos nos joelhos e diz: — Olha, é minha culpa. Tanta coisa aconteceu que eu esqueci de avisar a ela que a festa foi cancelada.

— Nate! Você convidou a Vanessa pra nossa festa de um terço pós-aniversário? Por quê? — Minha expressão de espanto fica estampada enquanto o encaro.

Nate se levanta e ergue a mão em um gesto de paz.

— Foi mal. Eu ia avisar você antes de tudo que aconteceu com o Reggie. Ela passa muito tempo no country clube, e ela disse que queria se desculpar com você e com o Cooper pelo jeito que tratou os dois na escola, então achei... — Nate perde a linha de raciocínio quando a sala toda o encara. — Achei errado, claro. Foi uma péssima ideia. Vou falar pra ela que não é o melhor momento.

— A *Vanessa* quer pedir desculpas? Sério? — pergunto.

— Ela disse que sim — responde Nate.

— Bem, não é como se esta "festa" pudesse ficar pior. Então a gente pode ouvir o que ela tem a dizer — continuo.

— Tem certeza? — pergunta Nate. Eu concordo com a cabeça e ele se vira para Cooper. — Coop?

Cooper dá de ombros e diz:

— Por que não?

Nate some no corredor e Bronwyn o observa com um misto de receio e orgulho.

— A intenção dele é boa mesmo — admite ela.

Dá para ver Kris cerrar o maxilar quando ele começa a falar:

— É essa a garota...

— Do refeitório — confirma Cooper, e a expressão de Kris é a mesma de um assassino.

— Ah, eu diria que qualquer desculpa que ela queira dar já está ruim e atrasada — diz Kris sombriamente, de braços cruzados.

Escuto alguns passos e murmúrios, e Nate aparece com Vanessa no encalço. Está vestida para uma noite muito mais animada que esta: um vestido curto e brilhante com sandálias de salto e tiras. O cabelo no estilo *ombré hair* está preso em um rabo de cavalo descolado, e algumas mechas de fios loiros emolduram seu rosto.

— Hum — diz ela ao entrar. Vanessa observa todos os lugares da sala, olhando para nós e nossos refrigerantes, todos voltados para a televisão, projetando a tela do laptop de Maeve. — Isto é quase igual ao que imaginei que uma festa na casa dos Rojas seria.

Nate bufa de frustração e diz:

— Sério? É assim que você vai começar?

— Não. Eu... Aqui. — Vanessa empurra uma garrafa embrulhada em papel prateado em minha direção. — Feliz... uhm... quarto de aniversário ou o que quer que seja. — Pego a garrafa e não a corrijo, então ela continua: — É champanhe rosé. O mesmo que eu comprei aquela vez que eu, você, Keely e Olivia fomos passar um dia na praia sem os meninos no verão antes do último ano. Lembra?

— Lembro — digo. É uma das minhas lembranças favoritas daquele verão, e talvez a melhor lembrança que eu tenha com Vanessa. — Obrigada.

Ela começa a mexer nas pulseiras, como se estivesse esperando que eu dissesse mais alguma coisa. Quando não falo nada, um longo silêncio recai sobre a sala até que Nate diz:

— E...?

— E eu sinto muito — dispara Vanessa. — Sinto muito por ter ficado do lado de Jake, e pelo que eu falei sobre sua vida sexual e por tentar virar todos os seus amigos contra você...

— Você não só tentou. Você conseguiu — interrompo. Sinto um pouco do sofrimento que foi meu companheiro constante naquela época. Até a Keely parou de falar comigo por um tempo.

— Menos o Cooper — tenta Vanessa, e se vira para ele. — Sinto muito por ter sido uma babaca homofóbica com você, Cooper. Foi errado e nojento. Não tenho nenhuma justificativa para as coisas que fiz naquela época, então não vou ficar tentando inventar uma. Eu era uma babaca insegura, mas muitas pessoas são babacas inseguras e não fazem o que eu fiz. Eu realmente sinto muito. E fico feliz por vocês dois estarem bem e terem tipo milhões de amigos, então... — Ela mexe nas pulseiras de novo. — Acho que posso dizer que carma é uma coisa que funciona.

Talvez seja o jeito com que ela mexe nas pulseiras — me faz lembrar de como mexo nos meus brincos quando estou nervosa ou preocupada —, mas meu coração acaba amolecendo. Esse pedido de desculpas não faz tudo ficar bem automaticamente, mas pelo menos ela finalmente está tentando. E com o que acabou de acontecer com Reggie, não quero ficar guardando mágoa de antigos colegas, mesmo dos que eram péssimos. Nunca se sabe quando vai ser a última vez que você verá a pessoa.

— Está desculpada — digo.

— Sério? — interrompe Kris. — Isso é bem generoso da sua parte, Addy, mas pra mim... — Todo mundo se vira para ele, que está com as bochechas vermelhas de raiva. — Sei que esse pedido de desculpas não é pra mim, mas fui eu que juntei os pedaços do Cooper aquele dia. — Os olhos verdes de Kris encaram Vanessa, e ela ruboriza, mas não desvia o olhar. — Ele estava arrasado porque você foi *horrível*.

— Eu sei — admite Vanessa.

— Sabe mesmo? Você tem alguma ideia do que é ser acusado injustamente de assassinato, ter sua orientação sexual exposta para a escola inteira e ainda aguentar o falatório de pessoas que você achava que eram suas amigas? Tudo isso no mesmo dia? — A voz de Kris fica cada vez mais alta. Olho para Bronwyn e ela faz um *Uau* com a boca. Nunca vi Kris assim. Não sei se tinha percebido até agora que ele era capaz de ficar tão bravo. Nate está com os olhos arregalados e imóvel, como se não pudesse acreditar que sem querer soltou o Hulk que existia dentro de Kris. — E não é só pelo que você fez com o Cooper. A pobre da Addy teve que lidar com seu abuso por semanas...

— Ei — Cooper interrompe, os olhos fixos em Kris e a voz calma e acolhedora, como se ele já tivesse visto Kris bravo assim antes e soubesse como lidar com a situação. — A gente passou por tudo isso, certo? Eu fiz coisas das quais não me orgulho e...

— Você nunca foi cruel! — interrompe Kris.

— Você tem razão. Eu fui horrível e eu sinto muito — repete Vanessa. O queixo ainda erguido, mas o pescoço dela está quase tão vermelho quanto o rosto de Kris.

— Bem, talvez você devesse transformar esse sentimento em uma coisa mais palpável. Com uma doação para o Projeto Trevor, por exemplo — sugere Kris.

— Tudo bem, eu posso fazer isso — concorda Vanessa enquanto assente de forma veemente com a cabeça.

— Muito bem. É um começo — concede Kris, e ele parece um milímetro menos bravo.

O silêncio recai novamente sobre a sala. Nate olha para Bronwyn com uma cara tão desesperada que, apesar de toda tensão do ambiente, preciso me controlar para não rir. O inferno vai congelar antes de Nate Macauley tentar ajudar alguém a fazer as pazes de novo.

— Provavelmente isso basta por hoje — diz Bronwyn com destreza.

Cooper aperta a mão de Kris antes de dizer:

— Agradeço suas desculpas, Vanessa.

Vanessa dá um sorriso pesaroso pra ele, talvez percebendo que ele *agradeceu* mas não *aceitou*, e diz:

— Você sempre foi muito mais legal com as pessoas do que elas mereciam, Cooper. Bem, olha, eu não queria estragar a festa. Vou deixar vocês voltarem a... — O olhar dela para na televisão. — Voltarem a pesquisar antigos anúncios?

— Anúncios? Como assim? — pergunto enquanto coloco a garrafa do champanhe rosé na mesinha mais próxima. Foi um gesto simpático da parte de Vanessa, embora a última coisa que eu queira fazer seja brindar.

Vanessa aponta para os resultados da pesquisa de Maeve e diz:

— Não é isso que vocês estão vendo? *Prática leva à perfeição*. Lembra daqueles anúncios no ensino fundamental? Da empresa de aulas de pré-vestibular? Teve toda uma questão porque os pais começaram a falar que *Não existe perfeição*. Mas a empresa ainda assim duplicou de tamanho. — Ela olha para Nate e continua: — Foi uma campanha da Conrad & Olsen, tá? Foi a campanha que deixou a agência famosa.

O nome da agência me é familiar, mas não consigo lembrar por quê. Nate obviamente consegue, e diz:

— Sério? — O tom de voz de repente preocupado.

Maeve começa a pesquisar de novo enquanto falamos, e um vídeo do YouTube enche a tela da televisão. Três "adolescentes" — todos atores com mais de vinte anos, com certeza — estão sentados na biblioteca mais bonita do mundo, cercados por montanhas de livros. "Prática" diz uma garota, batendo o lápis no ritmo da música de fundo. "Leva" diz outra, jogando longas mechas loiras sobre um ombro. "À perfeição" termina o garoto com um sorrisinho, olhos azuis em destaque.

Agora me lembro do anúncio; eles estavam em todos os lugares quando começamos o ensino médio. Funcionaram perfeitamente para me fisgar. Perguntei a minha mãe sobre aulas de pré-vestibular anos antes de ter que realizar a prova. Ela revirou os olhos e comprou um sutiã com enchimento para mim em vez de me matricular em uma das aulas.

— Você tem certeza? — pergunta Nate a Vanessa.

— Claro. Eu estudei esse *case* no semestre passado — afirma ela.

— O que é Conrad & Olsen? — pergunto.

O anúncio acaba e Maeve o coloca para passar de novo. É mais do que um pouco assustador ver atores sorridentes dizerem as palavras que foram escritas nos braços de Phoebe e Reggie. *Prática. Leva.*

— É a agência de publicidade que gerencia o outdoor que foi hackeado. E é onde a mãe de Jake trabalhava — responde Nate.

Ahhhhh, claro. A Sra. Riordan pediu demissão da agência mais ou menos na época em que a conheci, mas ela falou do lugar mais de uma vez. Sempre me perguntei por que pediu demissão; do jeito que ela falava, parecia que o trabalho dela era...

— Perfeição — diz o garoto de olhos azuis.

CAPÍTULO 25

Phoebe
Quinta-feira, 16 de julho

— Sinto muito — diz Emma mais uma vez.

Estou prestando atenção na silhueta familiar da minha irmã, sentada de frente para mim no balcão da cozinha: cabelos castanho-avermelhados presos em uma tiara, pele pálida mesmo no verão, feições proporcionais e angulosas. Um rosto que conheço tanto quanto o meu próprio, e que não vejo há mais de um mês. Mas não é isso que me machuca.

— Doze dias, Emma. Você levou *doze dias* para vir para casa desde que fui drogada e sequestrada — digo, me esforçando para manter a voz calma, sem começar uma briga.

— Eu sei... Levou um tempo pra eu conseguir um bom voo, mas... — Ela levanta a mão quando bufo em resposta ao que acabou de dizer. — Sério, Phoebe, eu não tenho *nenhum* dinheiro, e não posso pedir pra mamãe. Ela já gastou uma fortuna com advogados pra mim. Além disso... ultimamente eu tenho tido dificuldade em fazer coisas. Não por estar bebendo — diz ela rapidamente antes que eu pergunte qualquer coisa. — Nunca mais, prometo. Mas a ideia de fazer uma viagem parecia impossível. Na maioria dos dias eu mal consigo sair da cama. Quase não consigo acreditar que cheguei. — Ela olha para nosso apartamento silencioso; nossa mãe ainda está trabalhando, e Owen está jogando videogame na casa de um amigo.

— É sério isso? Você está... Emma, acho que você deveria falar com alguém... — Meu coração fica apertado ao ouvir a tristeza na voz dela.

Ela solta uma risadinha antes de dizer:

— Com quem eu vou falar?

— Comigo, pra começo de conversa. Mas talvez com um psicólogo.

— Com que dinheiro? — Emma bufa.

— Eu tenho dinheiro... — começo a dizer, mas ela logo balança a cabeça negativamente.

— Olha, eu causei tudo isso quando fiz o pacto com o Jared, agora tenho que aguentar. Eu mereço me sentir assim. Mas você não. E eu entendo o que você diz sobre o Owen. Talvez a gente não esteja ajudando tanto quanto poderia. Mas Phoebe... — Ela engole em seco. — Eu menti pra polícia quando disse que não sabia quem tinha escrito aquelas mensagens para o Jared depois que falei pra ele parar com o jogo. Eles podem me acusar por isso se quiserem.

— Mas eu posso contar pra eles então — digo. A polícia pegou leve comigo depois que Emma contou que estava se passando por mim.

— As pessoas vão odiar você.

— Elas já odeiam. — Meu estômago dá um nó quando penso em Knox.

— E elas vão odiar o Owen. A gente não pode fazer isso sem pensar, Phoebe. Precisamos conversar. Eu ainda nem vi o Owen... — Emma morde os lábios.

O som de passos pesados vem do corredor, e uma chave se encaixa em nossa fechadura.

— Falando do diabo — murmuro enquanto Emma se ajeita na cadeira ao ver a porta abrir.

— Owen! Meu Deus, você está enorme! — grita Emma, e se levanta.

— Oi.

Ele não se apressa para deixar a mochila no canto, como se nada de diferente tivesse acontecido, como se Emma estivesse fora de casa há uma hora e não um mês. Ela o enreda em um abraço mesmo assim, fazendo barulhinhos enquanto pego meu celular para ver as horas. Tenho que sair em cinco minutos, e isso vai dar a Emma a chance de observar Owen sozinha.

— Como você está? Me conta tudo — pergunta Emma por fim, depois de desfazer o abraço.

— Não tenho nada pra contar. — Owen dá de ombros e vai em direção à geladeira.

— Tem que ter alguma coisa. O que tem feito no verão? — insiste Emma.

— Dormido. E jogado videogame — responde Owen, abrindo uma latinha de Fanta.

— Ah, parece divertido. Tem saído com os amigos? — pergunta Emma com uma voz animada.

Owen dá de ombros e o sorriso de Emma fica um pouco forçado. *Bem-vinda a minha vida*, penso enquanto uma mensagem de Bronwyn aparece no meu celular.

— O funeral do Reggie é amanhã. Todo mundo vai se encontrar no Café Contigo às dez, se quiser vir também — digo.

— Ah, sim, tudo bem. A gente pode ir — concorda Emma.

— Eu não — recusa Owen.

— Por que não? — pergunta Emma, preocupada.

Owen dá um gole no refrigerante antes de responder:

— É tudo falsidade. Todo mundo odiava o Reggie, então por que estão fingindo essa tristeza de repente?

— Owen! Que coisa horrível! — Emma fica boquiaberta.

— Mas é verdade — diz Owen.

— O Reggie *morreu*. Do mesmo jeito... — A garganta de Emma está tentando dizer *Do mesmo jeito que o Brandon*. Mas ela não consegue. — A morte de alguém é uma coisa horrível e não importa se a gente gosta ou não da pessoa.

— Talvez fosse mais horrível se ele continuasse sendo um babaca — continua Owen, deixando a latinha no balcão e seguindo para o quarto.

Emma o encara assustada, boquiaberta. Eu também estou horrorizada, mas ao mesmo tempo sinto um alívio por ela estar vendo a mesma coisa que eu. Não sou paranoica ou sensível demais. Owen está mesmo sendo péssimo. Seria mesquinho da minha parte dizer para Emma que eu tinha avisado, então só pego minha bolsa e me encaminho para porta.

— Vejo você daqui a algumas horas — digo.

— Phoebe Lawton? — O jovem sentado à mesa de alumínio perfeita ajeita seus fones de ouvido enquanto levanta uma sobrancelha muito bem-feita em minha direção. — Lucinda vai falar com você agora. Pode seguir por esse corredor, terceira porta à esquerda.

— Muito obrigada — digo ao me levantar da cadeira ultramoderna e impressionantemente dura da recepção da Conrad & Olsen.

Na noite passada, depois que Vanessa foi embora, a Galera de Bayview passou horas procurando qualquer informação que pudesse encontrar sobre a campanha "Prática leva à perfeição". Quando olhamos a parte de "Líderes" do site da Conrad & Olsen, um nome chamou minha atenção: Lucinda Quinn. Minha mãe organizou o casamento de Lucinda há cinco meses, e ela era uma visita constante e animada em nossa casa nas semanas antes do grande dia. Ela também é, de acordo com o site, uma veterana na Conrad & Olsen. Está lá há oito anos.

Pareceu um presente; uma pessoa que eu conheço pode nos levar a alguma pista útil. Não sei construir uma ponte entre mim e todos os meus amigos, mas sei fazer de conta que estou escolhendo uma profissão para tentar obter informações de Lucinda.

— Phoebe! Oi! Que bom ver você! — Lucinda ainda é um turbilhão de energia, disparando de trás de sua mesa para me abraçar apertado. Ela é mais baixa do que eu, os cabelos escuros cortados num pixie, e a armação dos óculos é de um roxo moderno. Está usando um vestido cinza-chumbo que tem um corte estranho, mas que mesmo assim fica tão bonito que só pode ter custado uma fortuna. — Minha nossa, você passou por maus bocados, não foi? Fiquei sabendo de toda a confusão com sua irmã e Jared Jackson. Eu sinto *muito* que você tenha tido que passar por isso — lamenta ela, dando tapinhas em meu ombro.

Sei que ela está sendo sincera, porque é uma boa pessoa, mas nem ela consegue esconder a pontinha de curiosidade em seu olhar. Eu não me importo, estava contando com isso.

— Tem sido *horrível* — digo em voz baixa, deixando meu olhar cair para o chão. — Ele estava obcecado por mim. Bem, ele achou que era eu.

— Eu fiquei sabendo. Por favor, pode se sentar. Me conta o que aconteceu — pede Lucinda, passando por mim para fechar a porta do escritório. Ela aponta a cadeira do outro lado da mesa. Eu me sento, e conto o que aconteceu com o máximo de detalhes que consigo. É só um apanhado do que saiu nos jornais, mas coloco toques pessoais em quantidade suficiente para que ela sinta que está tendo informações privilegiadas.

Assim, pode ser que ela faça o mesmo por mim daqui a pouco.

— Que pesadelo — diz ela quando termino, demonstrando empatia.

— Foi mesmo — concordo. Enfatizo o tempo passado, porque, até onde Lucinda sabe, isso é tudo por que passei. A polícia de Bayview não divulgou nada sobre a palavra escrita no braço de Reggie, então as pessoas não sabem que existe uma conexão entre meu sequestro e a morte dele.

— Mas ainda assim, você está aqui. Passando seu verão planejando o futuro. Acho isso ótimo, Phoebe. Sua mãe deve estar orgulhosa.

— Espero que sim — murmuro, e me sinto uma completa canalha. Minha mãe ainda está obcecada em saber se estou ou não em casa, e *orgulho* é a última coisa que ela sentiria se soubesse o verdadeiro motivo por trás dessa visita.

Lucinda cruza os dedos sobre o tampo de sua mesa preta lustrosa. É tudo muito árido e chique, de um jeito meio parecido com o de Lucinda.

— Vamos lá, o que você quer saber sobre o mercado publicitário?

Lanço meu melhor olhar angelical para ela e digo:

— Tudo?

Lucinda sorri com gentileza e diz:

— Talvez eu possa te contar como consegui meu primeiro trabalho?

— Isso seria ótimo!

Depois disso, a conversa flui com facilidade, porque Lucinda é agradável e eu realmente estou interessada. Mas continuo procurando o momento de virar a coisa para o meu lado, e quando Lucinda começa a falar sobre as campanhas favoritas dela, eu encontro.

— É interessante como algumas campanhas ficam na nossa cabeça. Como a da Mandalay Motorcars. Faz anos que eles usam a mesma frase. Ou o, uhm, jingle dos doces Guppies. — Tenho que falar outra coisa logo, porque honestamente não consigo lembrar do que Luis estava cantando. — E eu nunca vou esquecer a campanha de pré-vestibular do Prática Leva à Perfeição, que estava em todos os lugares no meu ensino fundamental. Eu era obcecada por ela.

— Meu Deus, aquela campanha! — exclama Lucinda meio envergonhada. — Sabia que foi a Conrad & Olsen que fez? — Faço uma cara de surpresa, e ela continua: — Foi uma das primeiras contas em que trabalhei quando comecei aqui, e, para ser sincera... sempre achei que foi meio simples. Vamos lá, *prática leva à perfeição*? Não é uma mensagem original que queriam passar. Mas deu certo.

— Talvez por conta dos atores. Eles pareciam bem descolados.

Até para mim isso parece forçado demais, mas Lucinda fica superfeliz e diz:

— *Exatamente*. Eu fui a responsável por escalar as meninas, e foi esse meu objetivo, fazer com que elas parecessem modelos a serem seguidos. Eram muito talentosas. Uma delas fez um anúncio nacional para a Toyota alguns meses depois.

— Eu tinha uma quedinha pelo garoto — solto a mentira. — Você sabe o nome dele? Eu adoraria saber em que ele está trabalhando agora.

Essa era uma informação que nem as habilidades de Maeve com as pesquisas conseguiu descobrir, ainda que ela tenha conseguido encontrar as duas garotas.

— Ah, *nisso* eu não tive nenhum envolvimento — admite Lucinda, revirando os olhos. — Ainda bem que aquele garoto tinha um sorriso fofo, porque não conseguia decorar as falas nem por um decreto. A gente teve que gravar umas cem vezes até ele conseguir dizer "perfeição" do jeito certo. Duvido que tenha conseguido outro papel.

— Por que ele foi contratado se era tão ruim?

— Ele era filho de um dos nossos diretores.

— Sério? — Endireito minha coluna na cadeira. — E o diretor era...?

— Alexander Alton — informa Lucinda, com uma expressão um pouco preocupada.

— Você não gosta dele?

— Claro que gostava — dispara. *No passado?* — Por quê? Fiz uma cara engraçada? Desculpa, fiquei me lembrando de algumas coisas. Eu amava o Alex; ele foi um excelente mentor. Só fico triste quando penso no que aconteceu com ele.

Meu coração dispara.

— Como assim?

— Ele morreu afogado há seis anos — explica Lucinda. Dou um suspiro de surpresa e ela continua: — Foi uma tragédia. Ele tinha três filhos: Chase, o ator, havia acabado de fazer vinte e um, e os gêmeos ainda estavam no ensino médio. Eles tinham começado as aulas de direção alguns meses antes, e Alex fazia piada de que andar de carro com seu filho mais novo era como ver a vida passando diante dos olhos. A gente nunca pensou... — Ela solta um longo suspiro. — De qualquer forma, a mãe deles se mudou logo depois, para algum lugar na região central do país. Mais perto da família dela, imagino.

— Nossa, isso *é triste* mesmo — digo, e minha cabeça começa a funcionar. Sabia que algum alto executivo da empresa tinha morrido. Vanessa disse isso ao Nate quando falou da reestruturação que levou à demissão da mãe de Jake, mas esse detalhe parecia mais importante agora que tinha relação direta com a campanha. — Morrer afogado é tão... — *Tão o quê? Suspeito?* — Não é muito comum de acontecer.

— Eu sei. Todos ficamos chocados. A empresa toda ficou de luto.

— Deve ter sido bem difícil, com o Sr. Alton sendo responsável por tudo. Ainda que você tenha dito que ele era *um dos* diretores, certo? — pergunto enquanto tento me lembrar do que Nate falou sobre a Sra. Riordan. — Então imagino que outra pessoa pudesse, uhm...

Perco o raciocínio, sem saber como terminar a frase, mas Lucinda a completa para mim.

— Em teoria, sim, mas não funcionou. A outra pessoa saiu logo depois. — Ela vira a cabeça de lado e os olhos brilham como no momento em que me viu, e tenho quase certeza de que sei o que ela está pensando. *Boa fofoca.* — Pode ser que você a conheça, já que mora em Bayview. Ou pelo menos de nome. Katherine Riordan, o filho dela é...

— Jake Riordan. A gente estudou na mesma escola antes de ele ser preso.

— Eu não *acredito* que ele conseguiu um novo julgamento. Que vergonha! Sempre gostei de Katherine, mas aquele garoto tinha que ficar preso para o resto da vida.

— Concordo — digo com veemência. Podia ficar horas falando mal de Jake, mas não foi para isso que vim, então faço uma expressão preocupada e pergunto: — Por que a mãe dele saiu da empresa?

— Bem, oficialmente foi porque ela queria passar mais tempo com Jake. E talvez fosse verdade. Deus sabe que aquele garoto precisava de supervisão. Mas a verdade é que Katherine não conseguia mais trabalhar. A morte de Alex a destruiu. Ela estava filmando no México quando ele morreu, e quando voltou, tirou quase um mês de licença, ainda que estivéssemos extremamente ocupados e desesperados por uma liderança. E quando ela voltou, bem... Já não era mais a mesma.

— Uau. — Eu não conhecia a mãe de Jake, a não ser por tê-la visto em alguns eventos da escola, mas parecia um tipo de simpatia extrema para um Riordan. — Ela era próxima do Sr. Alton?

Lucinda dá um sorrisinho antes de responder.

— Os boatos dizem que sim.

Fico boquiaberta com o que ela está sugerindo.

— *Sério?* — digo.

É uma reação exagerada. Lucinda pigarreia de um jeito corporativo, como se tivesse acabado de lembrar que está falando com uma menina quinze anos mais nova e que não deveria estar fofocando como se fôssemos colegas de escola.

— O importante é que Katherine precisava de algumas mudanças, e a empresa precisava de outros líderes. Alguém que levasse a agência para o século XXI, porque, sinceramente, com aquela besteira de *Prática Leva à Perfeição* parecia que estávamos presos nos anos 1990. A gente não tinha nem conta no Instagram há seis anos. Tipo, você falava *digital* para o pessoal do departamento criativo e eles só pensavam em um *outdoor*.

Ela olha para o relógio, como se estivesse prestes a me dizer que tem outro compromisso, então a interrompo para fazer minha próxima pergunta.

— Falando nisso, vocês descobriram quem hackeou o outdoor na Clarendon? — Uma expressão de irritação passa pelo rosto de Lucinda, como se ela não estivesse feliz com a lembrança de toda a publicidade negativa, e me apresso em dizer: — Fiquei tão assustada quando vi, como se o jogo de Verdade ou Consequência pudesse estar começando de novo.

— Ah, minha nossa, é óbvio — constata Lucinda. Ela torna sua expressão mais empática, mas sei que ainda está um pouco irritada. — Bem, não se preocupe com isso. A segurança do outdoor era bem antiga, mas agora já foi atualizada. Você não vai ver mais nada desse tipo. — Ela olha para o relógio de novo.

— Preciso me preparar para minha próxima reunião, mas foi ótimo falar com você, Phoebe. Espero que algumas coisas que falei tenham sido úteis.

— Com certeza — afirmo, fechando o aplicativo do meu celular onde estava discretamente anotando ideias enquanto Lucinda falava. *Chase Alton nepotismo/Alex Alton afogado/Caso com a mãe de Jake?* — Aprendi muito.

Jake
Seis anos atrás

— Tudo isso vai ser seu um dia, Jake — diz o Sr. Riordan, acenando para a piscina extremamente azul no quintal da família. — Se você quiser. Talvez prefira um apartamento no centro, claro. Alguns dos condomínios são incríveis.

— Não sei, pai — admite Jake, ajustando os óculos de sol. — Está tão longe...

— Não tão longe quanto você pensa. O tempo voa. Mês que vem você vai para o ensino médio, e depois de quatro anos já estará formado. Você precisa começar a pensar sobre a faculdade ideal, o emprego ideal, a namorada ideal... — Ele ri da cara de Jake. — Acredite em mim, garoto, você vai ter muito para escolher.

— Espero que sim.

— Você vai — repete o pai dele, esticando os braços para cima na cadeira de praia.

— Quais são as características da namorada ideal? — perguntou Jake. E ele se sente obrigado a adicionar: — Além de ser bonita, claro.

— Alguém que apoia você. Alguém que entende que você é o tipo de pessoa que vai longe e que vai te ajudar a chegar lá.

— Como a mamãe — diz Jake como se fosse um fato conhecido, mas como o pai não responde, ele se vira para encará-lo e continua: — Não é?

— Sua mãe é uma mulher incrível. E ela também é muito determinada. Não percebi isso quando nos conhecemos. — Como o Sr. Riordan está de óculos escuros, Jake não consegue ver sua expressão muito bem.

— E isso é uma coisa ruim?

— Claro que não. — Jake não conseguiu desvendar o tom de sua voz. — Se é o tipo de coisa que você quer. Alguns casais têm carreiras bem competitivas. Outros preferem se complementar. Eu conheço você melhor do que você mesmo, Jake, e acredito que seria mais feliz com um casamento do segundo tipo. Uma garota doce para apoiar você, alguém que saiba que seus sucessos são dela também.

— É — diz Jake. Parece bom. Mas as palavras do pai o deixaram desconfortável. Não é como se Jake não percebesse a tensão entre os pais durante este verão; ele não conseguiria deixar de ver, não importa o quanto tentasse. Mas nada de grave estava acontecendo, não é? Os Riordan da Avenida Wellington eram uma locomotiva em Bayview, e eles continuariam assim. Jake não queria começar o ensino médio como um garoto que vive com um molho de chaves na bolsa por ter várias casas, por melhor que sejam. — Você e a mamãe estão bem, né?

— Claro que estamos — garante o pai dele, jogando as pernas de lado e apoiando os pés no chão. — Na verdade, estamos tão bem que aposto que ela vai fazer aquela salada de frango que a gente gosta se pedirmos de uma forma muito, muito especial. Vamos lá, vamos entrar. O sol está ficando muito forte mesmo.

— Tudo bem — concorda Jake, escondendo suas preocupações. Se o pai dele está dizendo que não há com o que se preocupar, então ele não vai se preocupar.

— Na verdade, tenho falado com alguns técnicos do Colégio Bayview sobre organizar um jogo para os calouros antes de as aulas começarem — o pai anuncia enquanto contornam a piscina. — Temos bastante espaço e seria uma ótima oportunidade para você começar a andar com as companhias certas.

— Parece ótimo.

— Simon não pratica esportes, né?

— Tá brincando? O que ele ia jogar?

— Sei lá. Golfe, talvez? — responde o pai, e os dois riem.

— Você diz isso como se Simon fosse capaz de arremessar qualquer tipo de bola. Ele não consegue nem jogar pingue-pongue. Você devia ver ele com a raquete. — Jake faz um movimento com uma das mãos ao lado da cabeça como se estivesse brandindo um mata-moscas, e o pai dele ri mais uma vez.

— Então tenho certeza de que ele vai entender se não for convidado.

A porta de vidro costuma ficar fechada, mas Jake percebe que a deixou um pouco aberta da última vez que entrou para beber água. O vidro duplo normalmente evita que se escute qualquer coisa de dentro da casa, ou vice-versa, mas agora Jake consegue ouvir com nitidez a voz preocupada da mãe.

— Não é simples assim, Alex. Queria muito que fosse, mas não é.

Jake para, pronto para ficar ali, mas a mão do pai em seu ombro o faz continuar. Scott Riordan continua a andar como se não tivesse ouvido nada.

— Você não acha que eu quero isso também? Quero isso mais do que tudo, mas tenho que pensar no Jake, e...

E então o Sr. Riordan abre a porta de vez, e a mãe de Jake para de falar. Quando eles se aproximam, o celular já está desligado na mesa da sala de jantar, e ela está com uma réplica quase perfeita de seu sorriso de costume.

— Como estava a piscina? — pergunta ela.

— Ótima, mas um pouco quente demais. E ficamos com fome. Você acha que podemos pedir um daqueles seus sanduíches de salada de frango? — arrisca o Sr. Riordan.

— Claro! É pra já. Só preciso desfiar o frango — responde a mãe de Jake enquanto pega o celular e vai para a cozinha.

Além desse trecho da conversa que Jake e o pai ouviram, existia outro sinal de que alguma coisa não estava bem. *É pra já?* Não era assim que a mãe de Jake falava com o pai nos últimos dias. Era mais provável que ela dissesse algo como *Estou terminando uma coisinha aqui* ou *Pode me ajudar com isso?*

O terceiro sinal era o reflexo do rosto do pai no espelho da sala de jantar. Scott Riordan estava sorrindo, como sempre fazia quando conseguia o que queria. Mas os olhos dele brilhavam como se quisesse seguir a esposa até a cozinha, e Jake sabia o que aquela expressão significava, embora nunca tivesse visto nada parecido antes.

O pai dele estava absolutamente furioso.

CAPÍTULO 26

Nate
Sábado, 18 de julho

O apartamento da minha mãe é tão arrumado que parece uma loja de móveis. Bronwyn está aqui em casa, tomando café da manhã e conversando com minha mãe sobre Yale, mas eu sempre me distraio com as diferenças entre este apartamento e a nossa antiga casa.

— Por que você tem tanto limão? — pergunto ao olhar a tigela de cerâmica cheia de cítricos que enfeita o meio da mesa.

— Ah, eles são bonitos, não são? E são ótimos em bebidas — diz minha mãe, e eu devo fazer um olhar inquisidor, porque ela continua: — Como água com gás.

— Eu adoro limão — comenta Bronwyn, me dando um olhar que ordena o relaxamento.

Estou tentando. Mas não consigo evitar a sensação de que minha mãe nos convidou por algum motivo, e, de acordo com o histórico, os motivos dos meus pais nunca são os melhores.

— Mas então, o que você tem feito, mãe? — pergunto meio abruptamente. Nós dois temos trabalhado tanto que faz algumas semanas que não nos vemos pessoalmente.

— Estou tentando acompanhar o ritmo do escritório. Estamos tão ocupados. Sinto muito por ter perdido o funeral do Reggie. Me falaram que a cerimônia foi linda. — Minha mãe toma um gole do suco de laranja. Ela ainda está trabalhando na empresa de transcrições médicas, mas agora é gerente.

— É, acho que foi. O melhor que podia ser — digo.

Ontem, enquanto estava sentado num banco da igreja St. Anthony entre Bronwyn e Addy, não pude deixar de lembrar do enterro do Simon. Fui com meu oficial de condicional e a polícia me chamou num canto para fazer perguntas assim que tudo acabou. Na época eu não sabia, mas minha vida estava prestes a mudar. Muitas mudanças foram positivas, mas ainda assim... Ontem foi o terceiro velório de um aluno do Colégio Bayview a que compareci em menos de dois anos.

Ontem à noite, Crystal contou a todo mundo que, quando morreu, Reggie não estava usando o colar de couro que sempre usava, e os pais dele perguntaram sobre o colar. Acho que foi um presente da mãe dele, então reviramos a casa toda procurando. Não encontramos nada. Fiquei me sentindo um bosta depois disso, porque foi a primeira vez que pensei em Reggie como algo além de um pé no saco. Um cara que usava o colar que a mãe deu de presente, todo dia, podia ser alguém melhor se tivesse escapado de Bayview vivo.

Minha mãe parece estar pensando a mesma coisa, pois me dá um sorriso pesaroso.

— Às vezes me pergunto como seria nossa vida se eu tivesse levado você para Oregon anos atrás — reflete ela.

— Teria sido *péssima* — dispara Bronwyn. Eu e minha mãe a encaramos, e ela ruboriza. — Pra mim, eu digo.

Paro de pensar no Reggie e digo:

— Como assim? Você estaria levando uma vida de rainha, namorando algum figurão de Yale, e eu...

— Sofrendo pela sua paixão da quinta série — acrescenta Bronwyn com um sorriso.

Não importa quantas vezes eu a veja sorrir assim, eu ainda perco o ar por alguns segundos.

— Verdade — consigo dizer.

— Então foi melhor assim. — Minha mãe diz com confiança, mesmo tendo ficado com a pior parte.

— Você deve estar cansada de morar aqui, né? Com todos os... — Eu ia dizer *assassinos*, mas paro quando vejo Bronwyn balançar a cabeça. — Coxinhas — completo.

— É onde *você* está — responde minha mãe, como se isso fosse suficiente para encerrar o assunto. Além disso, ela não deve se importar com os coxinhas. Ela começou a fazer yoga com alguns colegas de escritório, e tem sido ótimo para ela. Parece mais saudável.

— É, mas... — *Mas agora eu sou adulto. Moro sozinho. Minha vida está ajeitada.* Não posso dizer nada disso, porque qualquer dessas frases vai parecer com *Eu não preciso mais de você.* E não é verdade, mesmo que eu não saiba como demonstrar. — Mas você sente falta dos seus amigos.

— A gente se fala o tempo todo. E eles vão estar sempre lá.

Mas e você? Penso.

Hábitos são difíceis de mudar, mesmo agora que meus pais estão estáveis. Minha mãe não merece que eu duvide dela. Está aqui há um ano e meio, trabalhando e tomando os remédios, praticando yoga, e acabou de preparar waffles para nós, pelo amor de Deus. Farinha integral, porque ela sabe que a Bronwyn gosta. Ela não é a mesma pessoa que era dez anos atrás ou mesmo um ano atrás, então talvez eu possa parar de esperar o pior. Mudo o rumo da conversa e pergunto:

— Você acha que vão demitir meu pai por conta das chaves? *Meu pai*, ainda posso me preocupar com ele.

— Acho que não. Ele foi descuidado, claro, mas se não fosse por ele, e por vocês dois, o Reggie podia demorar um tempo para ser encontrado. E mesmo que ele perca esse emprego, talvez não seja o pior dos mundos... — Ela me encara procurando algo, como se esperasse algum sinal. — Você tem falado com ele?

— Falei com ele ontem.

— Algum assunto em especial?

A pergunta acende meu sensor de problemas.

— O que ele está aprontando? — pergunto empurrando meu prato depois de comer o último pedaço de waffle.

— Ah, Nate, ele não está *aprontando* nada.

— Então por que...

O celular de Bronwyn toca e ela diz:

— O Cooper chegou. — Depois se vira para minha mãe e continua: — A gente pode ajudar a arrumar as coisas antes de ir embora?

— Não, não, podem ir. Aproveitem a praia — diz minha mãe enquanto nos manda sair. Ela parece esperançosa quando fala: — Vocês precisam descansar.

Já estamos saindo quando percebo que não terminei de perguntar o que queria.

*

Devia levar menos de quinze minutos para chegarmos à praia, mas com o Cooper dirigindo levamos o dobro do tempo.

— É um desperdício um motorista assim ter um carro destes — reclamo quando ele finalmente estaciona. Luis convenceu Cooper a comprar um Subaru WRX: um sedan bonito e esportivo que não custava uma fortuna. Provavelmente ele consegue andar bem mais rápido do que cinquenta quilômetros por hora, claro, mas a gente não sabe, porque Cooper é obcecado com limite de velocidade.

— Eu nunca tive um carro novo — declara Cooper enquanto ajeita os óculos de sol e pega um boné no porta-luvas.

— Será que a gente devia ter vindo com ele pra praia? Vamos estar cheios de areia quando voltarmos — observa Bronwyn, preocupada.

— Sem problemas, eu tenho um aspirador — avisa Cooper com delicadeza. Kris, que está descendo do lado do passageiro, abafa um risinho quando passa por mim em direção ao porta-malas. Ali ele pega uma canga, cadeiras e um guarda-sol e se parece tanto com um paizão que mesmo Bronwyn, a mais organizada, não consegue conter o riso.

— Não se esquece do isopor cheio de suco — implica ela.

— Está cheio de água, mas não vou esquecer — responde Kris, entregando tudo menos o guarda-sol para Cooper. — Você pode pegar, Nate?

Não reclamo e pego o isopor, porque este pode ser nosso último dia de praia por um tempo. Addy e Maeve vão para o

Peru no fim do mês. O campeonato de Cooper acaba no começo de agosto, e depois disso ele e Kris vão visitar a família na Alemanha. E já, já vai ser hora de Bronwyn voltar para Yale. É por isso que, mesmo sendo um momento bastante estranho em Bayview, resolvemos fazer de conta que somos um grupo normal de amigos que passam o sábado juntos.

Além disso, se a gente fosse esperar *não* ser um momento estranho em Bayview, ninguém sairia de casa.

— Maeve disse que eles estão à esquerda dos salva-vidas. Ela avisou que vamos ver o chapéu dela — informa Bronwyn, olhando o celular enquanto atravessamos o estacionamento. É um dia de verão perfeito, quente e ensolarado, o céu está azul e sem nuvens. O cheiro é uma mistura de sal, protetor solar e açúcar vindo da máquina de algodão doce.

— Tudo bem — respondo. Mas não olho para nada que não seja Bronwyn quando ela tira a camiseta e guarda na bolsa. Minha namorada de biquíni e shortinho talvez seja a coisa mais linda do planeta.

— O chapéu? — pergunta Cooper já na areia. — Tem muita gente aqui. Como vamos... Ah, tá. Ela sempre se supera, não é? — Sigo o olhar dele e vejo um chapéu de palha listrado do tamanho de um pequeno planeta.

— Você sabe o que Maeve acha de tomar sol — argumenta Bronwyn.

Ou da praia no geral. Quando chegamos perto, ela está sentada de pernas cruzadas em uma cadeira no meio de uma canga gigante, com uma camiseta de manga comprida, calças largas brancas e óculos de sol que cobrem a maior parte do seu rosto. Ela está segurando um laptop e vemos um pote enorme de protetor solar ao lado.

— Que bom! Finalmente um guarda-sol — diz ela quando chegamos.

— É, graças a Deus. Parece que seu pulso está tomando sol — digo ao deixar o isopor na ponta da canga dela.

— Sério? Qual deles? — dispara Maeve já pegando o protetor solar.

— Onde estão os outros? — pergunta Bronwyn, e ajeita uma canga ao lado da cadeira de Maeve. Vou para perto dela e a puxo para um abraço, começo a cheirar o espaço entre seu ombro e pescoço, e ela ri quando alcanço o lugar em que ela sente cócegas.

— Knox e Addy foram comprar sorvete. Luis e Phoebe estão nadando. Eu tentei dizer a eles que o mar está agitado hoje, mas aparentemente nenhum dos dois se importa com segurança — relata Maeve, olhando ressentida para o mar.

— E o que *você* está fazendo aqui neste dia lindo, Maeve? — questiona Kris ao terminar de ajeitar o guarda-sol e abrir uma cadeira.

— Pesquisando — declara Maeve ajustando a tela do computador para que não pegue tanto sol. — A morte de Alexander Alton foi *muito* suspeita. Acharam o carro dele estacionado em uma praia perto daqui, como se, do nada, ele tivesse decidido ir até lá nadar sem avisar ninguém. Foi sorte o corpo dele ter aparecido, mas demorou mais de um mês. Já não tinha muito o que examinar. E ele deixou o celular no escritório e... Quem faz isso? Talvez eu esteja enganada, mas é provável que alguém esteja despistando.

— O que a família dele disse? — pergunto.

— Na época? Nada. Ou pelo menos nada que eu conseguisse achar. Eles não deram entrevista. — Ela tecla algo. — Então eu obviamente fui procurar mais coisas sobre os Alton. Chase Alton foi fácil. Ele é o típico clichê: um aspirante a ator que trabalha como garçom em Los Angeles enquanto espera sua grande chance. Pelo menos foi o que contou para Tami Lee.

Bronwyn se apoia em um dos cotovelos e olha preocupada para Maeve.

— Achei que Tami Lee tinha saído de cena.

— Ela saiu do Toq. Agora ela está conversando com o Chase por mensagem no Instagram, contando como ela amava o comercial que ele fez — explica Maeve, e Kris pega uma garrafa de água.

— Tem certeza de que é uma boa ideia fazer isso? Se ele tiver alguma relação com o que está acontecendo, pode ser que ache estranho alguém se aproximar agora, não? — pergunta Cooper enquanto abre a tampa da garrafa de Kris e bebe um gole.

Maeve dá de ombros e responde:

— Não tinha outro jeito. Ele não atuou em mais nada, e eu precisava de alguma coisa pra começar a conversa. Ele estava animado no começo, mas passou a demorar pra responder quando comecei a perguntar o que ele ia fazer no fim de semana. Ou achou que a Tami Lee era muito atirada, ou não quer falar sobre isso. Achei o obituário da mãe deles também. Morreu em um acidente de carro no ano passado, nível alto de álcool no sangue.

— Ah, não! Ela estava... — começou Bronwyn.

— Dirigindo? Sim. Estão vendo o padrão, né? — sugere Maeve.

Bronwyn e eu trocamos olhares e digo:

— Não exatamente.

— É a mesma coisa que aconteceu com Jared Jackson. Quando o irmão dele foi preso, a família toda desmoronou. A saúde do pai piorou e a mãe sofreu overdose. Foi quando Jared ficou obcecado pelo Eli, ainda que não tenha sido *culpa* do Eli o fato de o irmão de Jared ser um criminoso. Mas foi por isso que o Jared conheceu a Emma, que estava obcecada pelo Brandon por conta da morte do pai. Mais uma família destruída em Bayview. E o que sempre acontece em Bayview? Vingança. — Maeve ajeita os óculos e encara o mar, onde Luis e Phoebe são apenas pontinhos nadando. — Não acho que seja coincidência que todas as pistas estejam apontando para mais uma família destruída. Ambos os pais morrerem em um ano é bem traumático. Ainda mais se a morte deles não tiver sido acidental.

— Espera, você está dizendo que esse tal de Chase está dando uma de Jared? — pergunta Cooper.

— Talvez. Seria bom se soubéssemos o que realmente aconteceu com Alexander Alton. Talvez a mulher que supostamente estava tendo um caso com ele saiba. — Maeve vira o rosto para o meu lado e apoia um dedo no queixo. — Puxa, se pelo menos um de nós tivesse acesso a um lugar que a Sra. Riordan vai sempre para beber, né...

— O quê? Nem pensar. Eu nem conheço a mulher direito. Não posso chegar perguntando de um suposto caso extraconjugal de anos atrás — respondo, nervoso.

— Ah, Nate, nem vem, você trabalha em um bar. Se até agora não descobriu como fazer as pessoas contarem seus segredos, está indo bem mal — retruca Maeve.

Cooper tira a camiseta e joga de lado antes de dizer:

— Além disso, agora você é um novo homem, Nate. Olha o que você fez pela Vanessa.

— Eu não fiz nada — respondo no automático. Mas... talvez eu tenha feito? O convite não saiu como eu tinha planejado, mas terminou melhor do que começou.

Kris se aproxima e diz, pensativo:

— Vanessa? Olha, é uma ideia interessante.

— Que ideia? — pergunta Cooper, confuso.

— Ela conhece a mãe do Jake, né? E a Vanessa tem uma coisa... Olha, não vou dizer que ela tem *charme*, mas tem um tipo meio agressivo de sociabilidade que pode ser útil. — Kris pega o pote de protetor solar de Maeve, abre e coloca um pouco na mão. — Ela quer fazer alguma coisa pra compensar ter sido idiota na escola, né? Talvez a gente possa começar com isso — diz ele enquanto passa o protetor em Cooper.

— Por que a Sra. Riordan contaria uma coisa tão íntima pra Vanessa? — pergunto.

— Isso é um problema pra Vanessa — rebate Kris, dando de ombros.

— Mas e os irmãos mais novos? São gêmeos, certo? Um menino e uma menina. O que eles fazem? — pergunta Cooper.

— Christopher e Chelsea Alton. Acho que são aquele tipo de família que escolhe uma letra e começa todos os nomes dos filhos com ela. Chelsea está estudando história em Oxford, e usa bastante as redes sociais — relata Maeve e entrega o laptop para Bronwyn, que se interessou quando ouviu *Oxford*. Bronwyn sonha em estudar um ano lá, e talvez isso me force a tirar um passaporte.

— Meu Deus, ela na Biblioteca Bodleiana. Sempre quis ir lá — murmura Bronwyn. Chego mais perto do ombro dela e olho a página do Instagram de uma menina de cabelos castanhos com fotos no jardim de um prédio gótico imponente.

— Já o Christopher é um mistério. Não tem nenhuma rede social. Não achei nenhuma notícia dele depois da formatura do ensino médio — continua Maeve.

— Isso parece suspeito — murmura Kris.

Luis vem correndo para perto de nós, completamente molhando e sacudindo os cabelos para longe dos olhos. Phoebe vem logo atrás.

— A rede de vôlei está livre. Addy e Knox ficaram lá guardando o lugar. Vamos jogar! — chama Luis, quase sem fôlego.

— Vamooooos! Como nos velhos tempos — anuncia Cooper, já se levantando em um salto, ainda que Kris estivesse fazendo massagem em seus ombros.

— Velhos tempos não sei pra quem — resmunga Bronwyn, mas ela já está prendendo o rabo de cavalo em um coque.

— Eu vou ficar no time da Bronwyn. Adoro quando você entra no modo ataque — declara Kris, fazendo um *high five* com Bronwyn.

— Eu também — disparo. Não sou muito de jogar vôlei, mas...

— Parece que vai ter muita areia envolvida — observa Maeve, em dúvida.

— Vamos, Maeve! Para de ficar pensando em crimes e vamos jogar vôlei! — insiste Cooper. Ele passa o braço pelos ombros de Luis, que junta as mãos implorando. Phoebe sorri, olha para Maeve com cara de *Você não vai conseguir resistir*.

Maeve suspira e diz:

— Tá bem, tá bem, mas preciso de cinco minutos. Vou passar mais uma camada de protetor solar.

— Não esperava nada menos do que isso — admite Luis com alegria.

— Só vou fechar o computador e... Espera! — diz Maeve, tirando os óculos de sol e encarando a tela. — Tami Lee recebeu uma mensagem de Chase Alton.

— De *quem*? — pergunta Luis, nervoso.

— O cara do comercial. Presta atenção — censura Cooper dando um soquinho no braço dele.

— A última coisa que eu disse pra ele foi *Se estiver sem nada pra fazer no fim de semana, venha pra San Diego* — informa Maeve. E os olhos dela estão arregalados quando continua: — Ele respondeu, *Talvez eu já esteja na cidade.*

CAPÍTULO 27

Addy
Sábado, 18 de julho

Na volta, trocamos de carro. Maeve e Bronwyn levam os respectivos namorados para um jantar em família, e Phoebe vai junto para aproveitar a carona. Ela diz que vai usar a oportunidade para conversar com Maeve sobre o que ouviu na Conrad & Olsen, mas eu acho que é porque de repente ela e Knox já não conseguem mais ficar perto um do outro.

— O que aconteceu entre você e a Phoebe? — pergunto quando entramos no carro do Cooper. Sinto o cheiro de carro novo, e me desculpo telepaticamente com Cooper pela areia que sai dos meus chinelos para os tapetes. — Vocês não conversaram o dia todo.

— Nada — murmura Knox, mas tem *alguma coisa* na voz dele. Ele se bronzeou um pouco durante este verão, e o cabelo castanho está com algumas mechas mais claras por conta do sol. Se ele fosse outro garoto, eu pensaria que estava começando a se achar. Mas é o Knox, então tenho quase certeza de que ele nem percebeu. — É um grupo grande, só isso. Não dá pra conversar com todo mundo sempre. — Enquanto Cooper dá a ré devagar, ele se remexe no banco. — Olha, estou pensando em uma coisa. Vocês acham que a gente deveria contar pro Eli tudo isso do *prática leva à perfeição*?

Ele está visivelmente tentando mudar de assunto, mas deixo passar, ainda mais porque não posso pensar nisso agora. Se minha irmã desconfiasse do que estou aprontando, ela teria um ataque. Não posso deixar isso chegar até Ashton, não agora que ela vale por dois.

— Não. Por que a gente faria isso? Não temos nenhuma pista boa — respondo.

— Talvez a gente tenha achado uma ligação entre a família de Jake e o que aconteceu com a Phoebe e o Reggie — sugeriu Knox.

— A ligação mais frágil do mundo. Imagina a gente falando isso pra polícia de Bayview? *Ah, oi, a gente acha que as palavras no braço da Phoebe e do Reggie têm a ver com um comercial que foi ao ar seis anos atrás. Foi uma campanha criada pela mãe do Jake e por um cara que morreu, que pode ter sido amante dela. Além disso, estamos mentindo pra atrair o filho dele.*

Knox esfrega o queixo e diz:

— É, a gente não precisa falar *desse* jeito. Além disso, Eli não é a polícia. Ele é bem mais receptivo.

— Você não vai querer fazer isso. Ele disse que demitiria você se algum de nós se envolvesse nessas coisas — adverte Cooper enquanto dirige extremamente devagar para entrar na rodovia.

— Eli não estava falando sério — rebate Knox, mas ele não parece ter certeza.

— Acho que primeiro a gente precisa da informação que a Vanessa vai conseguir. Senão, a gente vai simplesmente contar uma fofoca velha e bem perigosa — diz Kris.

— Você está presumindo que a Vanessa vai *conseguir* essa informação. O Nate não parece ter tanta certeza — afirma Cooper.

— Nate não reconhece o poder de uma boa fofoca — comenta Kris, dando de ombros.

Minha cabeça está a mil enquanto escuto a conversa. Comecei a namorar o Jake no primeiro mês do ensino médio, mas só conheci a família dele no Dia de Ação de Graças. Fiquei muito animada por ter sido convidada para jantar com os Riordan, principalmente porque minha mãe ainda estava casada com o segundo marido, Troy, e queria me arrastar para a casa dos pais dele. Os Riordan pareciam viver no paraíso: a decoração da casa era impecável, a comida estava arrumada de um jeito lindo, os pais de Jake eram charmosos e glamorosos. Era como se eu tivesse entrado em um filme. A noite pareceu mágica, e depois disso passei o maior tempo possível na casa de Jake. Não me lembro quando nem como fiquei sabendo que a Sra. Riordan tinha saído do emprego havia pouco tempo, mas me lembro de que pensei em como minha mãe invejaria aquilo. A Sra. Riordan tinha *tudo*: não só a casa perfeita, o marido perfeito e o filho perfeito, mas também uma agenda perfeitamente vazia.

Queria poder voltar no tempo, agora que sei quanta coisa tóxica se escondia atrás da *perfeição*, e examinar a família Riordan outra vez, mas com minha cabeça de agora.

Faz mais de uma semana que encontrei Jake na casa em Ramona. No começo fiquei aliviada por não receber nada dele nem dos advogados, porque ele estava certo: eu tinha ido contra a ordem judicial. Ele podia ter me denunciado e contado a história de um jeito que o livrasse da restrição. Mas como ele não fez isso, depois de uns dias comecei a sentir um novo medo me invadir. Só conseguia pensar no que Jake tinha dito antes de entrar: *Pode ir se acostumando a viver com medo, porque um dia desses eu vou atrás de você.*

Jake não vai contar nada a ninguém. Por que contaria? Eu lhe dei exatamente o que ele queria: confirmei que ainda tenho medo dele. Agora Jake só precisa esperar, e uma brecha na lei vai dar liberdade total a ele de novo.

— Você precisa virar à esquerda pra ir pra casa da Addy. — A voz de Kris me traz de volta ao presente.

— Eu sei — diz Cooper. Ele está perto da minha casa e anda bem devagar, mas para uma quadra antes.

— Você também *sabe* que esta não é a casa da Addy? — provoca Kris.

— Eu sei. Mas eu também sei que carro é aquele — afirma Cooper.

Olho para onde ele está olhando e prendo a respiração. No fim da rua, depois da minha casa, o mesmo conversível vermelho que estava esperando perto do escritório de Eli, e depois na frente da casa de Nate. Aquele que definitivamente não é de Phil, vizinho de Nate. É a terceira vez, e agora na minha casa.

Um dia desses eu vou atrás de você.

Cooper se aproxima do carro e meu estômago revira de ansiedade.

— Vamos chegar um pouco mais perto, tentar dar uma olhada em quem está dirigindo — declara ele.

— Quem quer que seja tem insulfilme nas janelas. Nate estava perto do carro aquele dia e não conseguiu ver nada — digo tentando manter minha voz calma.

Knox se inclina para a frente e diz:

— Talvez seja Chase Alton. Talvez não fosse brincadeira quando ele disse a Maeve que já estava aqui. Ele pode ter ficado aqui esse tempo todo.

Ou talvez seja o Jake, penso, mas não consigo dizer em voz alta.

Quando Cooper está quase ao lado do carro, o motorista sai dirigindo, para longe da minha casa.

— Segue ele — dispara Knox.

— O quê? Sério? A gente não sabe... — diz Cooper, confuso.

— Segue ele — repete Knox.

E é isso que Cooper faz, hesitando no começo, até que o carro vermelho ganhe velocidade e saia da minha rua para uma mais movimentada. Cooper também acelera, costurando entre os carros no trânsito, até que consegue se aproximar.

— Como deixam alguém dirigir com a placa tão coberta de lama que não é possível ver nada? A polícia nunca parou esse carro? — murmura ele quando o carro vermelho troca de faixa.

— Ah, você sabe, a polícia de Bayview não se preocupa com esse tipo de coisas. Estão ocupados não resolvendo assassinatos — reclama Knox.

— Quem quer que seja, está indo muito mais rápido do que o normal por aqui. Você acha que a pessoa percebeu que está sendo seguida? — pergunta Kris.

— Acho que ele pode ter visto a gente se aproximando devagar lá na casa da Addy, mas agora estamos longe e talvez ele não esteja vendo — responde Cooper. Estamos perto de um sinal que muda do verde para o amarelo, e a caminhonete a nossa frente pisa no freio, mas o carro vermelho passa direto.

— Vai! — insiste Knox batendo no assento de Cooper.

— Tem um carro na minha frente! — exclama Cooper, parando.

O sinal acende a luz vermelha, e Knox solta um grunhido raivoso.

— Pronto, acabou. Perdemos o carro — murmura ele se encolhendo no banco. A traseira do carro vermelho fica visível por mais um segundo e depois vira em uma das avenidas.

— Talvez não. Este sinal fica fechado muito tempo, e como Luis repete toda hora, meu carro vai de zero a cem muito rápido, em cinco ponto três segundos — informa Cooper.

— Este carro faz *isso*? — pergunta Kris assim que o sinal abre. Cooper deixa a caminhonete da frente andar um pouco e depois *ultrapassa*, cortando a caminhonete rápido para entrar na avenida. — Ah, beleza. Vamos lá — murmura Kris, igualmente impressionado e surpreso.

O Cooper que veio dirigindo devagarinho da praia até minha casa não existe mais, foi substituído por uma pessoa que ama o acelerador. Em segundos, estamos vendo o carro vermelho novamente, e Cooper desacelera um pouco. Ele deixa alguns carros entre eles até que chegamos a um cruzamento, e se aproxima e passa pelo sinal amarelo junto com o carro vermelho.

— Vocês precisam se abaixar. Não deixem que ele veja vocês — ordena Knox.

— Qual é o plano? A gente não vai tentar falar com essa pessoa, né? Parece uma péssima ideia — digo com o coração disparado. Cooper tinha razão quando viu o carro perto do escritório de Eli. Jake nunca dirigiria uma coisa assim. A não ser que tenha pensado nisso para nos enganar. Será que estamos *mesmo* seguindo o Jake? Não posso fazer isso duas vezes no mesmo mês ou, pelo menos, não posso ser pega de novo.

— Vamos pelo menos ver aonde a pessoa está indo — diz Cooper.

Estamos nos aproximando de um cruzamento grande, e o carro vermelho de repente passa duas faixas à direita para virar em uma das transversais. Buzinas soam enquanto Cooper tenta seguir e diz:

— Droga!

— Acho que agora ele viu a gente. Sabe, Cooper, tenho que ser sincero, essa sua faceta de piloto é bem sexy, mas o motorista daquele carro não quer mesmo ser visto — afirma Kris, se segurando no apoio de braço central enquanto Cooper faz uma curva fechada.

— E é por isso mesmo que a gente precisa saber quem é — argumenta Cooper.

Agora estamos na rua do lado, casas passam pelas janelas enquanto Cooper continua a seguir o carro vermelho. Ele vira mais uma vez e Cooper o acompanha, o carro novo se saindo muito bem.

— Ele passou direto pela placa de PARE, babaca — prageja Cooper quando o carro vermelho passa direto por um cruzamento. Cooper vai atrás.

— Cooper, vai mais devagar, estamos em uma área residencial. E a gente não tem ideia de quão desesperada essa pessoa está. Ela pode ter uma arma ou... — Kris para de falar assim que um prédio aparece no nosso campo de visão, o carro vermelho entra à toda no estacionamento.

— Ou a pessoa pode estar indo para a delegacia — completa Knox.

— Mas que porra é essa? Por favor, me digam que eu não passei direto em uma placa de PARE enquanto perseguia um carro da polícia. Como vou explicar isso ao meu treinador? — diz Cooper enquanto estaciona perto de duas viaturas.

O carro vermelho não se preocupa em achar uma vaga, ele para de qualquer jeito e deixa o motor ligado. A porta do motorista se abre e eu respiro fundo, tentando me manter centrada para ver quem vai sair. Não pode ser o Jake, certo? Talvez seja Chase Alton ou um policial que vai prender Cooper pelo jeito que ele dirigiu, ou...

— Quem é esse *cara*? — pergunta Knox, confuso.

Um homem baixo e magro, na casa dos trinta anos, com cabelos pretos ralos, sai do carro sem fechar a porta, disparando na direção do carro de Cooper. Quando meu amigo abre a porta e tenta sair, o homem corre em direção à porta, como se não quisesse que Cooper saísse, mas também não quisesse tocar nele.

— Não chegue perto ou eu vou denunciar você! — grita o homem.

Cooper consegue sair do carro mesmo assim e vai para a calçada.

— Me denunciar pelo quê?

— Perseguição! Ou você acha que é a primeira pessoa que tenta me empurrar pra fora da estrada? Pode acreditar que não é, e você... — O homem para de falar e parece tentar se encolher. Ele coloca as mãos no bolso. — Você... Você é o jogador de beisebol, não é?

— Bem, eu sou um dos jogadores. E como pode ser que eu esteja perseguindo você quando é você que está seguindo meus amigos? — indaga Cooper.

Não sei quem é esse magrelo, mas ele não parece perigoso, então tiro o cinto de segurança e saio para ficar ao lado de Cooper. O homem fica tenso quando me vê, os olhos arregalados.

— Ahhhhh! — exclama o desconhecido. Ele olha para trás, na direção da delegacia, e depois para o próprio carro, ainda ligado, como se estivesse tentando escolher para onde ir. — Tudo bem, isso... isso foi um engano. — Ele olha de novo para Cooper e diz em um tom quase acusatório: — Você está com um carro novo.

— Como você sabe disso? E por que você está olhando pra ela assim? Quem é você? — pergunta Cooper, com a voz já alterada.

O homem demora para responder e continua me encarando, sinto um arrepio.

— Eu...

O homem olha para trás de novo. Algumas pessoas sem uniforme saem da delegacia, conversando animadas enquanto caminham até o estacionamento. Kris e Knox saem do carro e ficam do nosso lado, de braços cruzados. É a primeira vez que vejo Knox parecer chegar perto de ser intimidador.

— Quem é você? — pergunto.

O homem engole em seco e eu consigo ver o pescoço dele se mover mesmo estando longe.

— Meu nome é Marshall Whitfield — revela.

Demoro alguns segundos para lembrar do nome. *Meu Deus, é o Jurado X*, e Cooper já está indo em direção a ele.

— Seu filho da puta — xinga Cooper. Kris e Knox seguram os braços de Cooper e usam toda a força possível para mantê-lo longe. Nunca vi Cooper tão furioso. Apesar de ser forte, ele sempre foi a pessoa mais gentil que já vi. Mas agora ele parece mais do que pronto a mudar de vida. — É por sua causa que o Jake está fora da cadeia, e você ainda tem coragem de vir na casa da Addy e assustar minha amiga? Qual é o seu problema?

— Não é isso! — dispara Marshall. Ele começa a se afastar, como se não confiasse em Kris e Knox para segurar Cooper. Eu confio, percebendo, pela forma como respira, que Cooper já está se acalmando. — Acredite se quiser, mas eu estava tentando ajudar. É que... Olha, eu perdi meu emprego e minha namorada e meu apartamento por causa do que aconteceu...

— Que bom — interrompe Kris.

— ... e praticamente ninguém fala comigo, a não ser meu primo, então eu estou dormindo no sofá da casa dele, sem nada pra fazer. Foi aí que pensei que, bem, já que é por minha causa que o Riordan está solto, talvez eu pudesse ficar de olho nas pessoas que ele odeia, pra me certificar de que ele não vai tentar nada...

— Você está falando sério? — interrompo, e raiva se infiltra no meu sangue. Não acredito que esse cara está na minha frente, o cara que conseguiu dar um novo julgamento ao Jake, me dizendo que está me *ajudando*. — E se ele tentar? O que você vai fazer?

— Eu... Bem... Eu não vou deixar — gagueja ele.

— Bobagem. Você não conseguiu lidar nem com uma breve perseguição. Fala a verdade, por que está aqui? — indaga Knox, soltando o braço de Cooper.

— Eu já disse. Pra ajudar — insiste Marshall, e seu rosto branco fica vermelho quando ele continua: — Se eu fizesse isso, sabe, talvez... talvez as coisas ficassem quites..

Kris olha com raiva e diz:

— Como assim quites?

Marshall vira as mãos para cima e aponta em minha direção, suplicando.

— Olha, eu sei que estraguei sua vida, mas estraguei a minha também. Minha família quase não fala mais comigo. Ninguém vai me contratar. Achei que vocês estavam me seguindo por terem me reconhecido, já aconteceu antes. Eu recebo ameaças de morte o tempo todo. Então achei, sabe, que se eu ajudasse, talvez vocês pudessem me ajudar também.

— Ajudar você? Como? — pergunto com a voz monótona.

— Vocês podem postar alguma coisa simples nas redes sociais pedindo às pessoas que me deixem em paz. Elas escutariam. — A voz dele se torna uma súplica.

Cooper respira tão fundo que percebo o tanto que ele quer responder por mim, mas ele consegue se controlar. Knox solta uma risada, incrédulo. Kris permanece em silêncio absoluto.

Poderia dizer muitas coisas para Marshall Whitfield hoje, além de todas as coisas que já quis dizer nos últimos meses. Mas nada vai fazer diferença, então digo a única coisa que importa:

— Não.

— Você pode pelo menos pensar no assunto? Sei que não fiz nada para ajudar você com o seu ex, mas posso ajudar de outros jeitos. — A expressão dele muda. — Tem muita coisa rolando no seu grupo de amigos, não é? Eu vi umas coisas.

Vi umas coisas. Que manipulador de merda.

— Marshall, escuta aqui, se você chegar perto de mim ou dos meus amigos de novo, eu vou mesmo postar uma coisa nas minhas redes sociais. Vou falar pra todo mundo que você está me perseguindo — digo com o cuidado de falar cada palavra pausadamente.

Marshall arregala os olhos, surpreso.

— O quê? Você não pode fazer isso!

— Por que não? É verdade. Ou talvez eu possa falar isso pra polícia agora mesmo.

A porta da delegacia se abre e um policial de uniforme sai. Marshall Whitfield não espera, ele corre para o carro e entra, fechando a porta rapidamente. O policial nem olha e vem direto em nossa direção e, enquanto ele se aproxima, reconheço que é o detetive Mendoza. Ele interrogou cada um de nós pelo menos uma vez, então definitivamente reconhece os garotos, mas ele nem disfarça que toda sua atenção está voltada para mim, assim como a de Marshall Whitfield estava.

— Addy, acho que você ficou sabendo — começa ele.

— Sabendo do quê? — pergunto enquanto Marshall sai do estacionamento.

Ele para, sobrancelhas franzidas.

— Ah, eu... Então... Seu advogado não ligou?

Meu *advogado*? Meu coração dispara e eu pergunto:

— Por quê?

Detetive Mendoza me olha com atenção, uma expressão tão estranha em seu rosto que demoro um tempo para entender que ele parece *preocupado*.

— Tudo bem, não imaginei que fôssemos conversar assim, mas... Olha, por que vocês não entram? — Ele dá uma olhada em Cooper, Kris e Knox. — Vamos mesmo precisar falar com todos vocês, porque Jake Riordan desapareceu.

CAPÍTULO 28

Phoebe
Sábado, 18 de julho

Jake Riordan desapareceu.
— Ele desapareceu fugido ou desapareceu como... o Reggie? — pergunta Luis.
Estamos no deque em cima do Café Contigo mais uma vez, numa reunião emergencial do Clube dos Assassinos, e os pais de Luis nos deram exclusividade. Dessa vez não estou sentada ao lado de Knox, mas mesmo do outro lado da mesa consigo sentir que o seu medo de altura foi suplantado pela notícia que recebemos. Ele parece tenso, mas não assustado. Ao contrário de Addy, que está *aterrorizada*.
— Parece que fugiu — responde ela, mexendo sem parar no brinco. — A tornozeleira eletrônica estava no jardim. De algum jeito ela foi cortada.
— Dark web. Era isso — deduz Maeve.
— Mas não faz sentido. Jake tinha grandes chances de ser absolvido. Agora, tirar a tornozeleira... é um crime grave, não é? — questiona Bronwyn olhando para Nate, que dá de ombros.

— Você é quem deveria saber, é a expert em leis — diz Nate.

— Eu acho que é. E mesmo que não seja, pegaria muito mal com o júri. — Bronwyn se vira para Addy: — O que o detetive Mendoza falou?

— Não é como se ele quisesse compartilhar o que pensa com a gente. Só perguntou se Jake tinha entrado em contato, e disse pra gente ficar *de olhos abertos*. Valeu pela dica. — Addy revira os olhos.

— Vocês falaram pra ele o que aconteceu na casa em Ramona? — pergunta Nate.

— Meu Deus, claro que não! Eu não estava *tentando* me tornar suspeita de alguma coisa. — Ela está com um olhar vidrado, e a voz de Addy é quase um suspiro quando ela diz: — Gente, Jake está por aí. Ele está *em algum lugar*.

Ela parece tão assustada que eu não consigo evitar e digo:

— Talvez não. Talvez ele seja a parte do "perfeição" e alguém tenha amarrado ele. — Faço aspas com os dedos no ar antes de passar a mão pelo meu antebraço, tentando imaginar uma pessoa tão intimidadora quanto Jake Riordan tendo o mesmo tratamento que eu tive.

Bronwyn passa o braço pelos ombros de Addy em uma tentativa de confortá-la e Maeve diz:

— Ou a gente estava enganado. Talvez estejamos seguindo uma pista falsa, já que definitivamente estávamos errados sobre uma coisa: Chase Alton não tem nada a ver com isso.

Como sempre, Maeve está mexendo no computador enquanto as pessoas falam. Passo a mão no meu braço com mais força, tentando fazer com que as letras-fantasma desapareçam de vez. Às vezes acho que elas vão ficar aqui para o resto da minha vida.

— Como você sabe?

— Ele não está mais em Los Angeles, está em Nova York. Parece que estava mantendo segredo sobre a nova peça, mas começou a postar agora. Uma peça off-off-off Broadway, mas teve algumas resenhas. Porém Chase não compartilhou nenhuma dessas críticas, porque os autores não foram exatamente gentis com ele. — Maeve deixa a voz mais grave e lê: — *Novato Chase Alton estava tão rígido que os espectadores poderiam confundi-lo com um pedaço de madeira.*

— Essa doeu — diz Bronwyn.

— Achei que ele estivesse em San Diego — comenta Nate

— Não é? — Maeve arregala os olhos fingindo surpresa. — Acredita que eu estava fazendo *catfishing* e o cara *mentiu* pra mim? Que audácia. Ainda que tecnicamente, eu acho, ele não tenha mentido. Ele disse *talvez*. Ele estava enganando a Tami Lee pra ela pensar que ele estava geograficamente disponível. Aquela garota tem um péssimo gosto pra homens. — Ela continua a digitar.

— E isso leva a gente aonde? — pergunta Addy antes de responder à própria questão. — A lugar nenhum. Temos um total de zero pistas. Só ficamos rodando em círculos e gastando energia. — Ela se encolhe na cadeira, parecendo ainda mais triste do que antes.

— Ainda temos Christopher Alton. O irmão mais novo. Gêmeo de Chelsea. Ela e Chase postam tudo nas redes sociais, mas ele? Não consigo achar nada sobre ele. Alguém consegue pensar em um cara misterioso de vinte e poucos anos que tenha aparecido recentemente em Bayview? — indaga Maeve.

— Nossa, seria muito conveniente. Mas e a Sra. Riordan? Alguma novidade sobre ela? — pergunta Cooper se ajeitando na cadeira.

— Bem, eu fiz o que vocês pediram antes dessa confusão toda: convenci a Vanessa e... Vai saber. Talvez ela consiga alguma coisa — diz Nate, dando de ombros.

— Pode pedir pra ela parar. Não adianta nada — diz Addy.

— Adianta, sim. A gente sabe que ter informação é importante, aprendemos do pior jeito possível com Jared. Preciso ir ao banheiro. Alguém quer alguma coisa lá de baixo? — pergunta Knox.

Escutamos um coro de "nãos" desanimados, já que todo mundo perdeu a fome.

Knox abre a porta para a escada e, depois que ele sai, uma onda de solidão me invade tão profundamente que meu peito dói. Mesmo que eu esteja cercada de amigos que têm preocupações semelhantes às minhas, ainda parece que uma parede invisível me separa deles.

— Acho que eu preciso ir embora. Deixei a Emma sozinha — aviso.

— Ela quer vir pra cá? — pergunta Cooper.

Não consigo olhar nos olhos dele. Ele tem sido tão legal comigo, e tudo que fiz como retribuição foi parar de visitar a avó dele porque tenho medo de deixar alguma coisa escapar.

— Não, ela ainda está cansada da viagem — explico.

É mentira. Eu convidei Emma, mas ela insistiu que queria ficar em casa, ainda que minha mãe estivesse trabalhando em um casamento, e Owen, na casa de um amigo. "Eu ficaria totalmente deslocada", foi o que disse. Eu vim sozinha porque queria mostrar que estava aqui caso Addy precisasse, mas ela não vai sentir minha falta agora. Está cercada de pessoas que a amam. Emma está sozinha.

— Manda um oi pra ela — diz Maeve.

— Pode deixar. Vão me avisando de tudo, tá? — peço.

Quando chego lá embaixo, Evie me chama no caixa.

— Oi, o Sr. Santos queria mandar uma rodada de nachos lá pro deque — informa ela enquanto me aproximo. O rosto vermelho e mechas de cabelo escapando de sua trança normalmente apertada. — Eles acabaram de ficar prontos. Você se importaria de levar lá pra cima quando voltar? Ahmed e eu estamos na correria aqui e as pessoas estão começando a reclamar.

— Estou indo embora — respondo sem emoção. Meus olhos passam dela para o relógio na parede, minha mente a quilômetros daqui.

— Ah. Tudo bem. — Evie franze a testa ao bater na máquina registradora, um tapa mais forte do lado. Às vezes é preciso fazer isso para ela abrir. — Não se preocupe em me fazer um favor, claro. Não é como se eu já tivesse feito alguma coisa pra você.

Fico sem reação e, então, assustada ao ver algo diferente de sua calma usual.

— Eu... O quê?

Evie para de bater na caixa registradora e coloca as mãos na cintura, olhando para o salão lotado. Agora que ela apontou... É, várias pessoas estão esticando o pescoço tentando chamar a atenção dela.

— Na maioria das vezes eu faço o trabalho de nós duas. Vai cair a sua mão se levar um prato de nachos pro deque? — indaga ela.

Meu rosto fica quente de vergonha. Ela tem razão, claro que ela tem razão. Eu contei com ela o verão todo, tão absorta nos meus problemas que nem agradeci.

— Desculpa, eu estava distraída. Claro que posso ajudar — digo.

Ahmed sai da cozinha, uma porção grande de nachos na bandeja.

— Pro deque — avisa ele a Evie.

Ela bufa baixinho e não me olha.

— Ahmed salvando o dia, mais uma vez.

Meu rosto está pegando fogo. O problema de estar sempre no modo crise é que você se esquece de que as outras pessoas também podem estar passando por problemas. Ou talvez só eu faça isso. Addy teve um verão pior que o meu, mas conseguiu trabalhar. Eu devia ter dividido minhas gorjetas com Evie e Ahmed, porque eu com certeza não as mereci.

— Sinto muito, Evie. Fico te devendo uma. Várias. Prometo que vou melhorar — afirmo enquanto Evie continua na caixa registradora.

A gaveta finalmente se abre, e Evie pega algumas notas antes de a fechar de novo.

— Tudo bem, Phoebe. Só pense nas outras pessoas de vez em quando, tá? — sugere ela, e o sorriso luminoso e ensaiado volta ao rosto dela quando vai atender uma das mesas do salão.

Queria poder me defender. Parece que, nos últimos tempos, *tudo* o que faço é pensar em outras pessoas. Mas a verdade é que nenhuma das pessoas em que penso é ela. E na maior parte do tempo penso em como estou mentindo para as pessoas.

Knox sai do corredor do banheiro nessa hora, e controlo a vontade de fugir. Não conversamos sozinhos desde que escalei até o quarto dele, e isso tem me feito muito mal. E é provável que eu não seja a única que se sente assim.

Pense nas outras pessoas de vez em quando.

— Oi — digo.

— Oi — responde Knox com cuidado.

E agora? Tem tantas coisas que queria dizer a ele que minha cabeça fica confusa, a única coisa que consigo dizer é:

— Eu... queria me despedir.

Argh. É melhor do que sair correndo, mas não é bom.

— Você está indo embora?

— Estou, vou ficar com a Emma.

— Ah, claro.

E ficamos em silêncio, como dois conhecidos que não têm nada em comum.

— Odeio isso — falo de repente, esfregando minhas mãos.

— Eu também — admite Knox, e me pergunto se odiamos as mesmas coisas. Existem tantas para serem escolhidas...

Antes que eu consiga perguntar o que ele odeia, meu celular toca. O som de passarinho é exclusivo para mensagens de Emma; antes de ela voltar para Bayview era tão difícil receber alguma coisa da minha irmã que não queria perder nada.

Mesmo se não fosse o toque, seria difícil ignorar esta mensagem:

VENHA PRA CASA AGORA!!

Mal acabei de colocar as chaves na fechadura e Emma surge abrindo a porta e me puxando para dentro de casa.

— O que deu em você hoje? — disparo enquanto tropeço para entrar.

— Você demorou demais — reclama Emma, fechando a porta.

— Foram dez minutos, que é exatamente o tempo que leva para chegar até aqui. Pode acreditar que eu sei. Se eu atrasar um pouquinho nossa mãe já fica desesperada e me liga. — Deixo as chaves na ilha da cozinha e coloco as mãos na cintura para encarar minha irmã, procurando alguma pista na expressão dela. — O que é tão urgente? Você está brava comigo por alguma coisa?

— Com você? Não.

— Então com quem? — Meu coração dispara.

Emma morde o lábio antes de responder.

— É que... Eu... Como estava sozinha hoje, achei que valia a pena dar uma olhada nas coisas do Owen. Sabe, ver se ele não está falando com alguém que não deveria. Tentei checar o computador dele, mas não tem nenhum histórico de navegação...

Levantei a mão para interromper.

— Eu podia ter te falado isso. Se você tivesse tido o trabalho de perguntar — provoco. É uma coisa mínima de irmã preocupada, olhar o histórico, mas Owen sempre apaga.

Fico esperando Emma entrar na defensiva, mas ela diz:

— Eu sei, desculpa.

Ah, não. Emma culpada *não é* boa coisa.

— E aí? — pergunto.

— Então fui olhar o quarto dele. Ele não levou a mochila hoje...

— Sério? — interrompo, surpresa. Ele vive com aquilo grudado nas costas.

— É. A mãe do Ben chegou mais cedo, então tudo estava meio bagunçado. Enfim... — Emma vai para o outro lado da ilha, se abaixa e pega a mochila surrada. Ela a coloca na mesa. — Olhei tudo. Estava quase terminando, me sentindo uma idiota porque não tinha nada de mais, só que... achei *isto* enfiado em um dos bolsos.

Não quero saber. Tenho certeza de que não quero saber o que minha irmã achou na mochila do meu irmão. Mas ainda assim ela mostra.

— Phoebe, isto é... Quer dizer, isto *era* do Reggie Crawley?

Meu coração dispara até a garganta quando olho o colar. De couro, três pedrinhas prateadas que brilhavam fraco da última vez que vi Reggie no quarto dele.

— É. Era — respondo ao pegar o colar.

CAPÍTULO 29

Nate
Domingo, 19 de julho

— Todos concordam? — pergunta Sana.

Eu e meus colegas de quarto levantamos as mãos o mínimo possível. Parecemos o grupo de voluntários mais relutante e deprimido da história. Até Stan, que está sentado no tampo da mesa como um boneco de pelúcia, quase não pisca.

— Beleza, ninguém vai discordar, o pedido para segurarmos o quarto de Reggie até setembro foi aceito. Lembrem-se de que todos precisam pagar mais cento e cinquenta dólares em agosto — afirma Sana, e depois bate na mesinha.

— A gente sabe — diz Jiahao.

Ninguém está amando a ideia, mas a outra opção — ter um monte de fanáticos por assassinatos e serial killers andando pela casa sem alugar nada de fato — é dez vezes pior.

Jake Riordan ainda está desaparecido, e a cidade toda só fala nisso — onde ele pode estar e se teve algo a ver com o que aconteceu com Reggie. As opiniões estão divididas entre aqueles que acham que Jake fugiu e aqueles que acham que alguma coisa aconteceu com ele. Mas, de qualquer forma, todo mundo está caçando o cara. Porém, até agora, nenhum sinal dele. O Sr. Riordan apareceu ontem no jornal local dizendo aos jornalistas que Jake estava esperançoso com o novo julgamento e que nunca tentaria fugir.

— Além disso, os pais do Reggie vão vir pegar as coisas dele amanhã, então preparem-se. Pode levar um tempo — alerta Sana, triste, ao se levantar.

— Alguma novidade sobre o colar? — pergunto, esticando a mão para que Stan possa subir em meu braço. Ele começa a se aproximar, mas desiste depois de dois passos. Quanto mais velho fica, menos ele quer se mexer, a não ser que você ofereça comida.

Sana balança a cabeça e levanta a barra da saia ao entrar no corredor.

— Ainda não, mas uma hora aparece — responde.

Sana, Crystal, Jiahao e Deacon saem, então sou o único na sala para atender a porta quando a campainha toca. Preparo-me para a possibilidade de encontrar os pais de Reggie mais cedo do que o esperado, mas quando abro a porta, vejo meu pai.

— Ei! Não sabia que você vinha hoje — digo enquanto abro espaço para ele entrar.

— É, desculpa, eu teria ligado, mas... Você está sozinho em casa? — pergunta ao se distrair olhando o corredor vazio.

— Não, o pessoal está por aí — respondo e faço um aceno rápido indicando o restante da casa.

— Podemos conversar em particular em algum lugar? Talvez no seu quarto?

Ah, pronto. Lá vamos nós. Não sei o que aconteceu, mas eu sabia que estávamos passando pelo período bom antes de algo ruim acontecer.

— Claro. Só vou pegar o Stan — digo, já preocupado. *Está tudo bem*, penso enquanto pego Stan da ponta da mesa e subo as escadas com meu pai. *O que quer que seja, não vou ficar pior do que fiquei há dois anos.*

Mas e se eu ficar? Meu pai está usando roupas largas de novo, já que todas as roupas dele ficam assim depois de ter perdido tanto peso. E se ele estiver doente? Maeve já me mostrou fotos dela criança, com leucemia, e eu quase não consegui reconhecer. Não era só porque estava careca, mas é que ela estava tão magra e frágil que parecia que o vento poderia quebrar seu corpo. Seria a pior coisa do mundo se meu pai finalmente tivesse largado a bebida só para ficar doente com algo pior.

— Então este é o seu quarto. Parece bom — comenta, olhando em volta.

Acho que poderia ter mostrado o lugar a ele antes, mas nunca pensei que ele pudesse querer ver. É um lugar pequeno e escuro, com móveis usados e pôsteres de filmes de terror. As únicas coisas alegres são os presentes de Bronwyn, como a luminária antiga com um vidro verde que ela trouxe da primeira vez que veio me visitar no verão.

— É legal. O que aconteceu? — pergunto quando deixo Stan no terrário e vou para a ponta da cama para que meu pai possa se sentar na cadeira.

Ele se senta com cuidado, como se tivesse medo de quebrar.

— Bem, não sei como falar isso pra você...

— Só fala de uma vez.

Não quero parecer babaca, mas é o que acaba acontecendo. Dez anos de frustração e decepção acabam saindo em uma frase. Foi quase como dizer, *O que você fez dessa vez?*

Meu pai ruboriza e abaixa a cabeça antes de murmurar:

— Você sempre espera o pior.

E a culpa é minha? quase digo, mas consigo me controlar. Não posso descontar a raiva em um cara que está prestes a me contar alguma coisa ruim.

— Desculpa — digo.

— Não, eu que peço desculpas. Não era assim que queria começar essa conversa. É que... Lembra do meu tio Pete? De Tacoma? — Ele engole em seco, e eu queria que ele falasse tudo de uma vez. A ansiedade é a pior parte.

— Hã? Não lembro. — Estou confuso. Não esperava por isso. Meus avós paternos já morreram, e o restante da família dele não fala mais conosco há anos.

— É, ele entrou em contato quando saí da clínica de reabilitação. — Meu pai puxa e solta o elástico no braço. — Sabe, Pete também teve problemas com vício, então ele tem me ajudado nos últimos meses.

Diferente de mim, provavelmente.

— Isso é bom. Fico feliz que você possa contar com alguém — digo.

— É, não posso mais. Pete faleceu há algumas semanas.

— Meu Deus! Pai! Por que você não me falou? — Sei que não conversamos muito e que eu nunca conheci esse tio-avô, mas...

— Eu queria falar, mas é uma situação complicada porque ele acabou me deixando uma terrinha. Sua mãe está me ajudando com a burocracia, mas resumindo a história: uma construtora quer comprar, e eu vou poder vender em breve. —

Meu pai puxa o elástico no pulso de novo, mas dessa vez não solta. — Quando o negócio terminar, o valor líquido vai ser de duzentos mil dólares.

— Caramba. Você está falando sério? — Fico encarando meu pai sem conseguir processar o que ouvi. A família Macauley nunca chegou perto de tanto dinheiro. Não faz muito tempo que não consegui pagar a conta da ambulância, que custava novecentos dólares.

Meu pai disfarça uma risada.

— Pode acreditar, fiquei tão surpreso quanto você. Não fazia ideia de que Pete tinha terras. Ele nunca falou nada. Por isso que esperei pra contar... Queria ter certeza de que era tudo real. Mas é, e, Nate... depois que tudo se acertar, vou dar metade do dinheiro pra você. — Ele esfrega o queixo.

— Você... você quer me dar cem mil dólares? — As palavras parecem ridículas em voz alta. Mil dólares já seria uma sorte incrível, mas cem mil é surreal. Droga, claro que não é verdade. Estou sonhando, e vai ser péssimo quando eu acordar e ainda tiver que pensar em como pagar os cento e cinquenta dólares extras para cobrir a parte de Reggie no aluguel. Dou um beliscão no meu braço, mas meu pai continua sentado na cadeira, o rosto cansado agora carrega um sorriso.

— Bem, não vou dar tudo de uma vez. Temos que pagar alguns impostos. Sua mãe é bem melhor nisso do que eu, mas estamos vendo como fazer. Mas, Nate... Você não teve uma boa infância por minha causa e da sua mãe. A gente não construiu um futuro pra você. Você fez tudo isto... — Ele gesticula para meu quartinho de merda, como se fosse uma grande conquista. — Sozinho. Então se esta família consegue um pouquinho de sorte, tem que ser pra você. — Ele esfrega o queixo de novo.

— Eu queria dar tudo pra você, mas sua mãe me convenceu de que você tentaria devolver, e ela provavelmente estava certa. Você se preocupa demais com a gente. Então, eu vou ficar bem. Posso fazer um curso ou terminar de pagar a casa, e você pode ficar com a sua metade sem se preocupar. E quero que você aproveite, tá? Sei que você vai ser cuidadoso, mas quero que você se divirta também.

— Me divertir — repito, baixinho.

Não são as palavras certas para este momento, mas não consigo pensar em mais nada. Não estou nem entendendo o que meu pai está me contando.

— Vai demorar alguns meses para tudo se resolver, então não gaste nada ainda — avisa meu pai com um sorrisinho de lado. — Mas prometo que vai chegar. Pode confiar em mim desta vez, tá? Até fiz um testamento, caso alguma coisa aconteça comigo no meio do caminho. — Olho para ele, incrédulo, e o sorriso em seu rosto diminui um pouco. — Você não está acreditando em mim, né?

— Eu... — Por Deus, Macauley, *fala alguma coisa*. Qualquer coisa.

— Você precisa processar isso. Claro, era de se esperar. É uma notícia importante, eu sei. Leve o tempo que precisar... — diz meu pai, se levantando.

Mas ele não conseguiu terminar a frase, porque eu fui em direção a ele e o abracei tão apertado que o deixei sem ar. Quase não toquei no meu pai nos últimos dez anos, a não ser para levantá-lo do sofá. Não estou dando esse abraço por conta do dinheiro, ainda que pareça. É só porque, se ele está mesmo fazendo esse tipo de coisa — planejando não só o meu futuro, mas o dele também —, talvez esteja mesmo progredindo.

Afinal de contas, algumas coisas mudam. Eu mudei, minha mãe também. Por que ele não poderia mudar?

Meu pai dá tapinhas nas minhas costas e depois me puxa pela camiseta até que eu finalmente o solte.

— Obrigado — digo, a voz embargada. Não é o suficiente, mas é tudo que consigo falar agora.

— De nada. Eu vou embora, mas... talvez a gente possa ver um jogo juntos um dia desses? Sei que você não é fã dos Padres mas...

— Não, parece uma ótima ideia. — Talvez eu até assista mesmo.

De algum jeito, consigo acompanhar meu pai pela escada e ainda conversar, mas minha cabeça está indo a milhões de quilômetros por hora. Ele se despede e eu fecho a porta, estou sozinho.

Então é... é isso. Ele não teve uma recaída nem está morrendo. Ele ganhou uma montanha de dinheiro e não vai mais precisar se preocupar com centavos. Nem eu.

Caralho, nem eu.

Eu posso... ir para a faculdade. Morar em um apartamento melhor. Visitar a Bronwyn em Yale. Talvez comprar uma casa velha e, com tudo que aprendi com o Sr. Myers, reformar. Ou não fazer nada disso — a não ser visitar a Bronwyn —, mas sei que eu *posso*.

Meu bolso começa a tocar "MMMBop" e eu quase não me importo com a cafonice da música. Pela primeira vez, é a música adequada para o meu humor. Espero que seja uma ligação de Bronwyn, porque ela não vai acreditar nessa notícia.

Mas não é. A tela diz *Vanessa*, e antes que eu diga qualquer coisa, ela dispara:

— Espero que você esteja em casa porque eu estou quase na porta.

— Eu... O que aconteceu? — pergunto enquanto pressiono minha têmpora para tentar organizar os pensamentos.

— Fui na casa dos Riordan.

— Você está me devendo uma, Macauley — anuncia Vanessa, se jogando em um dos sofás. Ela parece absolutamente deslocada no sofá desbotado, com um vestido de verão branquíssimo e sandálias prateadas. — Você me deve mesmo. — Ela franze o nariz quando vê uma mancha ao seu lado. — Eca. O que é *isto*?

— Não faço ideia. — Sento ao lado dela, ainda agitado pela conversa com meu pai. *Cem mil dólares*. Eu poderia comprar um sofá novo e substituir este que conseguimos de doação. Quanto custa um sofá? Não, esquece. Não vou gastar dinheiro com esta casa. Sinto uma necessidade estranha de contar o que aconteceu para Vanessa, só para contar a alguém, mas não posso dizer nada a ela antes de contar para Bronwyn. *Foco, Nate.* — Por que eu estou te devendo uma?

— Bem, fui à casa dos Riordan com uma galette feita em casa...

— Com o quê? — interrompo. Parece uma arma.

— É uma comida francesa. Tipo uma torta. Fiz com frutas do meu jardim. — Vanessa aperta os olhos quando pareço surpreso. — O que foi? Eu sei cozinhar, tá? Enfim, ninguém atendeu a porta de primeira. Então meio que gritei meu nome e disse que tinha trazido comida e esperava que eles estivessem bem e... a Sra. Riordan abriu a porta. Dei a galette pra ela e perguntei como eles estavam. Ela disse que estava indo, e que o marido estava no trabalho, então pensei: *Ele foi trabalhar no domingo?* E ela disse que ele sempre trabalha nos fins de semana.

— É verdade — digo. Ouvi bastante sobre isso no country clube.

— Que seja. Fiquei confusa com *por que seu marido está trabalhando quando o filho de vocês está desaparecido?* Mas ela mesma já respondeu, disse que eles estavam se esforçando para manter uma rotina normal, e aí eu disse *Nossa, deve ser difícil pra você ficar aqui sozinha esperando notícias*. E foi aí que ela me convidou pra entrar.

Nossa, boa. Vanessa Merriman manda muito bem.

— Estou impressionado — tive que admitir.

— Ela estava *destruída*. E meio bêbada, então... eu apenas a ajudei a falar, sabe? Coloquei um pouco de vinho nas nossas taças, mesmo que não tenha bebido nada. A gente falou sobre o Jake, e tenho certeza de que ela não tem ideia de onde ele pode estar nem do que aconteceu com ele. Ela está desesperada. Ficou falando que não foi uma boa mãe para o Jake, que ela e o marido não eram bons exemplos, e então, depois da terceira taça, ela finalmente me contou.

Vanessa para de falar, e sinto que parte dela está gostando do suspense. Uma boa parte. Mas ela mereceu, então eu aceito a deixa e falo:

— O que ela contou?

— Ela disse que teve mesmo um caso com Alexander Alton — revela Vanessa enquanto arruma as pulseiras. — A coisa era séria. Eles se conheceram depois que ela se formou na faculdade, e Alexander estava separado da esposa. Ele era, tipo, dez anos mais velho, e ela adorava o cara. Os dois ficaram juntos por um ano, mas Alexander partiu o coração dela quando decidiu dar mais uma chance ao casamento. Ele tinha filhos pequenos e achava que precisava tentar, por eles. — Vanessa revira os olhos. — Não sei, acho que talvez ele devesse ter pensado que precisava dar alguma coisa pra *esposa*, que tinha parido os filhos, mas enfim. Homens são péssimos.

— Menos eu, né?

Ela bufa antes de responder.

— Vamos dizer que sim, pelo bem da Bronwyn. Enfim, parece que o Sr. Riordan entrou na jogada para ocupar o lugar do ex, na real. Eles se casaram bem rápido, e ela não viu nem falou com Alexander Alton por anos, até que começaram a trabalhar juntos na Conrad & Olsen quando Jake estava no fundamental. E você sabe o que aconteceu depois, né? — Vanessa faz uma pausa dramática e pisca para uma câmera imaginária. — Os dois se apaixonaram de novo, e a Sra. Riordan disse que dessa vez ele ia mesmo se separar. E ela também. Mas Alexander morreu enquanto ela estava no México em uma viagem de negócios.

— Que estranho.

— É. Ela desmoronou depois disso. — Vanessa vai um pouquinho para a esquerda, como se quisesse sair de perto da mancha no sofá, mas não sei se adianta muito. Ela vai acabar em cima de outra mancha. — Fiquei com dó dela. Tipo, traição não é uma coisa legal, mas parece que ela carregava esse amor há anos. Mesmo depois que Alexander morreu. Ela falou várias vezes, *Eu amava Alexander. Amava tanto. A gente ia construir uma vida juntos. Ele ia me tirar daqui.*

— Tirar de onde? Bayview?

— Eu perguntei, mas ela respondeu *Do meu casamento*.

CAPÍTULO 30

Addy
Segunda, 20 de julho

Não consigo parar de ver o noticiário.

— Agora temos um adolescente morto e outro, o conhecido Jake Riordan que ajudou Simon Kelleher a incriminar o Quarteto de Bayview, está desaparecido. — Liz Rosen do canal 7 está a todo vapor, como se a falta de novidades das últimas 24 horas fosse notícia. — E a cidade toda está nervosa, perguntando-se quem será o próximo, e...

Liz desaparece e a TV desliga.

— Ei, eu estava assistindo — digo ao ver minha mãe segurando o controle remoto.

— Estou começando uma intervenção. Isso não faz bem, Addy. Se alguma coisa importante acontecer, Eli vai contar.

— Eli não está sabendo das coisas — digo, ainda que não seja culpa do meu cunhado que eu tenha descoberto o desaparecimento de Jake pelas palavras do detetive Mendoza. Enquanto estava na delegacia, recebi várias mensagens de voz de Eli, desesperado. Ele não estava atrasado.

— Quero que você me prometa uma coisa — afirma minha mãe, sentando-se com cuidado em uma cadeira na minha frente. O vestido verde-limão que ela está usando é lindo, mas não foi feito para ficar sentado. — Não saia por aí como você fez depois que Simon morreu, tentando encontrar Jake. Deixe a polícia trabalhar.

— Sério, mãe? Quando a polícia desta cidade *fez* o trabalho dela?

Minha mãe ignora a pergunta e continua:

— Na próxima sexta você vai pro Peru, Addy. Se você ficar em casa até lá...

— Não vou ficar em casa onze dias — interrompo, mesmo que eu já tenha pensado nisso. De alguma forma, não importa o que minha mãe diga, eu sempre quero fazer o contrário.

— A gente precisa ter cuidado, já que aquele monstro está solto — insiste ela. Eu devo ter revirado os olhos, porque ela continua: — Por que essa cara?

— Nada — digo baixinho, mas de repente me canso de ficar quieta e continuo. — Quer dizer... Claro, agora ele é um monstro, mas não foi sempre assim, né? — Minha mãe ruboriza enquanto falo. — A gente julgou as pessoas muito mal, não foi? Você achava que o Jake era o máximo. Tanto é que eu tinha sorte por estar com ele, e tinha que tomar cuidado pra ele nunca perceber que eu não era boa o suficiente. Ashton era a única que via quem ele era, mas a gente não dava atenção. — Não consigo me forçar a terminar o raciocínio. *E por "a gente" eu quero dizer você, mãe, porque como eu saberia? Eu era uma criança.*

Espero que ela dê uma desculpa qualquer e pegue a garrafa de vinho mais próxima, porque é isso que ela faz quando não quer ter alguma conversa. Mas, em vez disso, ela passa a mão pelo vestido e diz:

— Eu sei. Eu falhei com você, Addy. — Isso é tão inesperado que pisco, surpresa. — É que... eu nunca fui boa em ficar sozinha. Fui infeliz quase a sua infância inteira, e achei que era porque as coisas não deram certo com seu pai, e depois nem com o Troy. Achei que você e a Ashton poderiam evitar os erros que eu cometi se encontrassem a pessoa certa para construírem uma vida juntos, daí as coisas seriam diferentes pra vocês. Mas não foi isso que aconteceu, né?

— Pra dizer o mínimo.

— Ashton foi a primeira a perceber. Não acreditei quando ela terminou com o Charlie. Achei que ela estava desistindo, e que queria que você fizesse o mesmo. Mas ela era tão inteligente, não é? Tão forte. E você também é.

— Ah — murmuro. Eloquente como sempre, mas ela está me pegando desprevenida.

— Odeio que Jake tenha feito aquelas coisas com você, Addy, mas mesmo antes disso, odeio que eu tenha feito você se sentir desse jeito. Sinto muito por ter deixado essas coisas acontecerem. — Não tem mais o que alisar no vestido, então minha mãe está passando a mão na manta ao lado dela. — Não fui uma mãe de verdade pra você, né?

— Pelo menos você estava aqui. Estou falando sério, mãe — digo quando ela suspira. — Meu pai não estava. Ele se esqueceu da gente quando conheceu a Courtney. Ninguém pode dizer que você não estava, hum, preocupada. — Uma das lembranças mais antigas que tenho é da minha mãe arrumando meu cabelo para um concurso de beleza. Ela separava as mechas com cuidado para fazer os cachos. Lembro de ver o rosto dela concentrado no espelho e de me sentir feliz por ter toda aquela atenção só pra mim.

Talvez tanta atenção não tenha sido completamente boa, mas ela sempre estava lá. E ainda está, mesmo que eu tenha tratado minha mãe como uma colega distante desde que voltei a morar aqui.

— É verdade. Acho que eu fiz alguma coisa certa, porque você virou uma mulher maravilhosa. Espero que saiba disso, Addy.

Agora é a hora que a gente deveria se abraçar, mas as mulheres da nossa família não são boas nisso. Até eu e Ashton parecemos uns tijolos se batendo quando tentamos. Antes que eu possa ensaiar começar um abraço, minha mãe coloca uma mecha do meu cabelo para trás da minha orelha e diz:

— Mas eu queria mesmo que você voltasse com a cor natural do seu cabelo. Sempre foi seu ponto forte.

Normalmente esse comentário me irritaria, mas é quase confortável ouvir que minha mãe não mudou tanto nesse pouco tempo. Então, em vez de reclamar que eu gosto do meu cabelo como está, digo:

— Você vai ser uma ótima avó.

De alguma forma, ela consegue sorrir e fazer uma careta ao mesmo tempo.

— Como eu já cheguei na fase de ser avó? — pergunta ela.

— InstaVó.

— Nem pensar.

— Vódrea? — Faço um trocadilho com o nome dela, Andrea, mas sei que ela não gosta, então tento de novo. — Vovózona?

— Para com isso.

— V-ovó.

— Vi-vó? — Na hora consigo perceber que ela está pensando em um jeito diferente de escrever. — Gosto disso.

— V-vó então, está fechado — digo, sorrindo. A gente pensa depois em como escrever.

— Cem mil *o quê*? — pergunto a Maeve.

Ela faz um movimento como se estivesse fechando os lábios.

— Eu não devia dizer nada, então você precisa parecer surpresa quando Nate contar, tá? — Ela abre o computador ao se esticar na minha cama, colocando um travesseiro extra de apoio para a cabeça. — Acabou saindo. Estou tão feliz por ele. Isso muda a vida, né?

— Demais. Enquanto isso eu e minha mãe tivemos uma conversa e ganhei um tapinha nas costas — digo ao revirar os olhos para que Maeve saiba que estou brincando. Porque é claro que eu amaria ter essa sorte, mas estou muito feliz que Nate tenha conseguido. Às vezes me preocupo com ele, preso em Bayview enquanto o restante de nós (até eu, mesmo que depois de um tempo) está se mudando. Agora ele pode pensar no que quer.

— Mas é legal sua mãe ter falado isso. Ainda que tenha sido preciso outro desastre pra ela falar — observa Maeve.

— É, foi legal — admito ao encostar minha cabeça no ombro dela enquanto Maeve pula de site em site. — Mas me conta as novidades. O que a Vanessa contou foi útil?

— Acho que sim. Eu já achava que a Sra. Riordan havia tido um caso com o Alexander, mas é bom ter certeza. Agora a dúvida é... Alexander Alton realmente se afogou? E se foi isso mesmo, alguém foi responsável? — Ela espera uns segundos para completar. — Você sabe o que sempre digo, né?

— Não existem coincidências?

— Não isso.

— Todo mundo acaba falando alguma coisa na internet?

— Nossa, você realmente prestou atenção — elogia Maeve, parecendo feliz. — Mas não. — A voz dela se transforma em um sussurro. — *Sempre é culpa do marido.*

Levanto a cabeça para encarar minha amiga.

— Você literalmente nunca falou isso.

Maeve bufa irritada.

— Beleza, eu não preciso falar, porque qualquer podcast de true crime já disse.

— Então você acha que o Sr. Riordan... — Perco a linha de raciocínio quando penso na última vez que vi Scott Riordan. Foi no julgamento de Jake, claro. Ele estava sentado o mais próximo possível do filho e não olhou na minha direção. Nem quando testemunhei.

— ... matou Alexander Alton? — Maeve completa. — É possível, né? Ele tinha motivos, e se for parecido com o Jake...

— Ele é. Em várias coisas, mas... a Sra. Riordan ainda estaria casada com ele se o Sr. Riordan tivesse feito uma coisa dessas? — pergunto.

— Talvez. Se ela não soubesse. Ou se ela tivesse medo do que ele poderia fazer com Jake ou com ela, caso pedisse o divórcio — sugere Maeve.

— Beleza, vamos supor que isso seja verdade. Qual é a relação dessa história com o que está acontecendo agora? — continuo.

— Vamos supor que Jake não tenha fugido sozinho. Como a Phoebe disse, talvez ele seja o *perfeição* na frase *prática leva à perfeição*. A última campanha de Alexander Alton.

— Mas por que a família Alton teria alguma coisa contra Phoebe? Ou Reggie?

— Não sei. A morte de Alexander é a única pista que temos, certo? Então estou focada na família dele. Mas a esposa morreu, Chase e Chelsea não podem ter feito nada, e adivinha? Achei Christopher. — Maeve abre uma aba com a foto de várias pessoas sorrindo em um semicírculo com um cara no meio, segurando uma placa. — Tenha o prazer de conhecer o funcionário do mês da Penner Seguros.

— Tem certeza de que é ele? Onde fica essa Penner Seguros? — Semicerro os olhos para encarar a tela, e quando Maeve aumenta a foto, vejo a semelhança com Chase.

— Ohio — responde Maeve.

— Talvez ele tenha tirado uma licença ou algo assim.

— Mas nesse artigo falam que a cerimônia de entrega do prêmio de funcionário do mês foi no dia que Reggie desapareceu.

— Ah — murmuro, momentaneamente sem palavras.

— É. "Ah" mesmo.

— E agora?

Maeve suspira e continua:

— Não sei. Não tenho uma teoria alternativa. Eu ia pedir pra Phoebe marcar outra conversa falsa na Conrad & Olsen pra ver se descobrimos mais alguma coisa sobre Alexander Alton. Vai saber... Talvez algum colega não gostasse dele. O mercado publicitário é bem cruel. — Ela dá de ombros quando vê meu

olhar de dúvida. — Eu sei, eu sei, estou tentando fazer milagres. Mas não importa mesmo, a Phoebe não me responde.
— Sério? Desde quando? — pergunto, preocupada.
— Não é assim. Ela está trabalhando no Café Contigo agora, com Luis. Mas ela desconversa toda vez que falo sobre alguma estratégia. Ela só diz que precisa falar com Emma.
— Aham, sei — digo. Posso falar mais coisas, porque a Phoebe está estranha há meses, mas não quero mudar de assunto. — Pode ser algum desentendimento da faculdade, mas... esse tipo de coisa não parece grande o suficiente pra uma vingança no estilo que Bayview conhece. Você mesma disse isso, né? *É a mesma coisa que aconteceu com Jared Jackson. A família toda desmoronou.* O Alexander Alton se afogou e a esposa morreu dirigindo bêbada. — Eu não estava perto de Maeve no dia que ela falou isso na praia, mas ela repetiu mais de uma vez.

Maeve sorri feliz e diz:
— Eu falei isso *mesmo*. Você é uma ótima ouvinte, Addy.
— Eu escuto e aprendo. Você conseguiu identificar os lugares em que Chase e Christopher estavam, a estreia da peça e o prêmio de funcionário do mês, e isso serve de álibi. Mas e Chelsea? Sei que ela está morando na Inglaterra, mas é época de férias. E se ela estiver postando fotos antigas?
— Pensei nisso, mas ela postou selfies de uma palestra que está acontecendo agora — diz Maeve, mudando de aba. A página de Chelsea Alton no Instagram preenche a tela, e Maeve clica na primeira foto. — Olha, aqui é ela numa palestra de um economista do Banco Mundial há alguns dias e...

Maeve para de falar e começa a respirar mais rápido, e não entendo o motivo. Não tem nada de estranho em uma garota sorridente tirando uma selfie com um cara famoso no fundo.

— O que foi? — pergunto.

— Ah, sua espertinha! — exclama ela, os dedos teclando freneticamente.

— *O que foi?* — insisto.

— Espera aí. Preciso tirar um print antes que isso desapareça, porque provavelmente vai desaparecer. Olha o primeiro comentário dessa foto — diz Maeve, me mostrando a tela.

É um comentário feito por uma garota com o user @sophiehh13, que tem uma foto de perfil... bem parecida com a de Chelsea Alton. O comentário é: *Para de roubar minhas fotos, sua sem noção!!!*

— Espera! Como assim? Quem é essa garota?

Maeve clica na foto ao lado do comentário e uma nova página se abre, com o nome Sophie Hicks-Hartwell. Na bio ela escreveu: *Apreciadora de chá. Estudante em Oxford. Provavelmente estou dormindo.* Todas as fotos que Maeve nos mostrou do feed de Chelsea Alton aparecem no feed de Sophie, e mais algumas dela com amigos em festas, restaurantes e no alojamento estudantil.

— Droga — pragueja Maeve, e parece quase admirada com o fato. — Caí no truque mais velho do mundo. Eu aqui, tentando enganar o irmão mais velho da Chelsea, e nem pensei que ela poderia estar fazendo a mesma coisa com qualquer pessoa que tentasse procurar por ela. Sophie Hicks-Hartwell até se parece com Chase Alton, não é? O problema é que Chelsea aceitou muitos seguidores. Isso faz a conta parecer real, mas também abre espaço para pessoas que conhecem a garota de quem ela está roubando as fotos. Deve ter sido isso que aconteceu.

Maeve volta para o perfil de Chelsea, mas o comentário de Sophie já foi deletado.

— Chelsea foi rápida com esse comentário, mas não adianta. A gente já sabe que ela está mentindo, então só precisamos saber... — diz Maeve.

— Onde ela está? — termino a frase enquanto encaro a tela.

Simon
Seis anos atrás

Jake Riordan era muito previsível. Ele se distanciou de Simon durante todo o verão, mas agora, quando ele quer uma coisa moralmente duvidosa, para quem ele liga?

Claro que foi a atitude certa. Mas ainda assim foi previsível.

— Alexander Alton. O outro diretor no trabalho dela. Não podia ser mais clichê do que isso — disse Simon, mostrando o celular para Jake.

Jake encara o celular e range os dentes.

— Sem chance. Ela não pode estar tendo um caso com esse cara. Ele nem é bonito.

— Se você está dizendo.

Simon dá de ombros.

Jake joga o celular no sofá e cruza os braços.

— O que você ouviu? Lá em Ramona? — perguntou Jake.

— Que ela estava arrumando as coisas e mal podia esperar — respondeu Simon. Ele não se lembrava das palavras exatas da Sra. Riordan, mas era mais ou menos isso.

— Isso nem faz sentido. Meu pai é perfeito!

Simon conseguiu segurar o riso, mas foi por pouco.

— As pessoas traem por vários motivos — ponderou ele, ao olhar para a sala de estar cavernosa dos Riordan. Era uma tarde ensolarada de sábado, em agosto, e o Sr. Riordan fez a maior cena para dizer que estava "indo jogar uma bolinha", que é como ele chamava o golfe, quando Simon chegou. A Sra. Riordan, por outro lado, não estava por perto. — Onde está sua mãezinha?

— Almoçando com alguém.

— Aham — disse Simon, esperando que Jake entendesse o sarcasmo.

Ele entendeu; uma das mãos de Jake se fechou em punho e ele socou a outra mão várias vezes.

— Isso é um absurdo. Ela vai estragar *tudo*.

— Tenho uma ideia — anunciou Simon. Jake só queria o nome do cara, mas Simon, claro, fez mais. Afinal de contas, informação era poder. — Vamos de bicicleta até a casa desse cara e ver se o carro da sua mãe está lá.

Jake arregalou os olhos e disse:

— É meio-dia! Ela não faria isso.

— Olha, sem ofensa, mas você acha mesmo que sabe o que sua mãe faria ou não? Especialmente em uma situação como essa?

Cinco minutos depois, eles já estavam passando pela casa de Alexander Alton.

No fundo, Simon não achava que o carro da Sra. Riordan estaria lá. De acordo com a pesquisa dele, o cara tinha esposa e três filhos, então não parecia uma boa ideia passarem a tarde juntos na casa dele. Mas Simon estava adorando a angústia de Jake, e estava animado para ver o que aconteceria se eles encontrassem Alton.

E se, por acaso, o carro da mãe de Jake estivesse *mesmo* ali? Simon se permitiu um leve sorriso quando seguiram pela rua. O segredo dela seria revelado, graças a ele, e o garoto mal podia esperar para ver o que aconteceria.

Ele teve que dizer a si mesmo, quando não viram o BMW vermelho na casa dos Alton, que não estava esperando ver. Não precisava ficar desapontado.

— Ela não está aqui — constatou Jake, nitidamente aliviado ao parar em frente à casa. — Eu falei.

— Pelo menos não agora. Achei que esse cara tinha um puta emprego? Por que a casa dele é tão acabada? — observou Simon, olhando para a garagem vazia do casebre na frente deles. Não tinha vizinhos e ficava no fim de uma rua longa. A casa tinha o tamanho da sala de estar de Jake.

— Publicidade não paga salários altos como advocacia. Minha mãe não entende. Se não fosse pelo meu pai, a gente moraria numa casa assim também — explicou Jake parecendo triste.

— Vai saber. Um dia pode ser você. Vamos dar uma olhada no resto — sugeriu Simon, deixando a bicicleta na rua.

— O quê? Não! Pode ter alguém lá dentro.

— E daí? Somos dois adolescentes pegando um atalho pelo quintal dos outros. Supernormal.

Jake era covarde demais para seguir o amigo. Ele ficou na calçada enquanto Simon foi até a propriedade dos Alton. A casa, com paredes azuis e detalhes brancos, não era tão ruim como ele e Jake pensaram. Tinha uma janela grande de um lado, uma garagem coberta do outro, e uma entradinha com plantas.

Do quintal dos Alton não dava para ver as outras casas, e Simon achava que era isso que valorizava o imóvel. Ele mesmo não conseguia distância dos vizinhos.

Simon foi até os fundos, pensando que podia haver um deque ou uma janela baixa que possibilitasse uma olhadinha no interior. Mas antes que ele conseguisse chegar lá, uma voz chamou:

— Ei, com licença. Quem é você?

Ele se virou e viu uma garota um pouco mais velha do que ele deitada em uma rede entre duas árvores. Simon provavelmente devia ter prestado atenção, mas tudo bem. Era para isso que ele tinha vindo: dar uma olhada na vida dos Alton.

— Simon Kelleher. Eu moro aqui perto — respondeu ele, mentindo com facilidade. — Desculpa passar aqui. Achei que conseguiria chegar na minha casa mais rápido, mas aparentemente não.

— *Ninguém* chega em casa nenhuma por esse caminho.

A garota passou as pernas para um lado da rede, depois se levantou e andou pela grama comprida até chegar perto de Simon. Deve ser a filha de dezesseis anos de Alexander, Chelsea, a não ser que a família deixe crianças aleatórias usarem a rede. Mas, na cabeça de Simon, ela pareceu territorialista demais para ser uma estranha.

— Nunca vi você por aqui — comentou ela, estreitando os olhos.

Nem eu, pensou Simon. Mas isso não era surpresa, mesmo que tivessem idades parecidas. Em suas pesquisas, ele descobriu que a esposa de Alexander Alton era professora na Dartmoor Prep, uma escola particular em Eastland, e que os filhos deles estudavam lá. Provavelmente sem pagar nada, ainda que Dartmoor já fosse a escola particular mais barata das redondezas. Aquilo poderia mesmo ser chamado de pré-vestibular, com tão poucas aprovações nas universidades de elite?, pensou Simon.

— Sou relativamente novo por aqui — arriscou Simon. Mais uma mentira, ele tinha morado nesta porcaria de cidade a vida toda.

Chelsea deu de ombros. Era nítido que não era do tipo sociável, o que Simon admirava. Ele também não ficaria de papo furado com uma pessoa que invadisse sua propriedade.

— Tudo bem, pode ir embora agora. Pelo mesmo caminho que veio — ordenou ela, fazendo um gesto com a mão.

Mas Simon não estava pronto para ir embora.

— Você deve conhecer um amigo meu — insistiu ele.

— Quem?

Os olhos dela mostravam um certo interesse nele, apesar de continuarem frios; era o mesmo olhar que ele via em seu próprio reflexo no espelho. Ela seria uma adversária de respeito, pensou ele. Ou uma aliada. Não dava para saber onde a vida os levaria se o caso entre a Sra. Riordan e o Sr. Alton viesse a público de uma forma tão espetacular quanto Simon esperava.

— Jake Riordan — respondeu ele, a observando com atenção.

Não havia sinal algum de reconhecimento no olhar dela.

— Nunca ouvi falar dele.

— Não se preocupe, você vai ouvir — disse Simon.

CAPÍTULO 31

Phoebe
Terça-feira, 21 de julho

Quando uma chave entra na fechadura, eu e Emma pulamos da cadeira como se tivéssemos ouvido um tiro.

Estamos tensas desde que encontramos o colar de Reggie na bolsa de Owen na noite de sábado.

— Não importa o que aconteça, a gente não pode acobertar o Owen desta vez — falei, ainda que eu esperasse que ele tivesse uma boa explicação para isso. Talvez ele tenha encontrado em algum lugar? Ou comprado uma réplica? Porque nada estava fazendo sentido: não Owen ir atrás de Reggie Crawley, não importa o quanto ele não gostasse do cara, e com certeza não *me* sequestrar.

Ele não faria isso, não é? Mesmo que não levássemos em consideração a logística bizarra que um garoto de treze anos teria que preparar, Owen não faria isso, jamais.

— Não vamos. Mas também não podemos tirar conclusões precipitadas. Precisamos conversar com ele antes de qualquer coisa — diz Emma.

Nenhuma de nós dormiu no sábado. Ou na noite seguinte, depois que nossa mãe disse que Owen passaria mais tempo com Ben, até que a família fosse viajar. E então, ontem à noite, Maeve mandou uma mensagem no grupo do Clube dos Assassinos: *Tudo aponta para Chelsea Alton, que NÃO está em Oxford. Estou tentando encontrar uma foto de formatura ou qualquer coisa assim.*

Isso acabou levando meus pensamentos para uma péssima direção. Tinha sido bom pensar que Owen não conseguiria fazer uma coisa dessas sem Jared Jackson por trás, decidindo tudo. Mas agora...

— Você acha que essa Chelsea Alton pode ser tipo o Jared? Fazendo joguinhos, manipulando pessoas vulneráveis e... — falei, mostrando a mensagem de Maeve para Emma.

— Não tire conclusões precipitadas — repetiu ela, firme.

Ela não me deixou falar mais nada sobre o assunto antes de irmos nos deitar e passar mais uma noite em claro. Quando nossa mãe se levantou hoje de manhã, eu e Emma já estávamos na cozinha, bocejando enquanto preparávamos xícaras enormes de café.

— Por que vocês estão acordadas? — perguntou mamãe.

— Hoje pego cedo no café — menti. Eu não estava efetivamente pensando em ir trabalhar, mas não falei nada.

— Não consegui dormir — respondeu Emma. E quando nossa mãe pareceu preocupada, ela explicou: — Phoebe roncou *demais* ontem. Não estou acostumada a dividir quarto.

— Bem, é até bom que vocês estejam de pé. Owen vai chegar daqui a pouco, então façam ele comer alguma coisa, tá? A família do Ben é vegetariana, e vocês sabem como seu irmão é chato com comida.

— Eu sei — respondeu Emma.

Assim que nossa mãe saiu, liguei para o Café Contigo e disse que estava doente. Agora Emma e eu estávamos sentadas nos banquinhos na ilha da cozinha, encarando a porta enquanto alguém virava a chave excruciantemente devagar.

— Meu Deus, parece um filme de terror, né? — murmura Emma.

— Os últimos três meses parecem.

A porta se abre e Owen entra em casa, uma bolsa azul nos ombros. O cabelo loiro-avermelhado cai sobre seus olhos, e a camiseta que ele provavelmente está usando desde sábado está completamente amassada.

— Ei — grunhe ele para mim e para Emma, guardando as chaves no bolso e indo para o quarto.

— Espere um pouco — diz Emma, com o tom de voz mais autoritário possível.

Quando eu era mais nova, esse tom me paralisava, mas Owen nem se importa.

— Estou cansado, preciso dormir — responde ele em um bocejo enquanto abre a porta do quarto. Quando a porta se fecha depois que ele entra, os barulhinhos cotidianos parecem tapas em nossos rostos depois de tudo que fizemos por ele. Mesmo que ele não soubesse que estávamos fazendo.

— Que audácia — resmungo. Fico de pé em um pulo e pego a mochila de Owen. Vou até o quarto do meu irmão com Emma em meu encalço, bato na porta com força e já abro.

— O que você está fazendo? — grita ele. Owen está sentado na beirada da cama só com um tênis e me encara enquanto o desamarra. — Sai daqui. Eu disse que vou dormir.

— Não antes de você explicar isto aqui.

Jogo a mochila no tapete e sento no chão ao lado dela, olhando atentamente o rosto do meu irmão. Emma senta ao meu lado com uma expressão severa no rosto.

Owen reclama.

— Por que você está fuçando as minhas coisas? — Ele se estica para alcançar uma das alças, e eu tiro de seu alcance. Emma pega a mochila e abre o bolso da frente. — Vocês são ridículas — reclama ele, batendo no meu braço. — Devolve. — Ele agora está no chão, puxando a mochila com as duas mãos, e cai de costas quando Emma a larga.

— Por que você está com isto? — pergunta ela, segurando o colar do Reggie. As pedrinhas prateadas batem umas contra as outras, e encaro Owen para analisar sua reação.

— O que é isso? — pergunta ele, sentando. E... parece mesmo surpreso.

— Você que tem que nos contar — diz Emma.

— Contar o quê? Por que você colocou isso na minha mochila?

— A gente não colocou, a gente achou aqui — corrijo.

A revolta aparece de novo no rosto de Owen.

— Vocês não podem mexer nas minhas coisas!

— Agora já era. Você precisa dizer onde conseguiu isto, Owen — afirmo, pegando o colar da mão de Emma.

— Eu *não* consegui. Não é meu.

Emma e eu trocamos olhares. Estava me preparando para todo tipo de resposta, mas não estava esperando seu costumeiro mau-humor. Ele não parece culpado nem amedrontado. Parece... irritado.

— Você está dizendo que não sabe o que é isso? — pergunta Emma.

— É, é exatamente o que estou falando.

— Então por que estava na sua mochila? — continua Emma.

Owen dá de ombros e diz:

— Como eu vou saber? Talvez já estivesse aí quando a gente comprou a mochila no brechó e nunca reparei.

Eu chamo meu irmão com cuidado e coloco o colar na palma da minha mão.

— Owen, este colar era do Reggie Crawley. Está desaparecido desde o dia em que ele sumiu, e os pais dele estão procurando por isso.

Owen pisca.

— Reggie? Mas... Não estou entendendo. Reggie nunca chegou perto da minha mochila. Como ele colocou isso aí?

Ele parece tão confuso que se esqueceu de ficar irritado conosco. Ele olha para Emma e para mim com os olhos arregalados.

— A gente achou que *você* tinha colocado — explica Emma. Owen abre a boca para falar alguma coisa, mas antes que ele consiga, Emma respira fundo e continua: — A gente achou que você pudesse estar envolvido de alguma forma no que tem acontecido na cidade. Os flyers do jogo, e talvez até...

— Eu? É sério? Por que vocês acharam isso? — Owen não para de olhar para nós duas, a voz tão aguda quanto em sua pré-adolescência.

Eu o encaro, meu coração despedaçando enquanto observo seus olhos castanho-claros, tão parecidos com os meus. E com os de nosso pai.

— Porque a gente sabe que você estava envolvido no jogo de Verdade ou Consequência, Owen. A gente sabe que você pegou o lugar da Emma quando ela desistiu e continuou jogando com Jared. Quando lemos a transcrição das conversas com o advogado de Emma, uma mensagem tinha a palavra *bizarro* escrita errado, B-I-Z-A-R-O. O mesmo erro que você cometeu no concurso. — Owen não diz nada, mas seus olhos brilham como se estivessem pegando fogo. — Eu e Emma protegemos você. A gente fingiu não saber o que esse erro significava, e Emma levou a culpa. E...

Mas antes que eu consiga continuar, meu irmão começa a chorar copiosamente, o corpo todo tremendo. Ele se abaixa e abraça os joelhos, chorando como costumava fazer quando era uma criança e estava cansado. Com mais intensidade até, do jeito que ele chorou no enterro do nosso pai. Por alguns segundos, Emma e eu ficamos chocadas demais para fazer alguma coisa. Mas logo cada uma o abraça de um lado, tentando controlar o tremor.

— Me de-desculpa. E nã-não queria... Eu nunca quis mat--ma-ma... — Ele não consegue falar.

Ele está soluçando demais, mas eu entendo o que ele quis dizer. *Eu nunca quis matar o Brandon*. Era o que eu e Emma sempre pensamos, e por isso o protegemos. Acho que Emma sabia o que isso significava, e mesmo assim decidiu seguir, como um tipo de punição pelo papel que ela teve na morte de Brandon. Eu fui bem mais inocente. Achei que depois que Owen estivesse bem, tudo voltaria ao normal. Não percebi que o segredo começaria a se parecer com uma bola pesada presa em meu pescoço. Eu nunca entendi de verdade o que o segredo faria com Owen, nem quando Knox tentou falar comigo.

— Está tudo bem — murmura Emma.

— *Não está* — estoura Owen. — É tudo minha culpa. Tudo. A morte do Brandon, a bomba, o machucado de Nate, a sua mudança...

— Isso foi culpa do Jared. Ele usou você, do mesmo jeito que fez com a Emma — disparo.

— M-mas eu deixei. Eu *qu-que-queria* que ele fizesse — engasga Owen.

— Você não sabia o que queria. Nem eu — diz Emma.

Demora para que Owen pare de soluçar, e quando ele finalmente para, não consegue nos encarar.

— Vocês vão contar, né? — pergunta ele.

— Acho que a gente precisa. Primeiro pra nossa mãe. Ela vai saber o que fazer. — Emma me olha por cima da cabeça baixa de Owen. — A gente devia ter feito isso logo que percebemos que era você. A gente não ajudou em nada, Owen.

— Não quero ir pra cadeia — choraminga ele.

— Você não vai — afirma Emma, com tanta confiança que eu quase acredito nela.

Se não existisse outro problema agora, talvez eu acreditasse.

— Owen, a gente precisa descobrir o que aconteceu com o colar do Reggie. Como ele foi parar na sua mochila? Quem poderia ter mexido nela? — Acredito piamente que não foi ele que guardou o colar lá. Não tem como ele ter fingido tão bem ser pego de surpresa nem encenando a crise de choro, quando teve agora que falamos de Jared.

— Não sei. Ela ficou aqui em casa o fim de semana todo — diz ele, esfregando os olhos.

— Mas e antes? Você deixou em algum lugar? — pergunto.

Ele respira fundo, franze a sobrancelha e diz:

— Tipo, de vez em quando eu deixo na cadeira da biblioteca quando vou ao banheiro. Faço a mesma coisa no Café Contigo. As cadeiras não são um bom lugar pra isso, então a mochila sempre cai no chão. Ahmed já pegou pra mim, e na semana passada... — Owen se perde em pensamentos.

— O que aconteceu na semana passada? — pergunto.

— Uma garota estava segurando minha mochila quando voltei do banheiro. Você sabe quem é. Aquela meio hippie que mora com o Nate, sabe?

— Sana? — pergunto, surpresa.

— Isso. Ela falou "Ah, caíram umas coisas da sua mochila e eu coloquei no lugar". Ela fechou a mochila na minha frente e me entregou.

Olho para Emma. O rosto dela exibe uma confusão sincera, já que ela não conhece Sana, mas o meu também está confuso, porque eu conheço. Nunca pensei que a colega de quarto de Nate poderia estar envolvida em nada disso, mas, claro, ela também era colega de Reggie.

— Quando exatamente foi isso? Depois que Reggie morreu? — pergunto.

— É. Foi... no último fim de semana, eu acho? — Owen faz uma careta.

— Nate conhece essa menina? — pergunta Emma.

— Nate *mora* com ela. E Reggie também morava.

O que a mensagem de Maeve dizia mesmo? *Tudo aponta para Chelsea Alton, que NÃO está em Oxford.*

— Qual é a dela? — pergunta Emma.

— Não sei. Ela é meio... — Não sei como completar a frase. *Ela é meio qualquer coisa?* Não conheço a Sana muito bem, e me pergunto se Nate conhece. Será que ela pode não ser quem diz que é? Sei que ela está morando naquela casa há apenas alguns meses, e nunca falou nada sobre a família nas poucas vezes que conversamos. Ela não se parece com as fotos de Chase e Christopher, mas a idade encaixa. E ela estava discutindo com Reggie na noite em que ele sumiu. Na hora pensei que ela o estava xingando por ser um babaca, mas talvez fosse outra coisa.

— Acho que preciso falar com o Nate — anuncio.

CAPÍTULO 32

Phoebe
Terça-feira, 21 de julho

Infelizmente, era mais fácil *querer* falar com Nate do que efetivamente falar.

Ele não respondia minhas mensagens. *Ele está trabalhando.* Addy respondeu quando perguntei onde ele estava. Então fui de carro até a Myers Construções, e agora estou procurando uma vaga no estacionamento cheio de caminhonetes, batedores de cimento e mais uns veículos amarelos que não sei o nome, mas que são usados em construções. Estaciono e tento achar o escritório principal.

— Posso ajudar, menina? — perguntou um homem com cabelos grisalhos e um colete amarelo.

— Estou procurando o Nate Macauley — digo, colocando a mão em cima dos olhos para bloquear um pouco do sol.

— Ele está numa obra.

— Você sabe onde? Preciso falar com ele. É uma emergência.

— Lamento saber. Vou dar uma olhada.

Addy manda mais uma mensagem: *Está tudo bem? Estou querendo conversar com você há tempos. Vamos tomar um café?*

Argh, eu quero ir, mas não agora. *Talvez outro dia*, respondo.

— Não consegui, menina — diz uma voz. O homem de colete amarelo aparece mais uma vez na minha frente, ele parece estar se desculpando. — Nate não está na escala de horários, deve ter sido chamado de última hora. Se você quiser voltar daqui a uma hora mais ou menos, Keith Myers já vai ter chegado. Ele é o dono e sempre sabe onde cada um está.

Não digo a esse homem que sei muito bem quem Keith Myers é, já que pulei uma janela da casa dele várias vezes.

— Muito obrigada.

Volto para o meu carro, mas não abro a porta. Encosto na porta do passageiro e penso no que fazer agora. Esperar pelo Sr. Myers? Ir tomar café com Addy? Ir para a casa de Nate e falar com Sana, perguntar se ela colocou o colar na mochila do meu irmão?

Não, é uma péssima ideia. Claro. Talvez eu possa dar uma espiada. Posso ir até o Café Contigo e perguntar para Ahmed e Evie se eles repararam em alguma coisa. Isso seria um bom uso do tempo de espera até o Sr. Myers chegar.

Está no trabalho?, escrevo uma mensagem para cada um. Ahmed não responde, mas Evie responde de imediato. *Não, hoje estou de folga.* Tenho muitas perguntas, mas não posso mandar por mensagem. Deixar pistas sobre esse assunto não me parece uma coisa inteligente.

Olho a minha volta. Da última vez que conversei com Evie sobre a cidade, ela me disse que morava em um condomínio chamado Glasstown. *É num bairro meio comercial*, disse ela.

Por isso é tão barato. Procuro o nome do condomínio no Google Maps e só acho um lugar em Sacramento. Mas quando procuro *glass*, o primeiro resultado é um lugar chamado *Glassworks*, e fica a apenas 300 metros de onde estou.

Vale a pena tentar.

Sigo as direções no celular até chegar a um prédio cinza de quatro andares. A entrada é toda de vidro, mas fora isso, o nome parece ser papo de publicitário. Entretanto, é o endereço certo. O interfone tem dezesseis botões, e todos, menos o apartamento doze, têm o nome do proprietário. Nenhum deles é Evie, então estou prestes a apertar o botão doze quando a porta se abre.

— Opa — diz o homem saindo do prédio, e segura a porta para mim.

— Valeu — agradeço enquanto passo por baixo do braço dele.

Lá dentro, vejo corredores para a esquerda e para a direita, e um elevador no meio. Dou uma espiada e vejo que são quatro apartamentos no térreo, então imagino que o de Evie seja no terceiro andar. Pego o elevador, meu celular recebe uma mensagem quando as portas se fecham.

Finalmente, Nate: *O que foi?*

Preciso falar com você. Onde você está? Respondo.

Estou trabalhando, mas saio às três da tarde.

Posso passar aí?

Claro, Nate manda a localização.

Valeu!

Guardo o celular enquanto as portas se abrem e saio no terceiro andar. Vou primeiro para o lado direito, mas volto depois de passar pelos apartamentos nove e dez. O número doze está no canto esquerdo, e rezo para ter encontrado o lugar certo antes de bater na porta. Tudo fica em silêncio antes de uma voz conhecida dizer:

— Quem é?

— Phoebe.

A porta se abre e Evie aparece, com um olhar confuso.

— Oi. O que você está fazendo aqui?

— Preciso perguntar uma coisa pra você — digo e entro no apartamento. Não quero mesmo ter essa conversa no corredor.

— Estou meio ocupada.

— Vai ser rápido. Nossa, que apartamento lindo — comento ao olhar em volta. Podia ter apostado que o apartamento de Evie seria tão organizado e limpo como ela: as paredes da sala foram pintadas de azul, o sofá de dois lugares está cheio de almofadas estampadas, e vários quadros com estampas botânicas estão espalhados pela casa. A cozinha pequena fica à direita, e vejo outro quarto à esquerda, que...

— Meu Deus.

Digo antes de conseguir me controlar, porque estou olhando para o papel de parede verde que tem me assombrado desde que fui sequestrada. Ramos delicados com folhas em formato de coração se enredando por todos os lugares. Tentei me convencer de que ele não existia. Que meu cérebro tinha inventado isso, criado uma memória falsa que levou Addy, Maeve e Nate em uma busca infrutífera até Ramona.

Mas ele existe. Aqui, no apartamento de Evie, e isso significa...

— O que — diz Evie, mas ela não usa a entonação de pergunta. Quando olho para o rosto impassível dela, tenho a sensação desagradável de que ela pode ler minha mente, de que ela sabe o que estou pensando, só está esperando que eu chegue àquela conclusão.

Sana só pegou a mochila que alguém no Café Contigo já tinha mexido para colocar o colar de Reggie. Uma pessoa que estava na festa na casa de Nate quando eu sumi, que tem estado perto de todas conversas do Clube dos Assassinos nas últimas semanas e que teve muitas oportunidades de esperar que meu irmão deixasse a mochila na cadeira do café quando foi ao banheiro.

— Evie? Pelo menos é seu nome de verdade? — pergunto.

Os olhos dela parecem pedras de gelo quando fecha a porta e diz:

— Você não devia ter vindo aqui, Phoebe.

CAPÍTULO 33

Nate
Terça-feira, 21 de julho

— Um brinde! — diz Addy, tocando nossos copos, e depois os de Bronwyn e Cooper.

É só água com gás, já que não sou nem rico, nem tenho idade para comprar uma garrafa de champanhe no bar onde deveria estar trabalhando. Mas ainda assim sorrio e tomo um gole.

— Quem poderia prever, não é? — digo, mas sinto a obrigação de completar com: — Mas ainda não fecharam o negócio.

— Nate, por favor, se permita sentir felicidade. Seu pai vai conseguir fechar — declara Addy, se esticando no balcão para alcançar uma rodela de limão, que espreme em seu copo.

Cooper olha para o bar meio cheio que Gavin começa a atender sem mim, já que meus amigos apareceram.

— Você vai parar de trabalhar aqui? — pergunta Cooper.

— Não, por que eu faria isso? Eles pagam bem, e o Gavin trabalha mais do que eu — respondo enquanto ele passa por mim carregando uma bandeja de copos sujos.

— Um dia desses vamos falar sobre a importância da divisão de tarefas — comenta Gavin por sobre os ombros.

Faço um gesto para que ele vá embora e coloco a mão no bolso.

— Olha o que achei quando estava limpando umas coisas velhas no meu guarda-roupa...

Addy me interrompe com uma exclamação de espanto tão alta que me viro de repente, esperando ver Jake atrás de mim. Ela diz:

— Espera, você disse que estava *limpando o guarda-roupa*? — Ela coloca uma mão sobre o lado esquerdo do peito enquanto Bronwyn tenta, sem sucesso, esconder um risinho.

— Olha só ele, todo almofadinha já — brinca Cooper, rindo.

Solto uma risada sem querer. Devia ter esperado uma reação assim, já que meu histórico é de fazer o mínimo de trabalho doméstico. Mas ontem à noite olhei para o meu quarto e percebi que mesmo que eu não me mude, posso deixar o lugar um pouco menos melancólico. Pintar as paredes, colocar umas prateleiras, jogar fora ou doar o que não uso.

— Posso terminar de falar? — pergunto.

— Quem *é* você e o que fez com meu amigo? — Addy quer saber.

— Achei meu último celular descartável — digo, colocando o aparelho no tampo do bar entre Addy e Bronwyn. — Carreguei para ver se deixei alguma coisa idiota nele, mas está vazio. Acho que acabei nunca usando este. Ainda assim, talvez eu deva destruí-lo com um martelo ou algo assim.

— Ah, não, deixa comigo — oferece Addy ao pegar o celular e observá-lo. — Podemos usar como enfeite na nossa próxima festa de aniversário.

Olho para ela, surpreso.

— Achei que a gente tinha desistido disso.

Cooper balança a cabeça e diz:

— O histórico dessas festas não é exatamente bom.

— Tudo bem, talvez a gente use em uma festa qualquer, então. Ou na minha festa de despedida com Maeve — sugere Addy ao guardar o celular no bolso do short.

— Vocês vão se divertir muito no Peru. Foi um verão difícil, mas pelo menos algumas coisas estão melhorando — comenta Bronwyn, os olhos acinzentados brilhando atrás da nova armação de óculos que ela escolheu essa manhã. Elas são quase iguais aos óculos antigos, mas eu sei que não devo falar isso para ela.

Addy faz uma careta e diz:

— Não fala isso! Por aqui ainda estamos na Central de Mistérios não Resolvidos.

— Eu sei, e tenho pensado nisso. — Bronwyn olha em volta e abaixa a voz. — Talvez a gente devesse contar tudo pra polícia. Sobre a campanha publicitária, o caso extraconjugal, o fato de uma filha de Alexander Alton estar se passando por outra pessoa. Eles podem investigar, e a gente pode... — Ela se ajeita no lugar quando as mães-margarita passam por nós. — A gente pode ter uma vida normal e curtir o tempo que temos juntos.

— Vida normal? Nunca ouvi falar nisso — bufa Cooper.

— Entendo o que você está dizendo, Bronwyn, mas a polícia de Bayview é péssima. Tenho certeza de que eles não vão dar atenção pra gente. E com Jake por aí... — Addy parece sentir um calafrio. — Prefiro esperar e ver o que Maeve descobre.

— Não *só* a Maeve. Eu também estou tentando descobrir algo. — Bronwyn mostra uma mensagem de texto. — Maeve não conseguiu encontrar nenhuma foto de Chelsea na escola particular de Eastland. Ao que parece, eles não tiram foto de formatura, mas vocês sabem que a família toda se mudou pra Ohio depois que Alexander morreu, né? — Todos nós concordamos. — Uma garota que mora no alojamento comigo é da cidade para onde eles se mudaram. Ela vai ver se consegue achar alguma coisa.

— Ah, mas a gente deveria entregar as coisas pra polícia, né? — digo, provocando.

— Quanto mais coisa a gente puder entregar, melhor — afirma Bronwyn, baixinho.

Gavin passa por nós de novo, com uma garrafa de vinho em cada mão, e percebo que o bar ficou bem mais cheio de repente.

— Não quero atrapalhar sua festa, mas seria bom se pudesse me dar uma ajudinha — bufa Gavin.

— Foi mal, cara. Já estou indo — digo.

Pela próxima meia hora tudo vira uma grande confusão: pego pedidos, sirvo drinques, converso com clientes regulares, recolho copos vazios. Pela primeira vez, Stephanie chega antes da hora, mas o bar está cheio, e Gavin continua trabalhando. Depois de um tempo, Cooper vai embora para se encontrar com Kris, e Bronwyn se levanta.

— É melhor eu ir. Vou jantar com a minha família. Me liga depois? — pede ela antes de abraçar Addy com força.

— Eu vou ligar se não morrer sufocada — responde Addy, o rosto apertado na blusa de Bronwyn.

— Desculpa, estou nostálgica. Pensando em nós quatro há dois anos e agora. Dá pra acreditar que a gente mal se conhecia no verão antes do último ano? Bem, você e Cooper se conheciam, mas não como agora. — Bronwyn se debruça no balcão do bar, pega meu rosto entre suas mãos, e me dá um beijo longo. — Sabe qual é a melhor coisa do presente do seu pai? — sussurra ela quando algumas pessoas começam a assobiar e bater palma. — Vai facilitar seu futuro, mas não é o que vai fazer você ter um futuro. Você mesmo fez isso.

— Com a sua ajuda — falo baixinho, apoiando minha testa na dela.

— Eu amo tanto você, tanto!

É um daqueles momentos perfeitos dos quais tento me lembrar enquanto ainda estão acontecendo, porque eu sei que quero aquela lembrança.

— Eu amo mais.

— Impossível — diz ela, me dando mais um beijinho antes de se virar. Olho para Bronwyn o máximo de tempo possível, até que todos os cartões de crédito sendo enfiados na minha frente me distraem.

Já passa das sete quando o bar finalmente se acalma. Gavin suspira enquanto enche o copo de Addy, que pediu uma salada para jantar.

— Isso foi o caos. Já está mais do que na hora de eu ir. Vou ao banheiro e depois vou embora. Você avisa a Stephanie? — pede Gavin, olhando para o lado enquanto Stephanie conversa com as mães-margarita.

— Claro, pode deixar.

— Aconteceu alguma coisa entre ele e a Vanessa? — Addy especula quando ele vai embora.

— Não, a Vanessa realmente não está interessada. E você? — pergunto levantando as sobrancelhas.

— Também não estou interessada nele.

— Você sabe o que estou querendo dizer. Você e a Vanessa conversaram de novo?

— Meu Deus, Nate, você está todo conciliatório agora. — Addy revira os olhos, mas um sorrisinho aparece nos lábios dela. — Estamos conversando de vez em quando. Ela quer pagar pra gente ir visitar a Keely em um fim de semana prolongado antes que eu vá pro Peru. É uma ideia repentina, e como minha mãe não para de me lembrar, eu ainda tenho *muita* coisa pra fazer antes de sair do país por um mês, mas... — Ela dá de ombros. — Quem sou eu pra recusar uma oferta tão generosa?

— É verdade — digo enquanto pego meu celular para ver as mensagens. Vejo algumas dos meus pais, uma de Bronwyn, mas nada de Phoebe, que pediu para me encontrar há horas e não apareceu. *Foi mal, aconteceu um imprevisto*, ela escreveu quando perguntei se ela estava vindo. Depois disso, mais nada. — Você tem notícias da Phoebe?

— Não, por quê? — pergunta Addy. Quando conto, ela arregala os olhos. — E você só fala isso agora? A gente precisa prestar muita atenção, Nate!

— Eu sei. Eu mandei mensagem.

— Você falou com ela ou só mandou mensagem?

— Mensagem.

— Preciso lembrar a você que alguém usou o celular da Phoebe pra mandar uma mensagem pra mãe dela dizendo que ela ia dormir na minha casa?

— Porra, acho que sim.

— Tenho certeza de que estou sendo paranoica, mas acho melhor falar com o restante do pessoal e ver se alguém teve notícias dela. — Ela pega o celular e fica em silêncio por alguns minutos, os dedos dançando pela tela do celular até que sua expressão fica mais preocupada. — Nada até agora. Perguntei se a Ashton podia passar na casa dela, mas ela não está lá. Talvez eu deva ir, mas é que... Argh. — Ela larga o celular no balcão com um suspiro. — Eu vim andando. Vou demorar demais pra chegar na casa dela. A que horas você sai?

— Só depois das dez.

— Deixa eu ver se Bronwyn pode me levar.

— Espera aí — digo quando Gavin sai do banheiro. Aceno para que ele se aproxime. — Ei, Gavin, você pode dar uma carona pra Addy? Ela vai pra casa de uma amiga, não é longe.

— Sem problema. Sua carruagem a espera, milady — brinca ele, com um gesto dramático dos braços em direção a Addy.

— Obrigada — agradece ela, enquanto desce do banco. — Te aviso o que descobrir.

— Beleza — digo, mas sou tomado por um desconforto. Achei estranho quando Phoebe não apareceu, mas não o suficiente para me preocupar, até porque ela respondeu a mensagem. Mas Addy tem razão, eu devia ter telefonado, principalmente com Jake desaparecido.

Assim que o nome dele aparece na minha mente, o bar fica estranhamente silencioso. Quando percebo, vejo a Sra. Riordan andando devagar em minha direção, com cuidado. Ela está muito bem-vestida, como sempre, mas a maquiagem parece um pouco fora do lugar.

— Oi, Nate — cumprimenta ela, sentando-se em um banco vazio e colocando a bolsa no balcão. — Um Chardonnay, por favor.

Percebo que ela já tomou alguns.
— Como você está?
Ela cruza as mãos no balcão e diz:
— Como você acha?
— Nada bem.
Ela solta uma risada baixa e hesitante, que parece quase um choro. Depois se debruça no balcão e me encara.
— Você está procurando por ele? — pergunta, baixinho.
— Por quem? — disfarço, colocando um copo cheio de água ao lado dela.
Sua expressão fica mais severa.
— Não faça isso. Não finja que não sabe do que estou falando. Sei o que ele fez com você e com seus amigos, mas eu também sei... que você não é vingativo. Se encontrar meu filho primeiro, sei que ele vai ficar bem. — Ela engole em seco.
Desisto de fazer de conta que estamos tendo uma conversa normal e me debruço no bar para que só ela me ouça.
— Encontrar ele antes de quem?
— Não sei. — Os olhos dela se enchem de lágrimas.
— Tem certeza? — Ela não responde, e eu falo ainda mais baixo. — O que aconteceu com Alexander Alton?
Ela fica tensa.
— Como você... — Ela olha ao redor, como se esperasse que o próprio Alexander aparecesse. Depois pega a bolsa e segura contra o peito. — Você não sabe do que está falando. Essa conversa foi um erro.
— Não vá embora — peço enquanto ela se levanta. — Você tem razão, sabe? Não sou vingativo, mas tem alguém que é. Reggie Crawley está morto por conta dessa pessoa. Então que tal você parar de palhaçada e me contar como esse cara morreu?

— Eu... eu não sei. Eu estava no México e ele...
— E ele o quê?

Lágrimas caem dos olhos dela e seu rosto revela uma expressão de profunda tristeza.

— Eu pedi pra ele... — começa ela, mas é interrompida por uma voz forte e alta.

— Katherine! Achei você. Hora de ir embora.

Scott Riordan está vindo em direção ao bar com um de seus ternos bem cortados, a testa molhada de suor. O sorriso em seu rosto não esconde como ele está odiando me ver debruçado ao lado de sua esposa.

— Vamos lá, Sra. R — digo, apressando-a quando ele se aproxima. — Última chance. Quem matou Alexander?

Os olhos da Sra. Riordan se fixam no marido quando ela abre um sorriso falso e murmura:

— Acho que você pensa o mesmo que eu.

Então ela se levanta e caminha em direção ao Sr. Riordan. Pelo que entendi, ela acabou de acusar o marido de assassinato.

O Sr. Riordan passa o braço pelos ombros da esposa, possessivo, e a conduz em direção à saída. Quando eles saem do bar, pego meu celular para ligar pra Bronwyn, mas antes disso chega uma mensagem. *MEU DEUS ME LIGA!!!* Chega junto com uma foto. Aumento a página de formandos do fundamental. *Chelsea E. Alton* é a primeira da lista e é... Meu Deus, é uma versão mais jovem de Evie, do Café Contigo. A filha de Alexander Alton esteve aqui todo esse tempo, servindo nossa comida e ouvindo as reuniões do Clube dos Assassinos.

Mas essa não é a pior parte.

A pior parte é a foto logo abaixo. Um garoto com terno e gravata, um sorriso familiar. Ele está mais forte agora, mas ainda o reconheço sem precisar ler a legenda: *Gavin P. Barrett*. Meu colega de trabalho que parece ser simpático pelo visto conhecia Chelsea Alton há tempos e tem estado em Bayview com ela desde que pessoas começaram a desaparecer.

E eu acabei de deixar Addy ir embora com ele.

CAPÍTULO 34

Addy
Terça-feira, 21 de julho

— Desculpa pela parada. Não percebi que minha gasolina estava acabando — diz Gavin enquanto guarda a carteira no bolso e abre a porta do carro.

— Sem problemas. Nem sabia que este lugar existia. Onde a gente está? — indago sem prestar muita atenção e estico meus braços para procurar meu celular no chão. Deixei cair enquanto estava falando com Bronwyn, e agora ele não para de vibrar.

Gavin liga o carro.

— É a gasolina mais barata da cidade. Bem, da região Bayview-Eastland. Estamos perto da antiga fábrica Guppies. Lembra?

— A bala de gelatina em formato de peixe? — pergunto, ainda procurando meu celular.

— *A sobremesa mais doce que você vai encontrar* — Gavin começa a cantar meio desafinado. — Os comerciais eram péssimos. Não me surpreende que eles tenham fechado. — Ele faz uma curva fechada para sair do posto e diz: — Isso é seu celular vibrando?

— É, deixei ele cair em algum buraco e agora ele não para de tocar — respondo enquanto me viro para procurar na parte de trás do carro.

— Quer que eu encoste?

— Não, pode deixar. Eu pego quando a gente chegar. — Me endireito e limpo as mãos.

— Tem certeza?

— Bem... — Paro para pensar. Se for uma mensagem sobre Phoebe, é melhor que eu veja logo. — É, acho que seria bom.

Gavin olha para os lados.

— Esta estrada é muito vazia e estreita, deixa eu achar um lugar melhor pra parar, que não atrapalhe ninguém... Ah! O estacionamento da Guppies está vazio. — Ele sorri ao passar pelo portão aberto.

— Que estranho eles não terem feito mais nada neste prédio.

— Provavelmente vão vender pra alguma construtora — comenta Gavin, parando no estacionamento deserto.

Minutos depois, estou do lado de fora da porta do passageiro enquanto Gavin, resmungando, afasta o banco o máximo possível e passa a mão pelo chão.

— Você acertou quando falou em buraco. Estou ouvindo, mas não sei onde ele está. Deixa eu pegar a lanterna no porta-malas e olhar pelo banco de trás.

— Desculpa por isso — digo enquanto ele abre o porta-malas.

— Eu que tenho que pedir desculpas. Não sabia que meu carro era o Triângulo das Bermudas — brinca Gavin. Já com a lanterna na mão, ele abre uma das portas traseiras e entra no carro.

Um ronco de motor surge atrás de nós. Quando me viro, curiosa para saber quem decidiu aparecer no estacionamento abandonado, fico surpresa ao ver uma moto conhecida. Nate para a alguns metros de mim, tira o capacete e me encara.

— Aqui — diz ele, oferecendo o capacete. — Não trouxe o extra, então você vai usar este mesmo — continua, enquanto deixa a moto ligada.

Fico confusa e pergunto:

— O que você está... Como sabia que eu estava aqui?

— Pela sua localização no Snapchat — responde Nate. Ele olha o carro de Gavin antes de baixar o apoio e descer da moto, que ainda está ligada, vem até mim e empurra o capacete na minha mão. — A gente precisa ir embora, Addy. Agora. Sem mais perguntas, tá?

Olho para ele chocada. Nunca vi Nate tão sério.

— Tudo bem, mas preciso do meu celular. Gavin está procurando, está em algum lugar no chão...

— A gente pega depois — interrompe Nate, bem quando Gavin se levanta, com um olhar triunfante, segurando meu celular.

— Achei! — anuncia ele. Depois levanta a sobrancelha, surpreso. — Nate? O que você está fazendo aqui? Achei que ia trabalhar até tarde.

Os olhos de Nate se movem de mim para Gavin.

— É uma emergência familiar — responde ele.

— Meu Deus, sério? — Meu coração dispara. E bem agora que as coisas estavam começando a melhorar para ele. — Tudo bem, só vou pegar meu celular.

— Nossa, sinto muito — diz Gavin enquanto vou em direção a ele. — Seu celular não para de receber mensagens. Aqui...

Ele se cala quando me aproximo, os olhos fixos na tela do celular.

— O que foi? — pergunto. Estico a mão, mas Gavin não me dá o celular. Em vez disso, ele olha para Nate.

— Então é por isso que está aqui. Você sabe — afirma ele, sério.

— Sabe o quê? O que você... Gavin! Me dá o celular! — digo enquanto tento pegar o celular, mas Gavin o afasta.

— Deixa pra lá, Addy! — insiste Nate, vindo em nossa direção.

— Você não entende — dispara Gavin, um tom de desespero em sua voz. De repente, ele se coloca entre mim e Nate. — Estou tentando ajudar vocês. Chelsea... Olha, ela está meio que numa crise, tá?

— Chelsea? — repito, sentindo um nó no estômago.

— Evie, do Café Contigo — explica Nate. — O nome dela é Chelsea Alton, na verdade. E nosso amigo Gavin se formou com ela no ensino médio em Ohio.

Fico boquiaberta enquanto Gavin diz:

— Juro por Deus que estou tentando ajudar.

Ele levanta as mãos, ainda segurando meu celular.

— Se você descobriu o nome dela, já deve saber que o pai da Chelsea morreu quando ela morava em Bayview. Eu a conheci depois que ela se mudou com a família e eu... eu me apaixonei de cara. Mesmo ela não demonstrando interesse nenhum. — Gavin engole em seco. — Chelsea passou por muita coisa, sabe? Perdeu o pai e a mãe, mas a perda do pai foi pior. Os dois eram muito próximos, e ela nunca superou. Chelsea fica remoendo as coisas, mas ultimamente tem sido mais do que isso. Ela está com essa ideia de que o pai não se afogou, mas que foi assassinado.

— Ela *está com essa ideia*? — repete Nate. — Como alguém chega a uma conclusão dessas?

— Não sei — murmura Gavin, derrotado. — Ela não me contou nada, mas insistiu em voltar para Bayview. Então eu obviamente vim também. Tirei uma licença da faculdade, porque é isso que você faz quando está apaixonado, não é? Você faz qualquer coisa pela pessoa. — A expressão de Nate denuncia que, sim, ele sabe como é.

Gavin esfrega o pescoço e continua.

— Mas Chelsea não gostou da ideia. Ela terminou comigo logo que chegamos em Bayview. E então... meio que... começaram a acontecer... umas coisas.

— Coisas? — repito.

— O outdoor com a frase da campanha publicitária do pai dela. O desaparecimento da Phoebe. E Reggie... e Jake... — Gavin fica ainda mais tenso. — Não sei o que está acontecendo. Mas não parece coincidência, sabe?

— Sei. — Nate o avalia e concorda. — A gente sabe.

— E agora... eu achei isto. — Gavin vai até o porta-malas ainda aberto e se inclina para dentro. — No apartamento dela.

— Mas vocês não tinham terminado? — pergunta Nate.

— Sim, mas eu tenho as chaves e fiquei preocupado então... Olhem. — Ele pega uma jaqueta azul e dourada. — Não sou especialista, mas eu assisti ao que saiu nos jornais sobre Bayview, como todo mundo, e esta jaqueta ficou gravada na minha mente. Acho... acho que pode ser do Jake.

— Deixa eu ver — pede Nate, indo até o porta-malas.

Gavin joga a jaqueta para Nate, que a observa, tenso.

— Isso não é... — começa Nate, mas antes que ele diga mais alguma coisa, Gavin parte para cima dele, e é tudo tão rápido que não entendo o que está acontecendo até que escuto um barulho horrível, de algo se quebrando, e Nate cai no chão com Gavin por cima dele, um pé de cabra em uma das mãos.

Começo a gritar, mas paro logo em seguida porque Gavin vem direto para cima de mim, segurando meus braços com uma mão e cobrindo minha boca com a outra.

— Não queria fazer isso. Juro. Mas eu falei sério. Faria qualquer coisa pela Chelsea, e ela precisa terminar o que começou — admite ele, quase sem ar.

Lágrimas enchem meus olhos enquanto olho uma poça vermelha se formar perto da cabeça de Nate.

— Ela está te fazendo um favor, Addy. Você sabe muito bem que Jake Riordan é uma ameaça pra todo mundo. Você e seus amigos só precisavam ficar fora disso, e eu e Chelsea cuidaríamos de tudo. Não era pra vocês descobrirem tudo tão rápido. Agora... agora não sei o que diabos fazer com você. — Ele começa a me arrastar para o porta-malas, e eu e me debato, ainda olhando o corpo imóvel de Nate.

Então vejo um dos dedos de Nate se mover. Sou inundada pelo alívio, *ele está vivo*. Mas logo fico apavorada pensando em quão leve foi o movimento e meu corpo enfraquece.

Nate precisa da minha ajuda, e não posso ajudar, a não ser...

Olho para Gavin com a expressão mais suplicante que consigo.

— Quero ajudar você — digo, minha voz abafada pela mão dele.

Ele para, levanta um pouquinho a mão que prende minha boca e diz:

— O que disse?

— Quero ajudar você. Com o que vocês estão fazendo com o Jake.

Gavin bufa e diz:

— Você quer ajudar? Depois do que acabei de fazer com Nate? Acho que não.

— Nate não é meu amigo. Ele deixou Jake fazer o que queria comigo. — A mentira sai da minha boca como veneno. Ninguém em sã consciência acreditaria nisso, mas Gavin nitidamente não está em sã consciência, e eu não consigo pensar em um plano melhor. — Todos eles deixaram. A gente devia ser o Clube dos Assassinos, mas ninguém tem coragem de matar ninguém, nem quando a pessoa merece, como o Jake. Então o que quer que vocês estejam fazendo, podem contar comigo.

Gavin me encara.

— Você acha mesmo que eu vou cair nessa? — pergunta ele. Meu coração dispara, mas vejo que os olhos dele estão brilhando. — Mas pode não ser uma má ideia ter você por perto. Vamos precisar de uma rota de fuga, ou pelo menos de uma distração, até que a gente consiga sumir, e você pode ajudar. Afinal, você também tem motivos para agir contra ele. — Ele me empurra de novo, até que fico diante do porta-malas. — Vai logo, entra.

— Quando não me mexo, ele começa a rir. — Você não achou que eu ia levar você do meu lado, né?

Meu Deus, ele ainda está com meu celular e...

E eu tenho outro.

O celular descartável de Nate está no meu bolso.

— Tudo bem — digo. Entro no porta-malas antes que Gavin peça que eu esvazie os bolsos. — Eu estava falando sério. Você vai ver.

Ele olha pra mim e diz:

— Coloca as mãos pra frente. — Meu coração bate ainda mais rápido quando ele pega uma corda e prende meus pulsos. Gavin me empurra para baixo, e arrasto a bochecha no carpete, então ele amarra meus tornozelos. Por último, ele pega um pedaço de tecido e cobre minha boca, dá um nó tão forte atrás da minha cabeça que não consigo evitar emitir um ruído quando meu cabelo se prende. Ainda assim, não me debato.

— Você está facilitando muito as coisas. Chelsea sempre diz pra não acreditarmos em coisas fáceis — pondera Gavin, como se estivéssemos conversando.

Encaro os olhos dele, tentando evitar que lágrimas se formem nos meus. Ele me olha por alguns segundos, e depois a escuridão me cobre quando a porta se fecha.

Respiro fundo, tentando me acalmar. Não é a situação ideal, mas meus pulsos não estão amarrados tão forte a ponto de me impedir de mover as mãos. Meus joelhos já estão perto do meu peito, então tento colocar a mão dentro do bolso e sinto o metal frio do celular.

O celular de Nate. Nate, que está sangrando no chão.

Não. Não pense nisso.

Foco em pegar o celular enquanto o barulho da moto de Nate para e a porta do carro bate. Gavin dá a partida, e tudo ao meu redor começa a sacolejar, fazendo com que o celular quase caia da minha mão. *Não, Addy, foco. Faça as coisas devagar.* Paro e me movo um pouco enquanto o carro começa a andar. Seguro o celular com cuidado e abro, tentando não soltar um suspiro de gratidão quando vejo que ele liga. Bateria carregada, como o Nate disse.

E agora? Podia tentar tirar a mordaça e ligar para a polícia, mas tenho medo de perder um tempo precioso que não sei se tenho. Em vez disso, abro o aplicativo de mensagens e começo a digitar devagar. Bronwyn não estava brincando, depois de perder o celular em Marshall's Peak, quando disse que faria a gente decorar alguns contatos. Ela quase gravou aquilo no meu cérebro.

Depois de digitar o número, escrevo a mensagem. Com as mãos amarradas, demoro demais para digitar, e o carro me joga de lado quando Gavin vira, mas continuo, escrevendo só o suficiente para Bronwyn entender e saber o que fazer. *NATE MACHUCADO FÁBRICA GUPPIE ESTACIONAMENTO MANDE AJUDA. ADDY.* Então clico em *Enviar* e espero pelo melhor.

Minha mensagem desaparece, e prendo a respiração enquanto encaro a tela. Um, dois, três, quatro, cinco, seis... A tela apaga, e as lágrimas, que eu vinha segurando desde que Gavin acertou Nate na minha frente, começam a cair. Respiro fundo mais algumas vezes, lembrando que esse era apenas um dos planos. Mesmo que a mensagem não seja enviada, pode ser que a chamada de emergência funcione. Só preciso me concentrar em tirar a mordaça. Coloco o celular de lado e levanto as mãos, me contorcendo para alcançar o nó atrás da minha cabeça. Encontro, mas não consigo um bom ângulo, e começo a ficar tonta quando o pânico ameaça me dominar. Paro de me mexer e me forço a respirar devagar.

E então algumas coisas acontecem. O celular apita, me deixando tão surpresa que me encolho e bato a cabeça na lateral do carro. Imediatamente depois, o carro para. Seco meus olhos e prendo a respiração para tentar ouvir onde estamos. Um sinal fechado, talvez? Trânsito?

Então o barulho cessa e tudo fica em silêncio. O motor foi desligado e, onde quer que estejamos, é um lugar muito, muito silencioso.

Com medo de me demorar, não olho a mensagem recebida antes de apertar o botão para silenciar o celular. Tento colocar o aparelho no bolso de trás, mas passos se aproximam rapidamente. Tudo que consigo fazer é enfiar o celular em um canto e rezar pra que fique fora de vista quando a porta se abre e a claridade invade meus olhos.

— Muito bem. Vamos nessa — diz Gavin.

CAPÍTULO 35

Phoebe
Terça-feira, 21 de julho

Acordo com uma sensação horrível de *déjà-vu*. Minha cabeça dói, minha garganta está seca, minha visão está embaçada e não tenho ideia de onde estou. Mas hoje é mil vezes pior, porque assim que tento me mover, percebo que não consigo. Por conta da confusão, demoro um pouco para perceber que estou amarrada em uma cadeira. *Como o Reggie.*
Lembrar disso é o suficiente para fazer com que eu pare de tentar me mover. Começo a respirar fundo e devagar, tentando acalmar meu coração e minha mente. Estou em um quartinho com uma janela que parece estar tapada com madeira. Vejo uma mesa no canto, cheia de caixas, e estantes vazias na parede à minha frente. O quarto está empoeirado e cheira a mofo. Não acho que estou no apartamento de Evie; este quarto parece estar fechado há anos, e o piso e os batentes são muito diferentes.

E ela não se chama Evie. O nome dela é Chelsea Alton. Não posso mais me esquecer.

Com cuidado, mexo as mãos para o lado, tentando entender quanto espaço tenho. Estou começando a me lembrar um pouco do que aconteceu no apartamento de Chelsea: tentei ir embora e ela me impediu, começamos a brigar e parece que demorou horas até que ela conseguisse passar o braço pelo meu pescoço, apertando tanto que achei que ia morrer. Na hora, imaginei o rosto da minha mãe e me lembro de pensar: *Ela já perdeu tanto*.

Mas não me perdeu, no final das contas. Ainda não.

Chelsea poderia ter me matado. Ela poderia ter me matado com facilidade em vez de me trazer para cá. E por mais que isso não seja o ideal — *Nunca deixe que te levem pra outro lugar* é a primeira regra de qualquer aula de defesa pessoal —, fico esperançosa quando escuto passos se aproximando e não entro totalmente em pânico. Continuo respirando fundo, me acalmando, e quando a porta abre consigo dizer "Oi".

Ela balança a cabeça, como se estivesse se divertindo.

— Oi mesmo, Phoebe.

— O que... O que está acontecendo? O que você está fazendo?

— Você não sabe? Foi você que veio atrás de mim.

— Mas eu não... Eu não sabia quem você era até que vi o papel de parede. Eu me lembrei dele, de quando você... Do dia da festa do Nate. — Sei que é ridículo, já que estou amarrada em uma cadeira, mas por algum motivo não quero dizer *De quando você me sequestrou*. Me parece importante não começar um confronto. — Eu vim para perguntar sobre a Sana, porque o Owen achou que ela podia ter colocado o colar do Reggie na mochila dele.

— Você encontrou aquilo? Que pena, a ideia era que demorasse mais.

— Demorar mais? Você... quer culpar o Owen?

— Olha, não era meu plano principal. Mas foi um bônus.

— Mas por quê? Ele é uma criança!

Ela cruza os braços e eu a encaro, confusa, até que ela suspira e diz:

— Você realmente não se lembra? Você não era o alvo na festa do Nate. Era a Vanessa. Eu coloquei a droga na bebida dela, mas aí você pegou o copo e saiu fora. Quando te encontrei de novo, você já tinha bebido tudo.

Vanessa? Quero perguntar o motivo — não sei como Vanessa se encaixa nisso tudo —, mas tenho questões mais urgentes na minha cabeça.

— Então... era você no quintal do Nate? Eu não imaginei coisas? Você estava lá e me disse que eu tinha cometido um erro.

— Mas você cometeu — diz Chelsea, parecendo irritada. — Você estragou a nossa noite. Mas eu ia *ajudar* você. Levar você pra casa e depois lidar com a Vanessa. Você desmaiou quase na hora que eu cheguei, então comecei a dar uns tapinhas no seu rosto, pra ver se acordava e conseguia andar. Quando você acordou, começou a falar que *não aguentava mais*. E daí você me contou tudo que Owen fez.

Meu Deus, eu não me lembro de nada disso.

— O que... o que eu contei pra você? — engasgo para falar.

— Tudo — diz Chelsea, e meu estômago revira. — E, olha, entendo querer fazer Brandon Weber pagar pelo que fez. No geral, eu lido bem com vingança. — Meu sangue gela quando ela continua: — Mas estou cansada de garotos tóxicos fazendo

o que querem sem ter que lidar com nenhuma consequência. Você acabou criando outro Brandon ao proteger Owen, e você sequer conseguia ver isso. Então você acabou virando meu alvo. — Os olhos dela brilham. — Minha prática.
Leva à perfeição.
Não consigo falar isso ou sequer perguntar do pai dela. Tenho medo de revelar o que sabemos e deixar Chelsea nervosa ou colocar meus amigos em perigo. Minha garganta está seca e arranha quando digo:
— Mas você... você não queria me machucar, não é? — Minha fala sai como uma súplica, e meu coração dispara quando vejo a expressão fria dela. — Nem o Reggie? Bronwyn disse... ela disse que foi um acidente.
Um músculo do rosto dela se move, e ela diz:
— Bronwyn é esperta.
— E agora...
Não consigo terminar a frase. Sei o que preciso perguntar, mas tenho medo. Tem mais uma pessoa desaparecida e por mais que pareça que Jake é o alvo final de Chelsea... E se ela estiver fazendo tudo *junto* com ele? E se a gente entendeu tudo errado? Jake vai aparecer do nada, rindo e falando que a gente está dando voltas, pegando migalhas de informação, mas sem olhar o cenário completo?
Estremeço ao pensar nisso. Por mais que eu esteja nessas condições, não tenho tanto medo de Chelsea quanto deveria. Mas eu ficaria absolutamente apavorada se visse Jake.
Engulo em seco e pergunto:
— E agora?

— Chels! — Outra voz chama de algum lugar da casa, e me assusta. É uma voz masculina, mas não consigo reconhecer.

Chelsea coloca a cabeça para fora do quarto e grita:

— Espera aí, Gavin.

Gavin? Eu conheço esse nome, mas minha cabeça está girando e não consigo lembrar de onde.

— Não posso *esperar*. Preciso que você venha pra cozinha agora. Temos um problema.

— Onde a gente está? Que casa é esta? — pergunto, aterrorizada com a ideia de ficar sozinha. Não gosto da ideia de *ter um problema*.

— É a minha casa. Eu cresci aqui. Minha família não vendeu, mas está vazia há anos. — Ela olha as teias de aranha nas estantes e continua: — Gavin me ajudou a trazer você pra cá antes de ir trabalhar. Talvez eu devesse ter deixado você no apartamento, mas... pareceu mais seguro deixar todo mundo no mesmo lugar.

— Todo mundo? Quem mais está aqui?

— *Chels!* Você me ouviu? — pergunta Gavin, com urgência.

— Estou indo! — diz Chelsea, mas os olhos continuam fixos em mim. — Phoebe, você tem alguma ideia de como foi difícil fingir ser a pessoa perfeita no Café Contigo durante todo o verão? Sorrindo pra todos os babacas de Bayview enquanto você não fazia quase nada? Eu estou *exausta*. Então faça um favor pra nós duas e não dificulte as coisas. Não estou com paciência. — Ela se vira para a porta e diz: — Ah, meu irmão ensaiava com a bateria aqui. Este quarto é à prova de som, então você só vai ficar com a garganta doendo se começar a gritar.

— Espera, por favor! — digo, o pânico enchendo meus pulmões e dificultando minha respiração. — O que você vai fazer agora? Quem mais está aqui? — Chelsea não responde, e minha voz fica mais desesperada.

— Você vai ver. — É tudo que ela diz antes de sair.

CAPÍTULO 36

Addy
Terça-feira, 21 de julho

— Que. Porra. É. Essa — grita Chelsea, me encarando.

Não sei como responder. Meu coração estava disparado quando Gavin me tirou do porta-malas, com medo de que ele achasse o celular descartável e... E aí? Ele leria a mensagem, veria que não falei nada sobre ele e depois voltaria para o estacionamento para terminar o que tinha começado? Acabar com Nate?

Isso se o Nate já não estivesse acabado.

Pensar nisso me deixou tão enjoada e confusa que quase não prestei atenção em onde estávamos quando saímos do carro. Era uma garagem pequena, do tipo que costuma existir em casas. O portão estava fechado, e uma porta menor estava à nossa esquerda. Provavelmente era perto de outras casas, o suficiente para que eles me ouvissem gritar, porque o Gavin me deixou com a mordaça o tempo todo. Depois ele me jogou em uma cadeira da cozinha e desamarrou minhas pernas, meus pulsos e, por fim, tirou a mordaça enquanto gritava por Chelsea e eu tentava respirar e pensar qual seria meu próximo passo.

— O que ela está fazendo aqui? — pergunta Chelsea.

— Eles sabem, Chels. Bronwyn achou as fotos da sua formatura. Nate veio atrás de mim enquanto eu estava dando uma carona pra Addy ir até a casa da Phoebe...

— Casa da Phoebe? Por quê? — interrompe Chelsea, os olhos cravados em mim.

— Eu... Eu fiquei preocupada com ela. Phoebe não estava atendendo o celular e... — digo.

— Ela está aqui — diz Chelsea, e meu coração dispara. Ela passa as mãos pelas bochechas e diz: — Mas... Meu Deus. Está tudo acontecendo rápido demais. Onde está o Nate?

— Eu bati na cabeça dele com um pé de cabra e o deixei lá no estacionamento — responde Gavin.

Deixo escapar um grunhido quando Chelsea fica boquiaberta e diz:

— Você fez... o quê? Nate não... Ele não devia se machucar!

— Bem, o que diabos você acha que eu deveria ter feito, Chels? Eles sabem e vão vir atrás de você. Tomei a decisão no calor do momento. Você acha que eu queria fazer isso? Eu disse desde o começo que aquela ideia de campanha no outdoor não ia acabar bem! Você podia ter sido discreta, mas não, você quis *passar uma mensagem*. — Gavin faz aspas com os dedos, furioso. — Agora o Nate tá na merda, e eu tive que trazer a Addy pra cá, e a Bronwyn sabe quem você é. Então não vai demorar até eles entenderem *onde* a gente está. Esta casa ainda está no seu nome.

— A Phoebe está bem? — pergunto.

Chelsea me ignora, olhos fixos em Gavin.

— É verdade, mas por que eles viriam até aqui? Eles podem até aparecer no meu apartamento, mas ninguém vai fazer isso, porque mudar de nome não é crime. Bronwyn não pode provar nada além disso, então quem vai dar atenção a ela? Com certeza não a polícia desta cidade.

Ai, como eu queria que ela não estivesse certa.

— Nate está fora do jogo. Phoebe e Addy estão aqui, então... está tudo sob controle. Pelo menos por ora. Ainda temos tempo — diz Chelsea, e fico aliviada em pensar que ela me colocou junto com Phoebe, como se minha amiga também estivesse aqui à força, mas sem ferimentos. E meu coração pula de alegria quando Chelsea me olha sem nenhuma emoção e diz: — Acho que você pode ficar junto com a Phoebe no escritório por enquanto.

— Addy falou que queria ajudar você com o plano pro Jake — diz Gavin.

— E você acreditou?

— Não, mas... — Gavin passa as mãos pelos cabelos. — Estamos na merda, Chels. As pessoas logo vão vir atrás de nós. Mas se a gente soltar um vídeo da Addy matando o Jake, e se a gente conseguir fazer com que pareça que a Phoebe ajudou...

Um arrepio percorre minhas costas quando Chelsea leva uma mão à testa. Ela diz:

— Por Deus, Gavin. Para de tentar ter ideias.

— Como essa ideia é pior do que a que você teve?

Olho de um para o outro com a cabeça a mil. Eles têm fraquezas, e eu preciso arrumar um jeito de explorar isso. Chelsea está certa em dizer que Bronwyn não tem muita informação para seguir procurando, mas ela não sabe sobre o celular descartável. Se minha mensagem realmente chegou, então Bronwyn sabe que Nate está machucado e sabe onde ele está. Se conseguir ajudar meu amigo logo, talvez a gente tenha alguma chance.

— Posso perguntar uma coisa? — digo.

Chelsea me encara e diz:

— Manda.

— O que aconteceu com o seu pai? Isso tudo é por causa dele, não é?

Ela confirma com a cabeça e olha de soslaio para o namorado.

— Gavin disse várias vezes que a gente não deveria meter o trabalho do meu pai nisso. E, tudo bem, talvez a coisa do outdoor tenha sido uma viagem minha, mas... não vejo problema nenhum em *passar uma mensagem* — diz ela, e o tom parece magoado. — Todo mundo nesta cidade já se esqueceu do meu pai. É como se ele nunca tivesse existido, como se a vida e a morte dele não tivessem importado pra ninguém além de mim e dos meus irmãos.

— Sinto muito — digo. E por mais que ela tenha feito todas essas coisas, estou sendo sincera.

Chelsea respira fundo, e espero um ataque que não vem. Em vez disso, ela solta o ar e me olha com algo que pode ser chamado de afeto.

— Parte de mim *queria* que vocês descobrissem. Você e seus amigos estão no olho do furacão de tudo que está errado em Bayview há anos, e estou tentando encontrar algum tipo de conclusão pra bagunça dessa cidade. Mas eu achei que vocês demorariam mais, então... acho que devo dizer "bom trabalho".

— As notícias diziam que ele morreu afogado — digo.

— Nunca acreditei nisso. Meu pai era um excelente nadador. Mas nunca acharam prova de nada, sabe? Ele ficou na água por tanto tempo que não conseguiram nada. O caso foi arquivado, a gente se mudou e eu tentei seguir com a minha vida. Mesmo meu pai sendo a única pessoa que me entendia de verdade.

— Sinto muito — digo mais uma vez.

Ela pressiona os lábios e continua:

— Todo mundo tem que lidar com seus problemas, né? Minha mãe perdeu a cabeça, então eu não podia fazer o mesmo. Alguém tinha que tomar conta das coisas. Chase não serve pra nada, e Chris sempre foi muito fechado. Depois nossa mãe morreu, Chase se mudou pra Los Angeles e eu e Chris ficamos sozinhos no meio do nada. Eu pensei *Esta é minha vida agora*. Até que há alguns meses...

Chelsea para de falar e eu digo:

— O que aconteceu?

A boca dela forma um meio sorriso que não me inspira confiança.

— Quer saber? Vamos deixar o Jake contar pra você.

— *O quê?* — Meu coração dispara, meu estômago dá um nó. — N-não, não posso... — Começo a dar passos para trás, e Gavin segura meus braços. Ele me empurra pela cozinha em direção a uma escada, e sinto que estou indo para a guilhotina. Chego cada vez mais perto, mesmo resistindo com todas as fibras do meu ser. — Eu não quero ver ele, eu...

— Não se preocupe, ele não pode te machucar — diz Chelsea, calma.

As palavras não me deixam menos nervosa, mas isso não importa. Quanto mais resisto, mais fica nítido que Gavin vai me fazer subir aquelas escadas, eu querendo ou não. Posso continuar tentando resistir até que ele fique nervoso e me amarre de novo ou posso guardar minha energia. Desisto e deixo Gavin me empurrar pela escada, depois por um corredor com portas abertas, que dão em quartos vazios e escuros, até chegarmos a uma porta fechada ao fim.

Gavin abre a porta e me empurra na frente dele. Ele é rápido ao entrar e fechar a porta, e me deixa olhando... olhando para o Jake.

Ele está amarrado a uma cadeira, a boca tampada com fita adesiva e a mesma roupa que seus pais descreveram na entrevista coletiva em que anunciaram o desaparecimento: uma camiseta do time da cidade e calça jeans, ambas sujas e manchadas. Os braços estão amarrados no encosto, e vejo o começo da palavra *PERFEIÇÃO* em um deles.

— Você sabe como funciona — diz Gavin ao ir para trás de Jake e tirar a fita da boca dele tão rápido que fico assustada. — Se gritar, vou colocar isso de volta.

Por um segundo, Jake e eu só nos encaramos. Não sei o que estou sentindo. Medo se transforma em susto e... Meu Deus, estou sentindo pena? Lá no fundo, independentemente do que ele fez a mim, sei que ele é um ser humano que está apavorado e...

— Sua vaca — rosna Jake.

Minha crescente pena se dissolve enquanto Chelsea se posiciona ao meu lado. Gavin está na frente da porta, braços cruzados como uma sentinela, e Jake tenta forçar as cordas que o amarram.

— Addy quer perguntar uma coisa, Jake — anuncia Chelsea.

— Eu *sabia* que você estava ajudando eles — diz Jake, quase cuspindo a frase. Se olhos pudessem começar incêndios, eu estaria em chamas.

— Addy quer saber o que aconteceu com o meu pai. Como ele morreu — continua Chelsea, como se Jake não tivesse falado nada.

Algo além de raiva aparece no rosto de Jake, mas não sei identificar o que é.

— Addy pode ir à merda — esbraveja Jake.

— Eu devia saber que você não ia cooperar — comenta Chelsea. Ela vai até o único móvel do quarto além da cadeira de Jake, uma cômoda velha e desajeitada, e abre a gaveta. Quando pega uma arma, Jake e eu prendemos a respiração.

Ele não tinha visto isso antes, penso quando noto que ele está pálido. *Ela está ficando mais violenta.*

— Essa coisa nem está carregada — diz Jake, como se estivesse tentando se convencer.

— Está sim. E podia usar isso pra fazer você falar, mas não sei se suporto ouvir a sua versão da história. Então vou ajudar você.

Jake
Seis anos atrás

Simon era como um sanguessuga, pensou Jake. Quando ele disse que não queria dormir na casa do amigo, que preferia voltar para casa e jogar lá, imaginou que Simon entenderia o que queria dizer. Não achou que ele arrumaria uma mochila e iria junto.

— Minha mãe não está em casa, está no México, viagem de trabalho — disse Jake quando se aproximaram da casa em suas bicicletas.

— Aham, de *trabalho* — respondeu Simon, com aquele tom de voz sabichão que ele sempre usava quando falava da mãe de Jake.

Naquele momento, Jake desejava nunca ter contado nada a Simon. As coisas estavam melhorando na família dele, e ele quase conseguiria esquecer o problema dos pais se Simon não ficasse falando disso o tempo todo.

— De trabalho. E meu pai também não está em casa, foi jogar pôquer com os amigos — disse Jake, firme.

— Você não falou pra ele que a gente vinha? — perguntou Simon.

— Não, por quê? — rebateu Jake, afinal, ele esperava voltar sozinho para casa.

Já estavam bem perto da casa de Jake quando Simon diminuiu a velocidade da bicicleta e disse:

— Parece que seu pai está em casa, sim. E com alguém.

Jake olhou para o carro azul parado perto do BMW do seu pai.

— Nenhum amigo do meu pai tem um carro *desses*. Talvez seja entrega de comida — disse Jake, com o maior desdém possível.

— Que bom, estou morrendo de fome — declarou Simon.

Eles deixaram as bicicletas no jardim da frente, e em vez de entrarem pela porta principal, Simon foi até o Honda azul e olhou pelo vidro.

— O que você está fazendo? Vamos entrar — censurou Jake, irritado.

— Tem um folder da Conrad & Olsen no banco de trás. Não é lá que sua mãe trabalha? — perguntou Simon, grudando o rosto no vidro para ver melhor.

— É — respondeu Jake, nervoso.

— Tem também uma maleta — acrescentou Simon. Ele tentou abrir a porta e, para surpresa de Jake, estava destrancada. — Nossa, que confiança.

— Para com isso! — Jake puxou Simon para longe do carro e fechou a porta. — Ainda pode ser entrega de comida. A Conrad & Olsen paga supermal. Você ia ter que fazer bicos se só trabalhasse lá, sem ajuda de mais ninguém.

— Aham, tá bom — respondeu Simon, mas não tentou resistir e entrou na casa de Jake.

Eles ouviram os gritos assim que pisaram dentro da casa, e Jake estendeu o braço para que Simon não entrasse mais. As vozes vinham da cozinha, e eles não conseguiam ver nada de onde estavam.

— Olha, Scott, sinto muito. Eu não achei que você viria pra casa... — disse uma voz de homem que Jake não reconhecia.

— Você *não achou que eu viria pra casa*? Pra minha própria maldita casa? — O pai de Jake gritava.

— Sinto muito. Eu vou embora.

— Não vai, não. Não até você explicar o que estava fazendo no meu quarto, mexendo nas roupas da minha esposa.

— Ah, caraca, que climão — disse Simon, de olhos arregalados.

— Fica quieto — sibilou Jake ao puxar o amigo para a sala. Eles se abaixaram atrás do sofá modular, do lado de uma mesa cheia de vasos, os favoritos da mãe de Jake.

— Scott, para com isso — disse o homem, que deveria ser Alexander Alton, pensou Jake. — Sinto muito que isso tenha acontecido, mas... você sabe o que eu estava fazendo. Eu e Katherine nos gostamos muito, e ela achou melhor terminar as coisas enquanto estava no México. Eu só vim pegar algumas roupas que ela...

— Pode parar — rosnou Scott. Jake conhecia aquele tom de voz, seu pai devia estar com os punhos cerrados. — Não se atreva a falar assim da minha esposa. Não sei o que você está fantasiando, ou ela, mas isso vai acabar agora. Você não devia ter vindo aqui.

— Você tem razão. Vou embora. — Simon e Jake se encolheram quando ouviram os passos, mas o som logo parou. Depois de um momento de silêncio, Alexander disse: — Por favor, saia da frente.

— Eu tenho um *filho*. Você pensou nisso quando me enganou e tentou destruir essa família?

Jake achava que Alexander negaria, mas em vez disso ele falou, com a voz baixa:

— Claro. Eu penso no Jake todo dia.

— O quê? Por quê? — perguntou o Sr. Riordan. O tom de voz dele ficou mais grave quando Alexander não respondeu. — Por que você está me olhando desse jeito?

— Katherine disse que ela... Eu achei que você soubesse.

— Soubesse o quê?

— Nada. Deixa pra lá. — Eles ouviram barulho de algum tipo de movimento, e depois Alexander falou de novo: — Pelo amor de Deus, Scott, para com isso. Você perdeu o juízo?

— Provavelmente. O que você achou que eu soubesse? — Quando Alexander não respondeu, as palavras do Sr. Riordan saíram como um grunhido: — Não vou mais perguntar com educação.

Depois de um longo momento de silêncio, Alexander Alton soltou um suspiro de dor em resposta ao que quer que o pai de Jake tivesse feito. Quando os meninos ouviram a voz dele de novo, estava completamente diferente. O tom calmo tinha desaparecido, e uma fúria que escondia medo o substituiu.

— Por Deus, Scott, você é um maldito valentão. Não sabe mesmo por que Katherine quer ficar longe de você? Por que ela quer tirar nosso filho de perto de você?

Jake achou que estava com o coração disparado, mas agora ele percebeu que era apenas um aquecimento. O peito dele soava como um bumbo, e todo seu corpo vibrava.

— *Nosso filho?* Que filho?

Jake fechou os olhos, desejando poder fechar os ouvidos também, enquanto Alexander respondia:

— Jake.

— O que você está falando? Jake é *meu* filho.

— Não, não é — murmurou Simon.

Foi nessa mesma hora que Alexander Alton disse:

— Ele é meu filho.

Ele é meu filho.

Jake fechou os olhos com ainda mais força enquanto seu rosto esquentava. Não. Isso não era possível. Ele era filho de Scott Riordan. Ele sempre fora filho de Scott Riordan, e ele sempre *seria* filho de Scott Riordan. Ele não era um... *Alton.* Era isso que aquele homem estava querendo dizer? Era impossível e ridículo, e Jake tinha que fazer ele parar de falar.

E então, depois de um barulho alto, ele parou.

— Levanta — disse o pai de Jake, firme. — Levanta, seu bosta. — Ele respirava com dificuldade, e depois disse mais uma vez, com a voz um pouco mais incerta: — Levanta e diz que é mentira.

Simon soltou o ar devagar. Ele encarava a parede que separava a sala da cozinha, como se tivesse visão de raio X.

— Putz, acho que ele não vai levantar — murmurou Simon.

CAPÍTULO 37

Addy
Terça-feira, 21 de julho

Olho para a arma nas mãos de Chelsea e pergunto:
— Como você sabe disso?
— Simon Kelleher me contou — responde ela.

O nome acaba com o último resquício de compostura que tenho.

— *Simon*? Você era amiga dele? Ele contou isso, e depois? Você ficou em silêncio por seis anos?

Chelsea balança a cabeça.

— Eu não era amiga dele. Esbarrei com Simon uma vez, no verão que meu pai morreu. Ele estava tentando passar pelo meu quintal. E ele não me contou isso naquela época. Recebi uma carta dele com todos os detalhes há alguns meses. — Como ela viu que eu estava surpresa, continuou: — Ele usou um serviço que envia correspondência em datas agendadas. Foi escrita três dias antes de ele morrer. Ele disse que estava *acertando contas*. — Chelsea olha para trás, onde Gavin ainda está de guarda na porta. — Gavin achou que a carta era uma espécie de piada de mau gosto, mas eu não achei. Eram muitos os detalhes que faziam sentido.

Meu coração dispara enquanto dúvidas percorrem meu cérebro. Jake está de cabeça baixa, olhando para o chão.

— Mas por que Simon não contou nada na época? — pergunto.

Chelsea solta uma risada.

— Por que você *acha*? Jake fez ele prometer. Mas a gente sabe que Simon não gostava de segredos, né? Eles precisavam ser revelados.

Jake levanta a cabeça e rosna:

— Simon era um mentiroso.

— Simon nunca mentia — respondo antes que consiga me controlar, e desvio o olhar de Jake antes de ver a reação cheia de ódio. — Mas Chelsea... por que você não contou pra alguém? Assim que recebeu a carta.

— Porque foi bem quando a coisa toda do Jurado X explodiu. Eu sabia que não daria em nada. Mesmo que eu conseguisse provar que a carta era mesmo de Simon, quem ia acreditar? Eles não acreditaram que Jake tentou matar você. — Instintivamente, levo a mão ao pescoço. — Você achou que o Jake tinha ajudado o Simon com o plano de vingança por *sua* causa, não foi? Porque você o tinha traído, e Jake queria se vingar.

Um som abafado sai da minha boca quando respondo:

— Achei. Ele mesmo disse isso.

Depois de toda a confusão com TJ, entendi que traição era uma coisa imperdoável para Jake, mas nunca poderia imaginar que a razão era essa.

— Isso ajudou, mas não foi o único motivo. Jake estava em dívida com Simon depois do que aconteceu com meu pai.

Eu estava evitando o olhar de Jake, mas agora que o encaro, ele não me olha. Tento encontrar alguma resposta no rosto dele. É verdade? Isso aconteceu mesmo? Jake fez tudo aquilo com Simon não porque estava com raiva de mim, mas porque Simon tinha um segredo desses guardado?

Quando ele tensiona o maxilar, consigo a resposta que procuro. *Sim.*

Chelsea se abaixa para encarar Jake.

— Meu Deus, Jake, você foi muito ingênuo em achar que Simon não falaria *nada*. Você passou todo aquele tempo com ele, trabalhando em um plano que arruinaria a vida de todo mundo que ele odiava, e nunca pensou que ele também odiava você?

Jake olha para Chelsea enquanto ela continua:

— Depois que eu li a carta, senti que tinha perdido meu pai de novo. Não conseguia parar de assistir aos comerciais antigos dele, ainda mais o último. *Prática leva à perfeição.* Era um slogan melhor do que as pessoas achavam, sabe. Tem tantas interpretações. — A voz dela fica mais grave. — Foi um sucesso em Bayview, um lugar que adora garotos como o Jake. Sempre praticando, sempre se aperfeiçoando. Não é, Jake?

Chelsea cutuca o pé de Jake com o dela, e ele se assusta como se tivessem jogado água quente nele.

— Mas a gente sabe qual é o jogo em Bayview, né? Vingança. Ainda assim o pessoal continua fazendo a coisa errada. Ninguém vai atrás de quem é *realmente* culpado. Mesmo que a cidade esteja cheia dessas pessoas. Então eu achei que estava na hora de mudar as coisas. Quando o Jurado X apareceu, eu sabia que Jake seria solto. Eu podia apostar cada centavo que ganhei com o seguro de vida do meu pai nisso. Então me mudei para Bayview com Gavin em maio. No dia da audiência de Jake, usei a credencial antiga do meu pai para hackear o outdoor e avisar a todo mundo que dessa vez as regras do jogo eram as minhas. Porque *Prática leva à perfeição*. Uma coisa que honraria a memória do meu pai e traria justiça. Passo a passo.

— Passo a passo? — pergunto.

— O primeiro passo era alguém que tinha feito uma coisa errada, mas não imperdoável. Uma pessoa que ainda poderia aprender. Era pra ser a Vanessa, porque ela ficou do lado *dele*. — Chelsea aponta a arma para Jake. — Apoiou o péssimo comportamento dele. Caras como Jake vão se transformando aos poucos, sabe? E Vanessa ajudou muito no Colégio Bayview. Mas Phoebe roubou a bebida que eu havia batizado. E depois que quase desmaiou no jardim, ela me contou o que realmente tinha acontecido com Jared Jackson.

Fico confusa e pergunto:

— Como assim? O que você está querendo dizer?

Chelsea balança a cabeça.

— Phoebe não contou pra você? Que o irmão dela entrou no lugar de Emma e continuou com o jogo de Verdade ou Consequência até Brandon morrer? Ela o está protegendo esse tempo todo. — Fico boquiaberta, e Chelsea dá mais uma risada. — Acho que não estou surpresa. Quando está sóbria ela mente muito bem. Mas quando a droga começou a fazer efeito, ela não parou de falar. Fiquei ouvindo as desculpas patéticas dela e acabei trocando Vanessa por Phoebe.

Phoebe. *Owen*. Meu Deus, é por isso que ela está assim o verão todo. Quero saber mais, mas não quero deixar Chelsea ainda mais irritada com Phoebe, então mudo de assunto:

— E o Reggie?

Um espasmo de arrependimento percorre o rosto de Chelsea.

— Reggie não se importou em falar pra todo mundo que Jake era um cara legal, mesmo depois de tudo que ele tinha feito. Até pro Simon. *Ele sempre foi legal comigo* — diz ela, e eu sei que ela também decorou o artigo do jornal. Jake, que tem estado estranhamente quieto, dá um sorriso que, por sorte, Chelsea não vê.

— Além disso, Reggie era um abusador nojento. Eu vi o TikTok da Katrina Lott, assim como todo mundo na cidade. Os comentários deixavam evidente que ele não tinha mudado, e eu sabia que ele nunca mudaria a não ser que levasse um susto enorme. — A voz dela fica mais baixa. — Mas não era pra ele morrer. Aquilo foi um acidente. Mas Jake...

Sou tomada pelo pânico, mas tento manter o controle. O mais assustador é a *calma* que Chelsea aparenta. E como ela está certa do que está fazendo. Se eu conseguisse quebrar um pouco dessa confiança, talvez pudéssemos todos sair com vida.

— Chelsea, isso é horrível, e entendo por que você está com tanta raiva, mas Jake era uma criança quando o pai dele... — *Não o pai biológico*, penso, mas ela vai entender. — ... matou seu pai. Tenho certeza de que teria impedido se pudesse. Ele deve ter ficado muito assustado.

— Sério, Addy? Depois de tudo que ele fez com você, é isso que acha? — pergunta Chelsea, a voz cheia de sarcasmo.

Hora de mudar de estratégia, especialmente porque ela falou coisas que fazem sentido. Se eu pensar nisso por muito tempo, vai ficar difícil fazer a coisa certa.

— Mas você disse que isso tudo é para se vingar do jeito certo. Ir atrás dos culpados. Então por que você está com Jake e não com Scott Riordan? — Claro, seria uma punição horrível para Scott se ele perdesse o filho pelo qual matou Alexander Alton, mas não parece *isso*. Mesmo que eu não a conheça há muito tempo, isso parece o tipo de coisa com que ela se preocuparia.

Os lábios de Chelsea formam um meio sorriso que já aprendi a temer. É como se ela estivesse esperando que eu perguntasse exatamente isso e fiquei feliz que finalmente o tenha feito.

— Porque eu não contei pra você o restante da carta. Simon me falou outras coisas.

Simon
Seis anos atrás

Eles escutaram pelo que pareceram ser horas.

Escutaram o Sr. Riordan tentar ressuscitar Alexander Alton, andar pela cozinha e ir de cômodo em cômodo. Era um pequeno milagre, pensou Simon, que ele não tivesse visto os dois. O Sr. Riordan tinha passado pelo lugar em que Jake e Simon estavam agachados várias vezes. Simon tinha quase certeza de que sabia o que o Sr. Riordan estava pensando: *livre-se do corpo, livre-se do carro de Alexander Alton e espere que ninguém perceba que ele esteve aqui.* Já estava escuro o bastante para que o Sr. Riordan desse a sorte de se safar da situação, pensou Simon. Afinal de contas, os Riordan eram as pessoas mais sortudas que ele conhecia.

— Você não pode contar pra ninguém — disse Jake, em um sussurro de pânico, quando o Sr. Riordan foi para o corredor. — Foi um acidente.

— Tem certeza?

— Simon, *por favor*. Promete. Por favor.

— Prometo — respondeu Simon, só para fazer o amigo ficar quieto.

Jake apoiou a cabeça nas mãos e se fechou em um casulo. O Sr. Riordan não conseguia ouvi-los, mas isso não duraria muito. O que quer que ele estivesse planejando, uma coisa era certa: ele não ia querer testemunhas. Então, quando Jake começou a se balançar para a frente e para trás, parecendo perdido em seu próprio mundo, Simon aproveitou a oportunidade para se levantar e ir embora, o mais rápido que podia e sem fazer barulho.

Enquanto andava até sua bicicleta, Simon esperava que uma mão segurasse seu braço, Jake ou o Sr. Riordan, pedindo que ele não falasse nada. Ou talvez eles fossem mais insistentes. Ficassem irritados e dissessem que ele acabaria como o Alexander Alton. Simon estava tão perdido na ideia desse confronto inevitável que, quando chegou até a bicicleta e olhou para trás, ficou desapontado em só ver grama.

Ele era testemunha de um assassinato, e os Riordan *ainda* o tratavam como se ele não existisse.

Simon pegou a bicicleta, passou a perna por cima do quadro e se sentou. Mas então parou, incapaz de tirar os olhos do palacete dos Riordan.

Ele não queria ir embora agora. Ele queria saber o que aconteceria.

Simon foi até a janela da cozinha e se apoiou na treliça coberta de flores até que conseguiu ver o que acontecia lá dentro. Ele logo viu o corpo de Alexander Alton, rígido e em uma posição que não indicava naturalidade alguma. E ao lado estava Jake. Encarando o chão com olhos esbugalhados.

A qualquer momento, pensou Simon. A qualquer momento o Sr. Riordan chegaria e veria o garoto que ele sempre acreditou ser seu filho ao lado do corpo de seu pai biológico. Simon não conseguia nem imaginar o que aconteceria depois. Era a experiência mais estranha e surreal de toda sua vida, e ele não tinha certeza se não estava sonhando.

E então o corpo se moveu.

Simon quase caiu da treliça achando que tivesse imaginado coisas, mas viu que Jake tinha se encolhido em choque. Nenhum dos dois estava sonhando. A mão de Alexander se moveu, depois sua cabeça. Pouco, mas moveu.

Ele ainda estava vivo, e isso... O que isso significava? O Sr. Riordan chamaria uma ambulância? Como ele explicaria o que tinha acontecido? O que Alexander Alton faria quando saísse desta casa? *Ele poderia levar o Jake*, pensou Simon. *Provavelmente é isso que ele e a Sra. Riordan estão pensando em fazer.*

Antes que Simon continuasse nesses pensamentos, Jake pegou um pano que estava pendurado na porta do forno e dobrou ao meio. Ele se ajoelhou ao lado de Alexander Alton e, com Simon assistindo da janela, cobriu o rosto de Alexander com o tecido. Mesmo quando Alexander tentou resistir, sem forças, Jake continuou segurando a toalha. Depois de alguns minutos transcorridos de maneira agonizante e lenta, não havia mais movimento algum.

Simon saiu da treliça, respirando com dificuldade. Ele pensou que poderia contar para alguém. Ele poderia destruir a família Riordan e contar para Chelsea Alton e seus irmãos o que tinha acontecido com o pai deles. Provavelmente essa era a coisa certa a ser feita, mas isso não traria Alexander Alton de volta.

Ele prometera a Jake que ficaria em silêncio. Mas isso fora quando acharam que a morte de Alexander Alton tinha sido acidental. Agora já não devia mais nada a Jake.

Mas Jake devia a ele.

Mesmo antes de Simon ver o amigo terminando o que o Sr. Riordan tinha começado, Jake já devia muito a Simon. O tipo de dívida que levaria Jake a fazer o que Simon pedisse, obrigatoriamente.

Simon decidiu que poderia esperar. Esperar e ver se o Sr. Riordan ia se safar. Assim, ele e Jake se sentiriam seguros, como se ainda fossem a família perfeita que sempre fingiram ser. Mas agora Simon poderia revelar a verdade a qualquer momento.

Segredos são poder, pensou Simon enquanto pedalava sua bicicleta para longe.

CAPÍTULO 38

Addy
Terça-feira, 21 de julho

Meu corpo estremece quando digo:
— Jake matou seu pai?
— Que era pai dele também — diz Chelsea.
— Ele não era meu pai! Simon mentiu — grita Jake.
— Simon nunca mentia. — Dessa vez, não desvio o olhar ao dizer essas palavras.
Sei do que Jake é capaz; quase não escapei do nosso relacionamento com vida. Mas todo esse tempo achei que era eu quem despertava o monstro dentro dele. Não sabia que o monstro já existia antes de a gente sequer se conhecer.
— Aham, Simon era um santo, né? Agora você vai acreditar no que ele disse, mesmo que ele quisesse acabar com a sua vida — debocha Jake.
— Você também queria — respondo baixinho.
Chelsea errou uma coisa: Jake não achava que Simon ficaria quieto por ser ingênuo. Ele acreditava nisso porque era

arrogante e egocêntrico. Se ele tivesse tentado entender Simon Kelleher um pouquinho, um garoto que ele conhecia desde o jardim de infância, ele saberia que Simon nunca guardaria um segredo assim.

O que eu não consigo entender é por que Simon contou isso para Chelsea. Por que não escreveu para a mãe dela, que ainda estava viva quando Simon morreu, ou um dos irmãos? Foi porque ele tinha visto Chelsea aquele dia? Porque ele instintivamente sabia que ela faria uma coisa dessas? Não parecia uma possibilidade, considerando que os dois só se esbarraram brevemente. Mas de algum jeito, mais de um ano depois de sua morte, Simon ainda conseguiu colocar lenha na fogueira.

Jake continua o deboche:

— Você tinha sorte em me namorar.

— Muito bem, Jake. Obrigada por mostrar que você é totalmente incapaz de mudar — diz Chelsea, se aproximando dele.

— Você entende, né, Addy? Não estou fazendo um favor só pra mim, meus irmãos e pra você. Eu estou fazendo isso por *todo mundo*. — Ela solta a trava da arma com um barulho e abaixa o braço, mirando no peito de Jake. — Está tudo bem, sabe, se você disser que quer que isso aconteça.

— Eu... — Olho para o objeto de metal nas mãos de Chelsea, e Jake passa a respirar com mais dificuldade. Bem, agora eu quero muitas coisas: quero que Nate fique bem, quero que Phoebe saia daqui sem que nada aconteça, quero que Bronwyn e Maeve estejam trabalhando daquele jeito mágico das Rojas para que eu possa sair daqui e ver minha família e meus amigos. Quero conhecer meu sobrinho daqui a alguns meses.

Mas não quero isso.

— Você pode mandar o Jake de volta pra cadeia. Isso seria uma boa vingança — digo.

Chelsea dá um risinho cínico e diz:

— Você está falando sério? Eles não conseguiram manter o Jake preso nem quando ele foi pego literalmente tentando te enforcar. Você acha que uma carta faria diferença? Mesmo se existisse um jeito de provar que a carta foi escrita pelo Simon. Você ouviu o que ele disse, não ouviu? — Ela levanta o queixo em direção a Jake. — Ele nunca vai parar de dizer que Simon estava mentindo. E não temos provas. O que eu *acho* que aconteceu foi que Scott Riordan pegou o carro do meu pai para jogar o corpo no mar e talvez Jake tenha até ajudado. — A voz dela fica mais baixa. — Mas o carro foi destruído no acidente que matou minha mãe, então nem posso tentar provar qualquer coisa.

— Você pode provar a relação de sangue. Isso demonstraria que a carta está dizendo a verdade sobre pelo menos uma coisa. E isso seria o motivo.

— Não é o suficiente. Você sabe disso.

— Não podemos fazer isso assim — digo. Minha voz passa para um tom de súplica, porque não sei mais como argumentar.

— Não vai te ajudar a se sentir melhor.

— Talvez não, mas também não acho que vai fazer com que eu me sinta pior.

— Chels — diz Gavin, de repente. Ele estava em silêncio por tanto tempo que quase esqueci que estava aqui. — Espera um pouco. Ouviu isso?

Estive tão focada em Chelsea que não entendi de cara do que ele estava falando. Mas depois ouvi: o barulho de pneus percorrendo o caminho de pedras da garagem. Meu coração dispara quando Gavin olha pela janela e diz:

— Quem tem uma Subaru preta?

— Uma o quê? — pergunta Chelsea, ao mesmo tempo em que eu grito "Cooper!". Logo depois já quero colocar a mão na boca e engolir o nome de volta, mas é tarde demais.

Jake começa a rir, um som amargo e debochado que acaba com o pouquinho de esperança que começou a passar pelas minhas veias.

— Cooper Clay vindo ao resgate mais uma vez — diz ele, sorrindo. — Mas dessa vez é você que vai levar um soco.

— Ele está com mais um cara — continua Gavin. — Alto, cabelo escuro. Não sei quem é. — *Luis*, penso, mas desta vez consigo segurar a língua. Gavin se afasta da janela e diz: — Chels, acho que não consigo lutar com os dois. Mesmo que os pegue de surpresa. — Ele olha para a arma na mão de Chelsea. — A não ser...

— Meu Deus, Gavin, a gente não vai atirar no Cooper! — diz Chelsea, encolhendo-se como se estivesse genuinamente enojada. — Isso não tem nada a ver. — Apesar de tudo o que ela fez, sinto uma onda de gratidão ao ouvir essas palavras. Já estou preocupada com Nate, não conseguiria suportar se outro amigo meu se machucasse ao tentar me ajudar.

— Então a gente precisa ir embora. — Gavin pega o braço de Chelsea no mesmo instante em que ouvimos um barulho seco lá embaixo. Parece que Cooper e Luis estão se jogando contra a porta de entrada. — Vamos, Chels. Você fez tudo que pôde.

— Mas não foi o bastante — diz Jake, ainda sorrindo.

Pela primeira vez desde que a vi na cozinha, Chelsea parece não saber o que fazer.

— Eu... Eu não sei — diz ela.

— Vamos pela porta dos fundos, meu amor. Vamos. A gente vai desaparecer um pouco antes do planejado — diz Gavin.

Os olhos de Chelsea estão vazios enquanto ela se deixa ser levada por Gavin pelo corredor, ainda segurando a arma, mas agora apontada para o chão. Estou paralisada, olhando do sorriso de Jake para o rosto de Chelsea, e quase perco o momento em que a expressão dela muda. A máscara de certeza volta, a boca se transforma com um meio sorriso, que agora já conheço bem, e ela levanta o braço.

— Brincadeirinha. Sei muito bem o que fazer — diz ela, e então o barulho alto de um tiro enche meus ouvidos.

CAPÍTULO 39

Phoebe
Terça-feira, 21 de julho

Chelsea exagerou, este quarto não é totalmente à prova de som. Consigo ouvir as coisas. Um barulho de batidas, um tiro distante que parece fogos de artifício e um grito.

Depois, um silêncio perdura pelo que parece ser muito tempo, até que ouço passos se aproximando. Meu coração dá um salto, e tento me preparar para quem quer que esteja do outro lado da porta. Torço para que seja a polícia, mas até Chelsea bastaria. *Se ela quisesse me matar, eu já estaria morta*, penso.

Mas tenho quase certeza de que o grito que ouvi foi de uma mulher. O pior cenário possível é Jake fazendo alguma coisa com Chelsea e agora vindo atrás de mim.

A maçaneta gira, mas a porta não abre. Alguém a sacode com força. *Não é a Chelsea*, penso, e meu estômago se revira de medo. Então escuto um barulho de metal contra metal, a porta se abre e Cooper entra.

Não existe ninguém no mundo que eu preferia ver agora, e meu corpo fica até mole de alívio.

— Ei, Phoebe — diz Cooper, parecendo tão aliviado quanto eu ao deixar o pé de cabra no chão. — Você está bem?

Tudo que consigo fazer é piscar enquanto ele cruza o quarto e se abaixa ao meu lado.

— Vamos desamarrar isso — avisa ele, a voz tão gentil quanto as mãos que passam pelos meus pulsos, tentando achar o melhor jeito de desfazer os nós. — Está tudo bem.

— Como... como você me achou? Cadê a Chelsea? — gaguejo.

— Phoebe! — Uma voz conhecida chama antes que Cooper possa me responder, e fico ainda mais boquiaberta quando vejo Addy. — Você está bem?

Não consigo pensar em nada além de:

— O que você está fazendo aqui?

— Eu estava com o Gavin, que é o namorado da Chelsea desde o ensino médio, por mais bizarro que pareça — diz Addy, quase sem respirar. — Quando Nate descobriu isso, Gavin o atacou, me pegou e... — Ela se vira para Cooper, que agora já conseguiu afrouxar as cordas nos meus pulsos. — Nate está bem, né? Ele contou pra você e pro Luis como encontrar a gente?

— O *Luis* está aqui? — pergunto. Mas eu não deveria me surpreender com o fato de que tudo isso tenha virado uma reunião surpresa do Clube dos Assassinos.

— Lá em cima — responde Cooper. A corda cai dos meus braços, e massageio os pulsos enquanto Cooper continua: — Não sei como o Nate está, Addy. Estou aqui porque Marshall Whitfield veio até minha casa dizer que viu Phoebe entrar em um prédio, depois viu duas pessoas colocando ela no carro e indo embora.

Addy o encara, perplexa.

— Marshall Whitfield? O Jurado X? Você está dizendo que ele usou as habilidades de perseguidor dele para uma coisa boa?

— Acho que sim — afirma Cooper, agora mexendo nas minhas pernas. — Ele estava com medo de ir até a polícia, já que a gente podia dizer que ele estava nos perseguindo, então veio falar comigo. Mandei uma mensagem no grupo e Maeve conseguiu este endereço. Ela disse que ainda estava no nome da família Alton, então eu e Luis viemos ver. — Ele cerra os lábios antes de continuar: — Ela também disse que o Nate tinha se machucado, mas... foi só isso.

— Meu Deus. Preciso do meu celular. Gavin pegou e provavelmente ainda está com ele... — Addy olha para Cooper como se suplicasse. — Posso usar o seu?

— Claro — responde Cooper, e depois pega o celular e desbloqueia a tela. — Luis já deve estar resolvendo isso, ou... Bem, você sabe. — Ele pigarreia enquanto continua tentando desamarrar a corda nas minhas pernas. — Também pode estar falando pra polícia o que aconteceu lá em cima.

— Lá em cima? — Não me sinto mais aliviada, a sensação já substituída por um pânico crescente. — O que você está querendo dizer? E o que aconteceu com o Nate?

Addy engole em seco e diz:

— Eu... Eu tenho certeza de que ele está bem. Só preciso fazer algumas ligações. E eu não devia ter deixado o Luis sozinho com... aquilo. — Addy começa a ir para o corredor, e de repente me sinto desesperada em pensar que ela pode sair daqui.

— Addy, espera! Sozinho com *o quê*? Isso tem a ver com o Jake? Onde ele está?

Addy fica imóvel, parando tão de repente que ela precisa escorar uma das mãos na parede para não perder o equilíbrio. E é aí que ela me diz, sem se virar:

— Jake está morto.

CAPÍTULO 40

Phoebe
Sexta-feira, 24 de julho

Depois de três dias, o mundo está bem diferente, mesmo que eu não tenha visto muita coisa. Minha família tem ficado em casa desde que a história toda foi contada. Só saí um dia, para visitar Nate no hospital depois que ele acordou. Bronwyn estava do lado dele, como sempre, segurando sua mão enquanto eu fiquei na beiradinha da cama.

— Por que é sempre você que se machuca? — perguntei.

— Porque eu sou um idiota e é fácil se livrar de mim. Não importa o tipo de crime que a gente enfrente, quando a coisa esquenta, eu fico fora de área.

— Eu também fiquei — digo a ele, lembrando, e recebo um sorrisinho.

— É, bem, a gente precisa ficar a par de algumas coisinhas. Fomos colocados pra fora de campo — diz Nate. Levanto a mão para receber um high five e ele é simpático o suficiente para não me deixar no vácuo.

Bronwyn arruma uma mecha do cabelo dele e diz:

— Você está encarando isso do jeito errado, Nate. A gente não teria descoberto nada sem você. Se você não estivesse passando um tempo com seu pai, dizendo que ele pode contar com você, a gente não teria achado a Phoebe *nem* o Reggie. Além disso, ninguém além de você poderia convencer a Vanessa a participar ou deixar ela falando com a Sra. Riordan, e só você sabia que o Gavin...

— Não sei se quero levar crédito por isso — diz Nate, com uma careta.

— Ainda assim, você estava no meio de *tudo*. Você acha que há dois anos conseguiria imaginar uma coisa dessas? — pergunta Bronwyn.

— Eu não imaginaria esse tanto de cicatriz — murmura Nate, passando os dedos pela nova cicatriz em sua têmpora. Mas ele parece um pouco feliz com isso.

— Estou muito contente que você esteja bem — digo.

Sinto que, do grupo, sou a que menos conhece Nate, porque quando começamos a sair, eu já estava escondendo coisas. Mas quero mudar isso, principalmente agora que não tenho mais onde me esconder.

Tudo sobre Owen foi revelado, e minha família está sendo escrutinada pela mídia de novo. Estava me preparando para o pior, mas *Mikhail Powers Investiga* ditou a narrativa, vindo para Bayview na noite em que Chelsea matou Jake.

— Chelsea Alton montou um elaborado plano de vingança que puniria aqueles que ela julgava responsáveis pelo passado tóxico e mortal de Bayview — disse Mikhail no primeiro episódio. — E agora a cidade tem uma escolha a fazer. Eles vão perturbar um garoto que tomou uma decisão terrível quando estava de luto ou vão focar no grande problema que é o privilégio e a presunção que viraram marca registrada da cidade?

Por enquanto, Bayview parece ter escolhido a segunda opção. As pessoas estão tentando fazer de tudo para demonstrar simpatia ao caso de Owen. Acho que ajudou o fato de o advogado de Emma, Martin McCoy, ter aparecido no programa de Mikhail Powers e compartilhado as últimas mensagens que Owen trocou com Jared. *Não era pra isso acontecer*, escreveu Owen depois da morte de Brandon. Em toda a troca de mensagens, Martin explicou, Jared nunca falou sobre realmente matar Brandon até o fazer. Owen não entendeu que estava ajudando a planejar um assassinato. Emma, aos dezessete anos, entendeu que alguma coisa estava estranha com Jared e encerrou a conversa. Owen, cinco anos mais novo, não teve o mesmo discernimento.

Boa parte da cobertura da imprensa tem focado no Sr. Riordan, ainda que não se saiba ao certo o que vai acontecer com ele. A polícia de Bayview está tentando provar que a carta de Chelsea veio de Simon. Mas mesmo que eles consigam, explicou Martin, não seria uma prova cabal. Ainda assim, os detalhes são suficientes para que as pessoas acreditem que a história é mesmo verdade. É como Addy sempre diz: a principal razão para Simon Kelleher conseguir manter tanto poder sobre tantas pessoas por tantos anos é que ele nunca, jamais, mentia.

Chelsea e Gavin conseguiram sair da cidade depois que ela matou Jake, e ninguém sabe onde estão. Ela deixou explicações detalhadas em seu apartamento, parecidas com as deixadas por Simon há dois anos, responsabilizando-se pelo que aconteceu com Phoebe, Reggie e Jake. *Sinto muito que Reggie tenha morrido,* escreveu ela. *Só queria dar um susto nele. Mas não lamento pelo que vou fazer com Jake.* Ele acabou com a vida do meu pai, ele ajudou Simon Kelleher a morrer e tentou matar Addy Prentiss. Ele ia passar o resto da vida machucando as pessoas, e ninguém ia impedir isso. Então eu vou.

As buscas por Chelsea e Gavin estão intensas, e a polícia continua procurando por qualquer pista que possa ajudar. Acho que poderia contribuir se dissesse que um dia Chelsea me contou que, se pudesse morar em qualquer lugar, ela escolheria o Colorado, mas... não falei nada. Não consigo odiar Chelsea, e não tenho certeza se quero que ela seja presa. Afinal de contas, metade da minha própria família tentou criar um plano de vingança depois que meu pai morreu, e o que aconteceu com Brandon foi um acidente. Não consigo imaginar a raiva que sentiríamos se alguém tivesse feito algo como o que Jake fez.

E, ainda que Chelsea fosse desequilibrada, ela estava certa sobre muitas coisas. Ainda mais no que dizia respeito a mim, Emma e Owen.

Passamos *muito* tempo juntos nos últimos dias. Muito tempo tentando explicar a nossa mãe por que não dissemos nada. Não foi por falta de confiança — na verdade era uma tentativa estranha de tentar proteger alguém que já tinha sofrido muito. Essa foi, como nossa mãe falou várias vezes, uma péssima decisão. O tipo de coisa que vamos repassar infinitas vezes na terapia, que começa amanhã com nossa primeira sessão em família, e em seguida sessões individuais na semana que vem.

Sendo sincera, estou ansiosa para começar. A gente precisa.

— Podemos ver outra coisa? — murmura Owen do sofá quando entra o comercial no programa do Mikhail Powers.

Ele está sentado entre mim e Emma, e nossa mãe está num banquinho na ilha da cozinha, a testa franzida enquanto olha para o laptop. Ultimamente, quando estamos em casa, nunca ficamos muito longe uns dos outros.

— Acho que Liz Rosen está fazendo uma reportagem especial no Canal 7. Aparentemente com Marshall Whitfield — comenta Emma, já pegando o controle remoto.

— Afff... — reclamo. Fico feliz por Marshall ter parado de compartilhar informações pessoais, mas não consigo vê-lo como nada heroico. Ainda que ele tenha ajudado a me tirar da casa de Chelsea.

— Não, vamos ver alguma coisa... que não seja isso. Não aguento mais ouvir meu nome — pede Owen, encolhendo os ombros.

Emma pausa em vez de mudar de canal e fala:

— As pessoas estão sendo bem compreensivas com você, né?

— É, esse é o problema. Eu sou um dos caras de quem todo mundo tá falando, sabe? Um dos que não sofreu nenhuma consequência por ter agido mal.

Pego a mão dele e fico um pouco surpresa quando ele não se afasta. Ainda que seja mais alto que eu, agora Owen se parece mais com meu irmão mais novo do que antes.

— Você *está* enfrentando consequências. Só são as consequências certas pra sua idade.

Owen engole em seco, consigo ver a garganta se mexendo.

— Até os pais do Brandon foram legais — diz ele.

Não lembro a ele que os pais de Brandon ainda estão lidando com a culpa por um ato descuidado do filho deles ter causado a morte do nosso pai. Mas agora consigo entender por que eles o protegeram. Nós fizemos a mesma coisa pelo Owen.

— Eles sabem que você não entendeu o que Jared estava planejando — digo.

— Eu fui tão idiota. E nem vem dizer que eu tinha *doze anos* — continua Owen antes que eu consiga falar qualquer coisa. — Não é como se eu não entendesse nada. Eu só... Sentia tanta falta do nosso pai, não estava pensando direito.

— Eu sei. Eu também — completa Emma, segurando a outra mão dele.

— Somos três — concordo, pensando, com dor no coração, em como nosso pai ficaria feliz em ver nós três de mãos dadas. Mesmo que tenha sido difícil chegar aqui.

— Tadinha da Phoebe. Ela é a menos culpada, mas sempre leva a pior — comenta Emma.

— Pelo menos não sou o Nate — digo.

— Do que vocês três estão falando? — pergunta minha mãe lá da cozinha.

— Nossa parcela de culpa — responde Emma. Honestidade brutal é uma das novas regras da família.

— Talvez seja hora de vermos outra coisa — sugere minha mãe ao olhar o rosto congelado de Mikhail Powers na tela.

— Foi isso o que *eu* sugeri — diz Owen.

— E você, mãe? Alguma novidade? — pergunto, nervosa. Ela está no computador há algum tempo.

— Só falando com Martin, ele tem ajudado muito. Vamos almoçar amanhã para discutir a estratégia jurídica. Ele não acha que vão prestar queixa contra Owen, já que a opinião pública está a favor e as mensagens mostram que não houve intenção, mas disse que é melhor estarmos preparados.

Emma pigarreia e diz:

— Mãe, a regra diz honestidade brutal, então eu acho que Martin está se *preparando* pra convidar você pra um encontro sem ser de trabalho.

Ficamos pasmos e em silêncio por um momento até minha mãe dizer:

— Isso é absurdo!

Owen se enfia no sofá, resmungando, e dou um soquinho no ombro de Emma.

— Estava pensando a mesma coisa! — admito, e sorrimos uma para a outra.

— Irmãs em sintonia de novo! E agora para sempre — diz Emma.

— Nada dessas coisas de após a morte — respondo.

— É, eu sei, quero dizer de agora em diante — corrige Emma.

O interfone toca, e Owen levanta rápido, como se tivesse medo de se ver no meio de um abraço triplo.

— Eu atendo — avisa ele, indo até a porta. Escuto uma voz, mas não dá para saber quem é. Owen volta e se joga no sofá. — É o Knox. Deixei ele subir.

— Ah. — Olho para o celular, procurando alguma notificação perdida, mas não tem nada. — Não sabia que ele vinha, mas... tudo bem. Deixa só eu, uhm... — Levanto e observo o nosso apartamento pequeno, três rostos me encaram com expectativa. Honestidade brutal não significa falta de privacidade, certo? — Vou encontrar com ele lá embaixo.

— Mas ele está subindo — diz Owen enquanto vou até a porta.

— Então vou encontrar com ele no corredor — digo, e saio.

Knox deve ter tido sorte com o elevador, porque assim que fecho a porta, ele entra no corredor.

— Oi — diz ele, parando. — Estava indo ver você.

— Eu sei. Achei que talvez a gente pudesse dar uma volta. Meu apartamento está meio cheio agora.

— Ah, claro. Ou a gente pode ir pro terraço, se você quiser.

— Você? Num terraço?

— Estou me acostumando — diz ele com um sorriso pesaroso.

— Se você tem certeza — digo, apontando as escadas.

— Tenho.

Abro a porta com Knox logo atrás de mim. Trocamos muitas mensagens desde que a polícia me pegou na casa de Chelsea, mas é a primeira vez que o vejo depois disso. Eu quero estar com ele, mas não sei o que dizer. Levando em conta o silêncio que surge quando subimos as escadas, acho que ele também não sabe.

— Desculpa aparecer do nada. Mas fiquei com medo de você me dizer pra não vir caso eu mandasse mensagem — diz ele quando chegamos ao telhado.

Colocaram algumas mesas aqui agora, e escolho a mais central para nos sentarmos.

— Por que eu faria isso? — pergunto.

— Por conta da minha reação na noite em que você me contou sobre o Owen. Não lidei bem com a informação. Disse várias coisas erradas... — Knox passa a mão pelos cabelos clareados pelo sol.

— Não, você estava certo. Sobre tudo — interrompo. Se eu tivesse falado com a minha mãe naquela noite, Owen teria sido descoberto antes de Chelsea ter a chance de enfiar o colar de Reggie nas coisas do meu irmão. Eu não teria ido até o apartamento dela, e não teria sido sequestrada *de novo*. Talvez todo o resto tivesse acontecido da mesma forma, mas minha família poderia estar tentando se recuperar há mais tempo.

— Ainda assim, não falei do jeito certo. — Ele deixa o olhar vagar ao redor, encara o céu e logo volta a me encarar. — Significou muito que você tenha confiado em mim o bastante pra me contar, e acho que decepcionei você.

— Você não me decepcionou.

— Ainda bem. Porque eu odeio ficar sem falar com você.

— Eu também — digo, e trocamos um sorriso que faz com que eu me sinta dez vezes mais leve.

— Você está ótima — diz Knox, do nada. Depois a expressão dele muda, como se não soubesse se é uma boa hora para elogios. — Digo, levando em conta tudo que você passou.

Meus lábios formam um risinho estranho.

— Ótima?

— Não. Bem, claro, as circunstâncias foram graves, então não seria de se estranhar que você estivesse, bem, afetada por elas, visualmente, mas... — Tento segurar uma risadinha culpada, pois estou gostando de ver o desconforto dele mais do que gostaria. — Mas o que eu queria dizer é que você está bonita, Phoebe. Como sempre.

— Ah. Obrigada. — A súbita intensidade do olhar de Knox me deixa um pouco sem ar.

— Você quer, uhm... — Ele se perde ao olhar ao nosso redor. Meu coração começa a bater mais rápido até ele dizer: — Voltar

pra casa? — Devo parecer desapontada, porque ele logo continua:
— Sei que tem um monte de coisa de família pra fazer, então...

— Tenho mesmo. Não é o melhor momento. Mas parece que nós dois nunca temos um bom momento. E estou cansada de tudo isso. Então... — Pego a mão dele e entrelaço nossos dedos. — Eu quero descer, mas quero ir pra sua casa ver um filme. No seu quarto. — Sorrio quando o vejo corar. Ele é muito fofo quando fica envergonhado. — A não ser que você prefira assistir na sala. Se for isso, vou fazer um pote gigante de pipoca pra colocar no meio da gente e prometo nunca mais falar nisso.

— Meu Deus, não. Sala nem pensar — diz ele, com uma voz nervosa.

— Ainda bem. Vou avisar minha mãe que vamos sair — digo. Knox levanta muito rápido, ainda segurando minha mão, e eu dou risada quando os joelhos dele batem na mesa. — Não se machuque. E não olhe pra baixo, você vai ficar tonto — provoco.

— Tarde demais — diz Knox com um sorriso, e me deixa puxá-lo para a escada. — Só para registrar, a emoção não é pela altura.

CAPÍTULO 41

Nate
Terça-feira, 28 de julho

— Você tem certeza de que deveria ir a essa festa? — pergunta minha mãe, ansiosa.

— Vai ser a festa mais deprê da história — respondo enquanto levanto devagar do sofá da sala dela. Minha cabeça não está mais doendo tanto, a não ser que eu levante muito rápido. — Nos últimos dias só fico aqui nesta sala ou no quintal da Bronwyn.

— Eu sei, mas você precisa ir devagar — insiste ela, passando o braço em volta de mim como se eu precisasse de ajuda para chegar até a porta. Não preciso, mas a deixo continuar. — Eu não aguento passar por uma coisa dessas de novo. — Um tipo de pedido desesperado é o que essa última frase parece, e estou acenando para Addy, que estacionou o carro na entrada da casa da minha mãe, quando ela diz: — Adoro seus amigos, você sabe disso, mas não pode continuar a se colocar nessas situações perigosas...

— Eu não vou mais fazer isso, mãe — interrompo. *Eu não vou precisar fazer* é o que quero dizer, porque acho que Bayview finalmente vai entrar nos eixos. Mas parece que falar isso em voz alta pode trazer azar.

— Tudo bem. Me dá um abraço.

Eu abraço minha mãe e ela fica pendurada no meu pescoço por tanto tempo que pigarreio e digo:

— A festa já vai ter acabado quando eu chegar lá.

— Tá, tá. Diz pra Addy que desejo uma ótima temporada no Peru — pede ela. Minha mãe me solta e enxuga os olhos.

— Vou dizer.

Quando me aproximo do carro de Addy, percebo que ela não está sozinha. Alguém está no banco de trás, com o tronco para a frente e falando animada.

— Agora faço parte do Clube dos Assassinos — anuncia Vanessa quando abro a porta. Addy recua visivelmente, e Vanessa continua: — Desculpa, não é mais esse o nome? Foi mal. Oi, Nate. Como está sua cabeça?

— Ainda inteira. Como foi a viagem pra Cape Cod? — pergunto enquanto coloco o cinto de segurança.

— Ótima! Keely mandou um oi — diz Vanessa, breve.

Addy dirige devagar e com cuidado pela rua da minha mãe, atenta ao que está a sua frente.

— E como foi a viagem pra você, Addy? — pergunto.

— Boa — diz ela, baixinho, ao parar em um sinal vermelho.

Me inclino em sua direção e tento olhar nos olhos dela, mas Addy ainda olha fixo para a frente.

— Você não parece ter achado realmente boa — digo.

— Foi sim. A gente se divertiu. Parecia que estávamos nos velhos tempos, mas com muito mais cordialidade entre nós...

— Keely e Addy estavam *particularmente* cordiais uma com a outra. Mas tudo bem. Eu sou uma boa vela, sei quando preciso desaparecer — diz Vanessa.

— E agora? — insisto, e ela se encosta no banco e solta um suspiro. — Você está bem? — pergunto, baixinho.

— Estou bem. De verdade. Foi uma boa viagem, é só que...

— Eu sei — respondo.

Eu levei a parte pesada do ponto de vista físico dessa vez, mas Addy... Addy, de novo, levou o maior golpe emocional. Jake morreu na frente dela, e embora ela não pudesse tê-lo salvado de jeito nenhum, ela é Adelaide Prentiss: claro que ela ia tentar. Mesmo depois de tudo que Jake fez a ela — e teria feito, se tivesse a chance.

— Vai melhorar — prometo. Addy só concorda com a cabeça, e eu continuo: — Você não pode salvar todo mundo, Addy.

— Eu sei — responde ela, a voz entrecortada.

— Mas você me salvou. Literalmente dessa vez.

Ela me olha intrigada e pergunta:

— Quando não foi literal?

— Quando você me obrigou a ir ao recital de piano da Bronwyn e me declarar. Eu ia continuar sendo idiota e teimoso, e a melhor coisa da minha vida ia ter escapado de mim se não fosse por você.

Um quase sorriso aparece no rosto de Addy, que diz:

— Você ia acabar se declarando.

— Não sem uma ajudinha. Eu não achava que merecia nada de bom, mas você? Você não ia me deixar esquecer. — Addy solta uma risadinha, e eu continuo: — Você é uma baita amiga.

Ficamos em silêncio por um tempo, só com o barulho de Vanessa fungando no banco de trás. Addy liga a seta para entrar na rua de Bronwyn e diz:

— Para com isso. Você vai me fazer chorar.

Espero até ela estacionar na casa de Bronwyn para dizer:

— Sabe de uma coisa? Eu sempre odiei ser filho único, mas agora é como se eu tivesse uma irmã.

— Ai, meu Deus. Eu estou usando *rímel*, seu idiota — diz ela, chorosa.

Ela puxa o freio de mão e me abraça, e eu a seguro enquanto ela chora em meu ombro. Passei muito tempo com Addy esta semana, e sei que ela está no limite. Se não extravasar a emoção, vai ficar péssima na festa. Vanessa, provando que realmente é uma boa vela, fica em silêncio até que Addy solta o abraço.

— Você está bem? — pergunta Vanessa, com uma voz tão doce que até me viro para ter certeza de que é ela mesmo.

— Estou. Vamos lá — diz Addy, limpando os olhos.

Somos os últimos a chegar. O quintal de Bronwyn está cheio, as árvores estão cobertas por pisca-pisca, coisa que ela e Maeve fizeram esta tarde. Uma mesa comprida está arrumada no meio da grama, e o cheiro de churrasco nos alcança.

— Aposto com vocês que é Kris quem está cozinhando — diz Addy. Descontando os olhos vermelhos, ela parece bem mais feliz do que quando entrei no carro.

— Vou apostar, e você vai perder, porque Javier comprou uma daquelas churrasqueiras modernas e não deixa ninguém chegar perto — digo quando viramos e vemos o deque dos Rojas e... o pai de Bronwyn preparando a carne. — Eu disse.

— Opa! Olha quem chegou! — diz Cooper, acenando para nós. Mais uma vez, ele é o herói de Bayview, o cara que, junto com Luis, apareceu no último segundo e salvou o dia. Ainda que dessa vez tenha sido mais complicado. Para começo de conversa, ele não conseguiu evitar que Chelsea matasse Jake, e também não acho que a vida de Phoebe ou Addy estivesse em perigo. No meu caso, fico feliz em pensar que Gavin bateu em mim por pânico. Não estou com medo de ele tentar terminar o que começou. Onde quer que ele esteja, tenho certeza de que a prioridade é manter distância.

— Chegamos! — diz Addy, acenando.

Depois disso, é um show de abraços. Um verdadeiro *show*. Olhando assim parece até que a gente não se vê há anos, isso se a pessoa não soubesse que passamos por um trauma juntos. Quando acabam os abraços, sentamos. Kris e Vanessa começam a conversar sobre os tênis dele, que ela parece adorar. Coisas mais estranhas já aconteceram do que esses dois ficando amigos.

— Vocês estão animados pra viagem pra Alemanha mês que vem? — pergunto a Cooper.

Ele sorri e diz:

— Cara, não vejo a hora. Eu só conheço a família de Kris por chamada de vídeo. — Ele se estica e cutuca Phoebe. — Você vai dar uma olhada na Nonny quando eu estiver viajando, né?

— Claro. Já fizemos planos ótimos. Ela vai me ensinar a jogar bridge, e eu vou mostrar alguns reality shows de namoro pra ela. Tem certeza de que quer ir pra Alemanha e perder tudo isso? — Phoebe está ao lado de Knox, e parece muito mais feliz do que a vi nos últimos tempos.

Cooper ri e diz:

— Que dúvida cruel, mas... não posso remarcar as passagens.

— Todo mundo está indo embora. Vocês, Addy, Maeve... — diz Luis.

— É só por um mês! Mas a gente volta, e aí a Bronwyn viaja — diz Maeve, limpando uma lágrima imaginária da bochecha.

— E eu finalmente vou começar a me inscrever em algumas faculdades. Acho que agora as coisas vão ser assim, sempre mudando — diz Addy.

— Não pra gente que ainda precisa terminar o ensino médio — informa Knox.

Phoebe encosta a cabeça no ombro dele e diz:

— Só mais um ano.

— Daí eu vou sair deste buraco do inferno e vou direto pra Europa — conta Maeve. Luis olha para ela confuso, e ela continua: — Ué, que foi? Você pode ir também. Não gostaria de conseguir sua primeira estrela Michelin em Paris?

Num primeiro momento, Luis está tentando calcular a distância entre a torre Eiffel e a praia mais próxima. Mas então ele sorri e diz:

— Eu não ia *odiar* isso.

— Sabe, eu odiava Bayview — confessa Kris, olhando para Cooper. — Tudo que eu sabia sobre a cidade é que era o lugar onde Cooper não podia ser ele mesmo. Mas depois piorou. Acho que podemos concordar que nenhuma pessoa em sã consciência se mudaria pra cá por livre e espontânea vontade. Ainda assim... — Ele olha para o jardim de Bronwyn. — De algum jeito estranho, agora é minha casa. E pode ser até que eu sinta saudades quando estiver fora.

Ficamos um longo momento em silêncio, até que Cooper diz, na voz mais calma e paciente possível:

— Kris, meu bem, você não sabe do que tá falando.

Todo mundo começa a rir e Javier anuncia:

— A carne está pronta!

Todos correm até lá, mas eu coloco um braço na cintura de Bronwyn e peço para ela esperar.

Os olhos dela vão direto para a cicatriz na minha têmpora.

— Você está se sentindo bem? — pergunta ela, ansiosa. Eu senti tontura perto dela algumas vezes essa semana.

— Estou, sim. Mas Addy me fez ficar pensando, com toda aquela história de mudança. Você vai embora logo e...

— E a gente não vai ter nenhum dos problemas que tivemos no ano passado — diz Bronwyn, suavemente, segurando minhas duas mãos. — A gente vai se falar todo dia, e eu vou vir pra cá sempre que puder. E você vai me visitar, não vai?

— Vou. Não estou preocupado com isso. É só que... Olha, Bronwyn, sei que você tem planos pra daqui a cinco anos, e pra daqui a dez anos... — Sinto que ela vai me interromper, então começo a falar mais rápido. — E eu também tenho. Tenho um plano pra daqui a cinco anos e você está nele. Na verdade, ele quase é todo sobre você. Porque eu te amo desde a quinta série, e isso nunca vai mudar. — Ela sorri, e troco a posição de nossas mãos para que as minhas estejam segurando as dela, e então passo o polegar por seu dedo indicador esquerdo. — Eu não tenho anel nem nada, porque eu sei que a gente precisa de muita coisa antes disso, e também, você não gosta de diamantes...

— Eles são ecologicamente péssimos — diz ela, de repente.

— Eu sei. Então quando chegar a hora, vamos pensar em outra coisa, mas... vai chegar essa hora, tá? — Olho fundo nos olhos acinzentados dela, e meu peito chega a doer de tanto que amo essa garota. — Eu vou me casar com você, Bronwyn Rojas. Só pra você saber.

Ela coloca meu rosto entre as mãos, se aproxima o suficiente para nos beijarmos. Mas antes, ela diz:

— Ah, mas eu sei disso.

CAPÍTULO 42

Addy
Quinta-feira, 30 de julho

— Achei que você estava pronta — diz Ashton, olhando para as pilhas de roupas espalhadas pelo quarto.
— Eu estou. Pronta pra colocar tudo isso na mala. Em breve.
— Você vai viajar amanhã!
— Eu sei — respondo ao jogar mais um par de sandálias na pilha.
Minha mãe olha do batente para dentro do quarto, segurando meu passaporte.
— Addy, você não pode deixar essas coisas jogadas por aí — diz ela.
— Não estava *jogado*. Estava no lugar certinho que eu deixei. Eu tenho uma ordem de raciocínio, mãe. Você pode colocar no mesmo lugar, por favor?
Ela suspira teatralmente antes de sair.
— Não venha me culpar se você perder o voo amanhã porque sua ordem de raciocínio falhou — avisa ela, descendo as escadas.

— Obrigada, Insta-Vó! — grito.

Ashton olha para mim da beira da cama, uma das mãos sobre a barriga imensa.

— Você não pode contar pra ela que não se escreve I-N-S-T--A-A-V-Ó. Ela começou a assinar os e-mails assim, é muito fofo.

— Vai ser nosso segredo — respondo, passando os dedos pelos lábios em sinal de segredo.

— É nosso único segredo? — pergunta Ashton, sobrancelhas arqueadas. Eu hesito, sem ter certeza do que ela está falando. — Eli me contou ontem que não jogou o exame fora. Vocês dois são muito espertinhos — diz ela com um sorriso. — Você olhou?

— Olhei. Quer que eu devolva?

— Não. Quero jogar fora, pra não acabar sucumbindo a um momento de fraqueza no nono mês de gravidez.

— Pode deixar, vou jogar no mar.

— Não precisa ser tão dramática.

— Tudo bem — concordo, então suspiro e me jogo de barriga para cima perto da beira da cama, onde ela está.

— Quer saber outro segredo?

— Claro que sim.

— Escolhemos os nomes.

Na hora, eu me levanto e digo:

— Quais?

— Se for menino, William Elijah. Por causa do Eli, claro. Vamos chamar de Will.

— Amei. É perfeito. E se for menina? Não escolhe nenhum nome com A — peço, antes de pensar que é uma péssima coisa para dizer bem antes de Ashton me contar da escolha. — A não ser que seja um nome muito maneiro, claro. E eu tenho certeza de que vai ser. Só estou pensando no padrão, sabe? E talvez... — *Talvez a gente precise começar novos padrões para as garotas desta família.*

Mas é um pensamento idiota, porque já fizemos isso.

— Não é com A — diz Ashton. Ela faz uma pausa, aproveitando o clima de suspense, e sou uma ótima plateia quando mordo os nós dos dedos. — Se for menina, vamos chamar de Iris Adelaide. — Olho para ela confusa, lágrimas já escorrendo, e ela continua: — Por conta da tia fodona dela.

— Meu Deus — suspiro, já quase no ombro de Ashton, porque estou quase estrangulando minha irmã com um abraço. — Sério? Isso é... é tão lindo. Obrigada.

— Que outro nome a gente poderia escolher? — diz Ashton, me abraçando. — Não podia usar como primeiro nome, porque só existe uma Addy, mas espero que ela puxe a você. Realmente espero.

— Bem — digo, engolindo em seco ao pensar nos erros que cometi nos últimos anos. Mesmo nas últimas semanas. Não sei se poderia ter feito algo diferente para impedir Chelsea, mas queria ter conseguido conversar de verdade com ela quando a conheci como Evie. Antes de ela fazer o que fez e mudar para sempre a própria vida. Acho que eu teria conseguido entender, mais do que imaginava, como foi descobrir a verdade sobre a morte do pai dela. — Talvez ela não precise puxar *tanto* a mim.

— Nem vem, eu não mudaria nada.

Seria bom conseguir dormir antes do voo superlongo de amanhã, mas preciso fazer mais uma coisa, e queria que a praia estivesse vazia para isso. Está frio agora, meia-noite, e fico feliz por estar com um casaco extra e uma calça de moletom.

Quando eu ainda estava no ensino médio e costumávamos fazer festas aqui, nunca acendi a fogueira. Jake sempre queria fazer isso, e ele gostava de explicar detalhadamente o que estava fazendo. Eu já tinha acendido dezenas de fogueiras quando acampava com Ashton e meu pai, mas eu escutava pacientemente ele me dizer o que eu já sabia.

E ele nunca perguntou nada.

Faço uma fogueira pequena, porque não é uma festa. Quando estava fazendo as malas, derrubei um par de meias atrás da cama, e quando fui pegar, achei um pedaço de papel. Era uma foto minha e de Jake, do nosso segundo ano do ensino médio, que achei que tinha jogado fora há anos. Estávamos com quinze anos, os dois fazendo careta — meus olhos esbugalhados, a língua dele quase tocando o nariz. Muitas das lembranças que tenho de Jake são ruins, mas esse é um dia cuja lembrança é de pura diversão. Jake era muito charmoso, e quando ele me dava essa atenção, eu me sentia a pessoa mais especial do mundo.

Não sei quando o lado sombrio o dominou. Talvez fosse uma coisa sempre presente, levando em conta o tipo de pessoa que o pai dele era. Talvez fosse a prepotência da qual a imprensa adora falar. Mas eu não posso mais perder tempo pensando nisso, porque já me torturei muito pensando nas coisas que poderiam ter sido diferentes. E percebi, há algum tempo, que nunca o conheci de verdade.

Olho uma última vez para nossos rostos felizes e jogo a foto na fogueira.

— Adeus, Jake. Espero que você descanse em paz — digo enquanto as bordas da foto se curvam.

Em segundos, a foto se transforma em cinzas. Observo as chamas dançarem por mais um tempo, depois tiro um envelope amassado do bolso. Coloco o dedo embaixo do selo e abro, tirando uma folha de papel de dentro. Abro, leio a única linha escrita, e começo a sorrir tanto que minhas bochechas doem. Então o coloco de volta no bolso, devagar. Uma hora vou jogar fora, porque prometi, mas não agora. Vou levar essa notícia comigo para o Peru. Vai ser nossa primeira aventura juntas. A primeira de muitas, espero.

Jogo o envelope na fogueira e digo:

— Não vejo a hora de te conhecer, Iris Adelaide.

AGRADECIMENTOS

Há sempre muitas pessoas a quem agradecer por cada livro. Para este, preciso começar agradecendo aos meus leitores, porque sem vocês ele não existiria. Obrigada por amarem esses personagens e o universo de Bayview tanto quanto eu. Se não fosse por seu entusiasmo constante, *Um de nós está mentindo* teria permanecido como livro único. Em vez disso, ele se tornou uma trilogia, e estou muito feliz por poder dar aos meus personagens a conclusão que imaginei por tantos anos. Espero que este livro valha a espera.

As minhas agentes, Rosemary Stimola e Allison Remcheck, obrigada por serem defensoras tão ávidas deste livro e da minha carreira. Não sei o que seria de mim sem sua sabedoria e orientação — por favor, nunca me deixem descobrir.

Estendo meus agradecimentos a toda a equipe da Stimola Literary Studio, principalmente Alli Hellegers, por sua atuação internacional, e a Peter Ryan e Nick Croce, pela contribuição nas operações.

Lembro-me de receber um e-mail da minha agente mais de seis anos atrás dizendo que Krista Marino, da Delacorte Press, queria publicar meu primeiro livro, *Um de nós está mentindo*. Fiquei muito empolgada, mas ainda não sabia o tamanho da minha sorte. Agora, sete livros depois, sou muito grata pelo que conquistamos.

Agradeço aos meus editores, Beverly Horowitz, Judith Haut e Barbara Marcus, por todo o suporte, e ao maravilhoso time na Delacorte Press e na Random House Children's Books, incluindo Kathy Dunn, Lydia Gregovic, Dominique Cimina, John Adamo, Kate Keating, Elizabeth Ward, Jules Kelly, Kelly McGauley, Jenn Inzetta, Tricia Ryzner, Meredith Wagner, Stephania Villar, Elena Meuse, Madison Furr, Adrienne Waintraub, Keri Horan, Katie Halata, Felicia Frazier, Becky Green, Enid Chaban, Kimberly Langus, Kerry Milliron, Colleen Fellingham, Heather Hughes, Alison Impey, Ray Shappell, Kenneth Crossland, Martha Rago, Tracy Heydweiller, Linda Palladino, Tamar Schwartz e Janet Foley.

Agradeço também aos meus incríveis colegas de direitos internacionais na Intercontinental Literary Agency, na Thomas Schlueck Agency e na Rights People por encontrarem editoras para *Um de nós está de volta* em diversos países. Sou muito grata pelo apoio dos meus editores internacionais e fico muito feliz por ter tido a oportunidade de conhecer alguns pessoalmente.

A comunidade para autores YA é algo extraordinário: toda vez que você tem uma dúvida, essas mentes brilhantes têm uma resposta. Obrigada, Krystal Sutherland, Adam Silvera, Becky Albertalli, Leigh Bardugo, Dhonielle Clayton e Jennifer Mathieu, por compartilharem sua sabedoria; e Kathleen Glasgow, Samira Ahmed, Sabaa Tahir, Tiffany Jackson, Stephanie Garber, Courtney Summers, Kara Thomas e Kit Frick por serem colegas extraordinários e também uma inspiração.

Obrigada, Beth Stevens, por generosamente compartilhar sua experiência jurídica.

Um agradecimento especial a todos os livreiros, bibliotecários e professores que defenderam meus livros com entusiasmo e ajudaram a categoria de thriller YA a crescer.

E, por fim, agradeço aos meus pais por sempre me apoiarem; ao meu filho, Jack, por sempre me inspirar; e ao restante da minha família por todo amor e risadas.

Este livro foi composto na tipografia Minion Pro,
em corpo 11/16, e impresso em
papel off-white no Sistema Cameron da
Divisão Gráfica da Distribuidora Record.